한국의 독자분들께

The Koreans and Japanese
are like brothers.
We are neighbors separated only
by a narrow strait of water.
together, we have shared
our passion for baseball.
May this novel touch the hearts
and minds of our Korean friends.

한국인과 일본인은 형제와 같습니다.
우리는 좁은 해협을 사이에 둔 이웃입니다.
저는 이 소설을 통해 우리가 함께 야구에 대한
열정을 나누었으면 합니다.
그리고 이 소설이 한국 독자분들에게 감동으로
다가갈 수 있기를 진심으로 바랍니다.

2012년 7월
시마다 소지

한국의 독자분들께

The Koreans and Japanese
are like brothers.
We are neighbors separated only
by a narrow strait of water.
together, we have shared
our passion for baseball.
May this novel touch the hearts
and minds of our Korean friends.

한국인과 일본인은 형제와 같습니다.
우리는 좁은 해협을 사이에 둔 이웃입니다.
저는 이 소설을 통해 우리가 함께 야구에 대한
열정을 나누었으면 합니다.
그리고 이 소설이 한국 독자분들에게 감동으로
다가갈 수 있기를 진심으로 바랍니다.

2012년 7월

최후의 일구

블루엘리펀트는 동아일보사의 문학 · 인문 전문 출판 브랜드입니다.

최후의 일구

블루엘리펀트

이것이 정말 최후의 일구다.

내 생애 최후의 일구.

죽은 내 아버지를 위해서,

죽은 다케치의 아버지를 위해서.

그리고 무엇보다 지상에서 영원히 매장된

다케치의 천재성을 위해서.

내 야구 인생 마지막 추도식을 겸한 공을,

지금 던져 보이겠다!

1장

1

'러시아 유령 군함 사건'이 있었던 1993년 여름은 나에게 특히 잊기 힘든 계절이었다. 유난히 무덥기도 했지만 미국에서 온 방문자로 인한 영어 스트레스까지 겹쳐 꽤나 진땀을 뺐기 때문이다.

그 후로 두 달 정도 지나 바샤미치요코하마 최초의 근대식 거리–옮긴이에 부는 바람은 선선해졌지만 '러시아 유령 군함 사건'의 흥분이 채 가시지 않은 10월의 어느 날이었다고 생각한다.

미타라이는 거실을 쉴 새 없이 왔다 갔다 하고 있었다. 평소 무언가 생각에 골똘히 잠겨 있을 때 나오는 버릇이어서 나는 딱히 신경 쓰지 않았다. 하지만 사건 의뢰가 들어온 것도 아닌데 대체 무슨 일로 저러는 걸까, 문득 궁금해졌다.

"미타라이."

불러도 대답이 없기에 소파에서 읽고 있던 잡지를 옆에 놓아두고 다시 한 번 그를 불렀다.

"이봐, 미타라이."

"응, 왜 그러나?"

간신히 소리가 들렸는지 미타라이가 대답했다.

"정신 사납다고. 자리에 좀 앉는 게 어때? 집에 곰이라도 들어온 것 같잖아. 뭔가 걱정거리라도 생겼나?"

"아리스토텔레스는 말했지."

미타라이가 입을 열었다.

"허어……, 뭐라고 했는데?"

"기억은 심장이 다스린다. 뇌를 사용할 때는 발도 사용해라."

"호오, 심장이 다스린단 말이지. 그래서 자네도 지금 뇌를 사용하고 있다는 이야기로군."

"아리스토텔레스는 제자들에게 강의할 때면 항상 야외에서 걸으면서 했어."

나는 그의 말에 고개를 끄덕이면서 한 가지 제안을 했다.

"그렇다면 우리도 밖으로 나갈까? 잠깐 산책 삼아 야마시타 공원에라도 가지. 바다 보러."

더운 계절이 지나 밖은 완전히 선선한 날씨였다.

"차라리 호수는 어때?"

"호수라고?"

"그래, 마음을 정화시켜줄 북쪽의 호수야. 잔잔한 남색 수면 위에는 눈 덮인 산들이 드리워져 있지. 그것을 보며 사람들은 겨울의 의미를 생각하게 돼. 언어를 빼앗는 냉기가 자신들을 혼의 침묵과 마주하게 해왔음을."

"오호, 이 근방에 호수가 있나? 스와 호 말인가? 아아, 북쪽이라고 했지. 그렇다면 시코쓰 호? 좋은걸, 북쪽의 호수. 노천 온천에 몸을 담그고 따끈한 술 한 잔을 걸치면……."

"핀란드는 어떤가? 헬싱키에서 북쪽으로 조금 더 가면 페이옌네라는 호수가 있어. 산간 지역에 펼쳐진 믿기지 않을 정도로 아름다운 호수야. 따끈한 술은 없을지도 모르겠지만 앞으로 찾아올 눈의 계절에 그 정도로 환상적인 호수는 아마 없을걸."

나는 어이가 없어서 코웃음을 쳤다.

"농담, 그만하지."

그 말에 미타라이는 두 팔을 벌리며 멀뚱한 표정을 지어 보였다.

"왜? 비행기로 고작 몇 시간밖에 안 걸리는데."

"어디서부터 가는데?!"

"방갈로도 있어. 갈색 페인트가 칠해진 멋진 집이야. 창문에는 전부 하얀 레이스가 달린 커튼이 쳐져 있지. 한 폭의 그림 같은 곳이라고."

"핀란드? 헬싱키? 나는 가본 적도 없다고!"

"그러니까 가자는 거잖아, 이시오카."

미타라이의 말을 듣고 내가 말했다.

"거긴 요코하마 사투리가 통하려나? 아니면 오사카 사투리?"

미타라이는 다시 거실을 걸으며 말했다.

"영국 사투리면 충분하지."

"나는 그걸 못한다고!"

짜증을 내며 소리를 질렀더니 갑자기 속이 쓰려왔다.

"아이고, 아파라……."

그렇게 말하며 나는 소파에서 미끄러져 내려와 바닥에 웅크렸다. 그래도 고통은 점점 심해져서 더 이상 견디지 못하고 바닥에 한 손을 짚고 엎드렸다.

"어라, 이시오카, 파업하는 건가?"

"아니, 정말로 아프다고."

"으음, 어디가?"

"속이 쓰려. 체기가 있어."

"어느 쪽이야?"

"어느 쪽이라니, 양쪽 다면 안 돼?"

"이시오카, 속 쓰림과 체한 것은 증상이 전혀 달라."

"하지만 위장약 상자에는 두 증상 다 적혀 있다고."

"위장약 상자에 그렇게 적혀 있다고 그대로 말하는 사람이 어디 있나. 자신의 증상은 자신이 정확히 파악해야지. 가슴속이 메슥메슥한 것이 속 쓰림이고, 소화불량 같은 느낌에 위장이 빼근한 것이 체기야."

"흐음."

"어느 쪽이야?"

"모르겠어……."

"모르겠다니? 자네의 위장이잖아."

"대체 왜 이런 증상이 나타나는 거지?"

"그야 영어로 말해야 한단 얘길 들었기 때문이 아닐까?"

"그래, 맞아. 그건 그런데……. 아니, 그런 게 아니라 의학적 원인 말이야!"

"속 쓰림은 식도까지 역류한 위산의 강한 산성 때문에 식도 벽이 손상된 상태를 말하지."

"체기는?"

"위산이 별로 분비되지 않아서 먹은 음식물이 위장에 오랫동안 남아 있는 상태를 말하고."

"흐음, 그렇다면 전자겠군."

"아하, 그런가?"

"위산의 산성이 그렇게나 강해?"

"매실절임의 1백 배 정도는 되지."

"으악, 어떡하면 좋지?"

"자네의 경우에는……. 그렇지, 그 증상이라면 특효약이 있어."

"정말이야? 얼른 그것 좀 줘."

"영어에 능숙해지는 거야. 안 그러면 영어나 외국에 대한 이야기를 들을 때마다 속 쓰림이 반복될 거라고."

"아야야야……."

"거봐, 그렇게 된다고."

나는 가슴을 누르며 바닥에 드러누웠다. 그러자 미타라이의 발소리가 멀어져 가고 냉장고 문을 여는 기척이 났다. 그리고 이내 발소리가 되돌아왔다.

"우유야. 마셔봐."

"우유라고?"

미타라이의 손에 우유가 든 컵이 들려 있었다.

"우유는 위 속의 산성도를 크게 낮춰주지. 물론 위산 과다일 경우에 해당되는 이야기지만."

그 말을 듣고 그대로 바닥에서 컵을 받아들고 우유를 마시니 속쓰림이 정말로 씻은 듯이 나았다.

"아아, 이제야 좀 살 것 같네."

미타라이는 나를 향해 천천히 쭈그려 앉았다.

"이시오카, 자네도 참 고생이 많군. 번번이 그런 연기를 다 하다니."

"연기가 아니야, 진짜라고!"

나는 강변했다.

"하지만 만약 체한 것이라면 우유를 마시지 않는 편이 좋지. 위 속의 산성도를 떨어뜨려 소화를 방해하는 몇 가지 요소가 있어. 예를 들면 흡연, 운동, 뜨거운 목욕, 취침 같은 것들이지. 만약 소화력이 약해져 있다면 식사 직후에 이런 것들은 하지 않는 편이 좋아. 위장의 소화효소가 소화시키는 것은 단백질뿐이야. 그러니까 소화력이 몹시 약해져 있다면 채소는 피하는 편이 좋겠지. 닭가슴살은 금방 소화되어 괜찮지만 튀김은 소화가 잘 안 돼. 치즈는 괜잖고."

"흐음……. 하지만 단백질만 소화시킨다면 어째서 위장 자체는 소화되지 않는 거지? 그것도 단백질이잖아."

"좋은 질문이네, 이시오카. 그건 점막이 있기 때문이야. 하지만 그렇기에 위벽의 세포 수명은 아주 짧아. 3, 4일 만에 새로운 세포가 만들어지지. 참고로 뼈조직세포는 2년, 손톱과 발톱세포는 6개월, 피부세포는 28일마다 생성되고."

"허어, 그렇다면……."

그때 노크 소리가 들렸다.

"이시오카, 어서 바닥에서 일어나. 마치 내가 난폭한 짓이라도 한 것처럼 보이잖아. 그리고 대답을 하고 문을 열도록 해."

"보나마나 신문 구독 권유 같은 거겠지."

나는 일어서서 문 쪽으로 갔다. 문을 열자 마치 여성 잡지의 '데이트하고 싶은 남자' 특집 페이지에서 막 빠져나온 것 같은 멋진 헤어스타일의 청년이 서 있었다. 약간 갈색 머리에 군데군데 브리지가 들어가 있다. 1990년대에 이런 머리는 여성들밖에 하지 않았다.

"저기, 이시오카 씨이십니까?"

그는 조심스럽게 입을 열었다.

"네, 그렇습니다만."

내가 그렇게 대답하자 남자는 다시 물었다.

"저기, 미타라이 씨는……?"

"저쪽 소파에 앉아 있습니다."

내가 등 뒤를 가리키자 청년은 흘끗 그쪽을 보고 나서 물었다.

"잠시 이야기를 나눌 수 있습니까?"

"물론이죠. 자, 들어오세요!"

그렇게 말한 것은 거실에 있던 미타라이 본인이었다. 그 말을 듣고 청년은 쭈뼛쭈뼛하며 집 안으로 들어와서 미타라이 앞에 있는 소파에 앉았다.

"저기 이시오카, 손님께 차라도……."

미타라이의 말에 청년은 손사래를 치며 말렸다.

"아, 괜찮습니다. 실은 지금까지 카페에서 커피를 마시다 왔거든요. 거기서 어떻게 해야 할지 고민하고 있었습니다."

"아아, 그러십니까? 그렇다면 이시오카, 이쪽에 앉게. 속이 별로 안 좋다고 했는데 마침 잘됐지? 그건 그렇고 하실 이야기가 뭡니까?"

미타라이의 말에 청년은 고개를 약간 숙이고 생각에 잠겼다. 그리고 무테안경을 낀 얼굴을 천천히 들었다가 다시 아래를 보았다.

"말씀하기 어려운 이야기입니까?"

미타라이가 물었다.

"아뇨, 그런 건 아닌데……. 아니, 어떤 의미에서는 그렇습니다. 너무 시시한 일이라서 이런 이야기를 해도 괜찮을까 해서."

"혹시 머리를 손질하는 직업을 갖고 계십니까?"

"네? 아, 네. 그렇습니다. 저는 미용사입니다. 아키야마 마을이란 곳에서 미용실을 운영하고 있습니다."

"아키야마 마을……?"

"네, 야마나시 현에 있습니다."

"가장 가까운 역이 어디입니까?"

"추오 본선의 우에노하라라는 역입니다. 거기서 다시 버스를 타고 20분 정도 가면 나오는 미나미쓰루 군에 있죠."

"호오."

"아주 외진 산골입니다. 손님이라곤 농가의 아줌마들뿐이죠. 젊은 여자들은 새해나 성인식 때밖에 찾아오지 않습니다."

"흐음."

"애초부터 젊은 사람이라곤 거의 찾아볼 수 없었죠. 논 한복판에 뚝 떨어뜨려놓은 듯한 미용실이라서 모내기철에는 개구리들의 대합창 속에서 일을 합니다."

"좋은 곳 같군요."

"그런 곳이다 보니 일이 정말 재미가 없어서 어떡하면 좋을까 하고……. 미용실 수요가 있을 만한 곳이 아닌데 왜 거기다 차렸을까요? 아, 아니…… 이것을 상의하려고 온 것은 아닙니다만."

"누가 차렸습니까?"

"어머니가 시작했습니다. 제가 어릴 적에요. 하지만 어머니는 요즘 몸이 편찮으셔서 따로 예약받은 손님이 아니면 가게에 거의 나오지 않습니다."

"흐음, 그래서 가게에서 무슨 일이라도 있었습니까? 어머님께?"

"네, 어머니가 자살을……."

"자살을? 돌아가셨습니까?"

미타라이가 말했다.

"아뇨, 목을 매서 자살하려고 했는데 천만다행으로 줄이 끊어지는 바람에……. 그때 턱을 다치셨죠."

"으음, 그렇군요. 일단 다행스러운 일 아닙니까?"

"네, 그래서 앞으로 어머니가 괜찮아지실까 하고……."

"그게 상의하실 일입니까?"

"아뇨, 그게 아니라 어머니가 유언장을 써두셨는데……."

"호오, 유언장이라고요?"

"그걸 어제 발견했습니다. 서랍장 안에서. 하지만 어머니는 이미 쓴 사실을 잊어버리신 것 같더군요."

"흐음."

"게다가 고쳐 쓴 곳이 많았습니다. 어제 가쓰누마에 갔는데, 라고 썼다가 그걸 지우고는 그 옆에 엔잔에 갔는데, 라고 써놨더군요."

"흐음, 착각하신 게 아닐까요?"

"네, 그럴지도……."

"지웠던 원래 글자는 읽을 수 있죠?"

"네, 어떻게든 알아볼 수는 있습니다."

"그 밖에 수정된 곳이 또 있습니까?"

"네. 카레라이스를 먹으려고 했지만, 이라고 쓴 부분을 지우고 하이라이스라고 적어놓은 곳도 있습니다."

"그거, 정말로 유언장 맞습니까? 일기 같은 게 아닐까요?"

미타라이가 말했다. 나도 같은 생각이었다.

"네. 저도 그렇게 생각했습니다만, 맨 앞에 '유언장'이라고 적혀 있습니다. 하지만 전체적으로는 저희 부부 앞으로 보내는 편지 같은 내용이었고, 어머니도 그럴 의도였다고 생각합니다. 유언장을 정식으로 쓰는 법은 모르시니까요."

"날짜는 적혀 있습니까?"

"네, 있습니다. 작년 날짜로 되어 있습니다."

"그것도 수정되어 있던가요?"

"날짜 말입니까? 아뇨."

"손으로 쓰셨던가요?"

"네, 손으로 썼습니다. 만년필로요."

"흠, 거기서 무엇이 문제죠?"

"유산 상속에 관한 부분입니다. 처음에는 아내 이름이 적혀 있었는데 그게 지워지고 제 이름으로 바뀌어 있습니다."

"그건 심각한 문제군요. 당신, 아버님은 계십니까?"

"부모님은 오래전에 이혼했습니다. 그래서 어머니 혼자 저를 키웠습니다."

"아버님은 지금 어떤 일을 하고 계십니까?"

"벤처사업을 한다고 예전에 들었습니다. 컴퓨터와 관련된……."

"회사를 세우셨습니까?"

"네, 어머니가 그렇게 말씀하셨죠."

"이혼의 원인은 그것입니까?"

"그건 잘 모르겠습니다만, 미용실 차릴 때 돈을 대줬다는 말씀을 하셨습니다."

"흠, 그러고요?"

"첫머리에 '유언장'이라고 적혀 있는 부분도 두 줄로 지워져 있습니다."

"'유언장'도? 허어……. 게다가 어머님께서는 이 유언장의 존재를 잊고 계시다는 겁니까?"

"그렇습니다. 이런 유언장도 효력이 있을까요?"

"그 유언장은 몇 장입니까?"

"두 장입니다."

"정정에 대해서는 언급되어 있습니까?"

"정정요? 없습니다."

"그럼 안 되겠군요. 일본 민법에서는 정정된 부분에는 본인이 직접 서명하고 인감을 찍도록 하고 있습니다. 그리고 별도의 문서에 그 정정된 부분을 적고 그것에도 서명날인을 해야 하죠. 그렇지 않으면 타인이 날조했을 가능성을 배제할 수 없다고 봅니다."

"엄격하군요."

"뭐, 그게 일본인이죠."

"그러면 그것들이 없으니 이 유언장은 무효겠네요."

"그런데 꼭 그렇다고만은 할 수 없습니다. 날짜도 정정되어 있는 데다 원래의 숫자도 알아볼 수 없다면 날짜 기입이 없는 유언장이 되어서 무효입니다. 그렇지만 이 경우에는 그렇지 않지요. 그래서 완전히 무효라고는 할 수 없습니다."

"완전히 무효는 아니다……. 그렇다면 일부는 유효한 겁니까?"

"그렇게 됩니다."

"일부라면 어느 부분일까요?"

"이 경우에는 수정하기 전의, 지워져 있는 문면이 유효하겠죠."

"그렇다면 카레라이스를 먹으려고 했다는 부분이……."

"그런 부분은 아무래도 상관없습니다. 이 경우에 가장 중요한 것은 유산을 아내분에게 상속한다는 내용이겠죠."

"아아, 그렇지."

"원래는 아내분의 이름이 적혀 있었고 그것이 지워져 있으니까요."

그 이야기를 듣고 그는 한동안 멍하니 있었다. 그리고 천천히 이렇게 이야기했다.

"저는 미용사로서의 실력은 영 별로거든요. 아내가 실질적으로 가게를 꾸리고 있습니다. 커트나 파마도 아내가 하죠. 저는 아내를 거든다고나 할까, 샴푸를 하는 정도만……."

"하지만 가게의 아이돌이겠죠?"

미타라이가 말했다.

"네? 뭐, 그렇죠. 아줌마 손님의 이야기 상대라고나 할까, 아니면 마스코트라고나 할까. 아내한테도 그런 애길 듣고 있습니다. '유언장'이라고 썼다가 지웠어도 이것에 정정 날인이 없으니까 유효하다는 말씀입니까……?"

"그 부분에 대해선 해석이 갈리겠죠. 하지만 논리적으로 따져보면 여기서는 그렇게 판단해야 하지 않을까요? 정식 유언장이 따로 존재한다면 이야기가 달라지겠습니다만."

"어째서 지운 걸까요?"

"그건 모르겠군요. 지금 하신 말씀만으로는."

"네."

"그렇다면 상담하실 이야기란 그것입니까? 유언장의 유효성?"

"아, 아뇨. 그게 아니라 어머니가 죽으려고 했던 이유입니다."

"아아, 그쪽입니까? 뭔가 짚이는 건 없습니까?"

"있습니다."

"어떤 건가요?"

"가게에 이상한 손님이 와서……."

"이상한? 어떻게 이상하다는 겁니까? 야쿠자 쪽입니까?"

"아뇨, 여자인데 항상 오코노미야키를 가져옵니다. 그것도 네 개를."

"오코노미야키 네 개?"

"네. 가게에는 저희 부부와 어머니 그리고 또 한 명의 선생님이 계신데 그 네 명 몫입니다. 그래서 저희는 이 사람이 오면 어머니도 불러서 교대해가며 필사적으로 먹습니다. 억지로 순서를 정하고 시간을 내서 얼른 먹어버리죠."

"흐음, 맛있습니까?"

"아뇨, 그다지……."

"으음, 하지만 왜 오코노미야키를 가져오는 겁니까?"

"그 아주머니가 오코노미야키 가게를 하거든요."

"아하, 그렇군요. 그런데 그 손님에게 무슨 문제라도 있습니까?"

나도 그것이 궁금했다. 만약 맛이 없다고 해도 선물을 가지고 와 주는 것은 선의가 아닌가.

"그게 말입니다, 그 사람은 끝나면 그냥 가버리거든요."

"그냥 가버린다? 설마……?"

"네, 돈을 안 내고 그냥 가버립니다."

"흐음."

미타라이가 고개를 끄덕였다.

"오코노미야키로 파마 값을 대신 지불하는 셈 치는지, 항상 그런 식이었습니다."

"그렇군요. 미용사분들이 과거에 그분에게 오코노미야키를 좋아해서 먹고 싶다는 이야기를 한 적이 있습니까?"

"한 번도 말한 적 없습니다. 저쪽이 멋대로 들고 왔어요."

"물물교환이군요."

"네, 그렇죠."

"폴리네시아 쪽 이야기라도 들은 모양이군. 오코노미야키 네 개란 말이지……."

천하의 미타라이도 의표를 찔린 듯 팔짱을 꼈다.

"그게 말입니다……."

청년은 말끝을 흐렸다.

"뭔가요?"

"얼마 전부터 오코노미야키를 세 개만 가져오더군요. 멋대로 가격을 깎아서……."

"허허, 그거 참!"

미타라이는 기가 막히다는 듯한 얼굴로 고개를 끄덕였다.

"하지만 그래서는 곤란하지 않습니까? 당신의 미용실도."

"네, 물론이죠. 결국 어머니는 노이로제에 걸려서 드러눕고 말았습니다."

"저런, 드러누우셨다고요? 그 오코노미야키집 아주머니가 머리를 하러 온 지 얼마나 되었습니까?"

"4년 정도 됐으려나……. 아니, 더 오래되었을지도 모르겠습니다.

이것은 꽤 심각한 문제다.

"자리에 누우신 것은 최근입니까?"

"네."

"이야기하면 되지 않습니까? 돈으로 내달라고."

"네, 그렇게 생각했죠. 그래서 어느 날 아내가 큰맘 먹고 다이후쿠 씨에게 말했습니다."

"다이후쿠 씨?"

"네, 그 사람의 이름인데……, 돈으로 내줄 수 없겠느냐고 말했죠."

"용기를 내셨군요. 그랬더니 뭐라던가요?"

"아주 깜짝 놀라더니 당신은 지금 오코노미야키를 먹지 않았느냐고 하더군요."

"그랬군요."

"하지만 아내가 재차 오코노미야키는 이제 됐으니까 돈으로 부탁드린다고 말했습니다."

"흠, 그랬더니 뭐랍디까?"

"어떻게 이렇게 예의를 모를 수 있느냐며 소리를 빽 지르더니, 당신 같은 사람은 세상에서 처음 봤다더군요."

"흐음, 하지만 오코노미야키를 들고 미용실에 오는 손님도 좀처럼 찾아볼 수 없죠."

"네."

"그래서 돈을 냈습니까?"

"아뇨, 그때도 안 냈습니다. 오히려 오코노미야키를 먹어놓고 그런 소릴 한다며 경찰에 신고하겠다고 하더군요."

"뭐, 일단 맞는 말이기는 합니다만."

미타라이가 납득이 되는 듯 말했다. 청년도 고개를 끄덕였다.

"네, 이쪽도 오코노미야키를 먹었으니까요. 그래서인지 한동안 오지 않았습니다. 아마도 버스를 타고 다른 미용실로 간 모양인데 보아하니 그곳에서도 거절당한 것 같더라고요. 오랫만에 다시 가게에 나타났을 때는 오코노미야키를 들고 오지 않았어요. 그래서 돈으로 내달라고 부탁했더니 '어머나, 정말로 꼼꼼하기도 하셔라'

라며 한참을 빈정거리고 나서 돈을 주더라고요."

"으음, 어쨌든 잘 풀린 것 아닙니까?"

"그게…… 밖에 나가보니 돌담 근처에 놓아두었던 우리 집 분재 하나가 없어져서……."

"없어졌다고요?"

"네."

그리고 그는 한숨을 한 번 내쉬었다.

"이 정도면 정말 대단하다고 해야 하지 않겠나? 이시오카."

미타라이가 내 쪽을 보면서 말했다.

"응."

나도 어이가 없긴 마찬가지였다.

"하지만 그 직후에 어머니가 목을 매고 자살 시도를……."

"그건 그 물물교환 아주머니 때문입니까?"

"네, 아마도……. 하지만 확신할 수 없으니까 혹시 무엇이 원인일지 물어볼까 해서."

"어머님께 여쭤보지는 않으셨습니까?"

청년은 고개를 저었다.

"아무 말씀도 안 하십니다. 그냥 묵묵히 자리에 누워 계십니다. 안방에 이부자리를 깔고 말이죠."

"만약 제가 댁에 가면 어머님을 만나 뵐 수 있습니까?"

미타라이가 물었다.

"그게, 다른 사람을 만나고 싶어 하지 않으십니다."

"아아, 그러십니까? 그렇다면 어쩔 수 없군요."

미타라이가 선뜻 그렇게 말하며 소파 등받이에 기대는 것을 보고 나는 깜짝 놀랐다. 이것은 평소의 미타라이답지 않은 태도였다.

"하지만 하루에 한 번, 오후 3시에 친구분이 운영하는 가까운 찻집에 들르십니다. 어지간히 몸이 안 좋아서 거동이 불편하다던가, 다른 볼일이 없는 이상."

"지금도?"

"네. 내내 자리에 누워 계시다가 그 시간이면 일어나서 찻집에 가시는 모양입니다. 다치바나라는 찻집인데, 그곳의 여주인과 카운터에서 이야기를 나누시죠. 그 사람은 어머니의 동급생인데 일찍 남편을 여의었다고 합니다."

"흐음."

미타라이는 관심 없다는 듯 반응했다. 그것을 보고 내가 끼어들었다.

"그렇다면 그곳에 가면 만날 수 있겠군요?"

"네, 만날 수 있습니다. 이게 다치바나 찻집의 주소입니다. 여기에 약도도 인쇄되어 있습니다. 아키야마 마을의 버스 정류장부터 가는 길이 나와 있죠. 일단 가져와봤는데……."

그는 그렇게 말하며 주머니에서 성냥갑을 꺼냈다.

"저희 집 주소는 이것입니다."

그것도 성냥갑이었다.

"앨리스 미용실?"

내가 물었다.

"네, 『이상한 나라의 앨리스』에서 따왔습니다. 어머니가 이름 붙이셨죠."

"으흠."

왠지 그의 어머니와는 취향이 잘 맞을 것 같은 기분이 들었다.

"그리고 이것이 물물교환 아주머니의 오코노미야키 가게입니다."

이것도 성냥갑이었다.

"다이후쿠야?"

이번에는 미타라이가 입을 열며 성냥갑을 집었다.

"네."

"좋은 이름입니다만, 이것은 필요 없습니다."

미타라이는 쌀쌀맞게 말하며 성냥갑을 테이블 위에 놓고 청년 쪽으로 밀어냈다.

"어, 필요 없으십니까?"

청년은 이상하다는 듯 물었다.

"설마 가고 싶지 않아서 그러는 건 아니겠지?"

내가 미타라이를 향해 물었다.

"당신은 제가 어머님을 뵙기를 원하십니까?"

미타라이가 청년에게 물었다.

"네, 물론입니다. 어머니가 너무 걱정되어서……. 저기, 이건 우에노하라까지 가는 열차표입니다. 실례가 되지 않을까, 하는 생각에 많이 망설였습니다. 만약 별로 내키지 않는다면 버리셔도 괜찮습니다. 그리고 저기, 소요되는 비용은……."

"그런 것은 필요 없습니다. 다만 제가 할 수 없는 일도 있다는 걸 말씀드리고 싶군요."

미타라이가 말했다.

"네, 그렇겠죠."

"당신은 이름이 어떻게 되십니까?"

미타라이가 묻자 청년이 말했다.

"아, 이거 실례했습니다. 쓰즈라라고 합니다. 쓰즈라 야스시. 어머니는 쓰즈라 요시코입니다."

"드문 성이군요."

"다들 그렇게 이야기하더군요. 이 성냥갑에 이름을 적어두겠습니다."

그리고 그는 볼펜을 꺼내 갈색 성냥갑에 꾹꾹 눌러 자신의 이름을 적었다. 그런데 바탕이 진해서 글자를 알아보기가 조금 힘들었다.

"그런데 말입니다, 야스시 씨."

미타라이가 말했다.

"어쩌면 이건 간단한 일이 아닐 수도 있습니다. 단순한 형사 사건이 아닐지도 모른다는 겁니다. 제가 가서 어머님을 봬도 아무것도 할 수 없을지도 모릅니다."

야스시는 그 말을 듣고서 "알겠습니다"라고 대답하고 고개를 숙였다.

2

다음 날 아침 우리는 바샤미치의 연립주택을 나와 도쿄의 신주쿠로 가서 추오 본선 완행열차에 몸을 실었다. 바로 어제까지만 해도 북유럽 호수에 가자는 등의 얘길 했는데 어찌 된 영문인지 오늘은 일본의 전원지대로 향하고 있었다.

"미타라이, 자네가 아무것도 할 수 없을지도 모른다고 이야기한 이유가 뭐지?"

나는 신주쿠 역에서 사온 고등어초밥을 먹으면서 말했다.

"자네가 그런 말을 할 줄 몰랐어. 깜짝 놀랐다고."

"그런가?"

"나는 자네가 뛰어난 요리사라고 생각하고 있었어. 아무리 어려운 요리를 주문해도 결코 뒤로 빼지 않을 거라고 말이지."

그러자 미타라이는 천천히 내 얼굴을 보았다.

"하지만 이미 요리가 완성되어서 모두가 테이블에 둘러앉아서 먹고 있다면 어떻겠나? 아무리 실력 있는 요리사라도 더 이상 할 수 있는 일은 없다고."

그 말을 듣고 나는 잠시 생각했다.

"흐음, 완전히 끝난 이야기라는 건가?"

"내가 나설 수 있는 건 기소 단계 전까지야. 뭐, 누명을 쓴 경우라면 이야기가 달라지겠지만."

"이번에는 나설 수 없다는 말인가?"

"그럴지도 몰라."

"하지만 지금 다치바나 찻집에 가고 있지 않은가?"

"그래, 요리사가 쓸데없는 짓을 하고 있는 거지."

그렇게 말한 뒤 말이 조금 지나쳤다고 생각했는지 미타라이는 이렇게 덧붙였다.

"시골 공기를 마셔보고 싶어졌어. 협잡물과 스팸메일, 쓰레기 같은 정보 속에서 허우적거리고 있으면 숨쉬기 답답하니까."

"아, 그런가?"

"자네도 속 쓰림으로 고생하고 있잖아? 탈출할 필요가 있다고. 다들 자기도 모르는 사이에 병을 앓고 있어."

"그러면 야스시 씨는……."

"탈출을 위한 핑계지."

"그런데 오코노미야키 가게 아주머니하고는 만날 필요가 없는 거야?"

"없어."

미타라이는 매몰차게 말했다. 하지만 나는 납득할 수 없었다.

"어째서? 요컨대 자네는 야스시 씨 어머니가 자살을 시도한 이유가 오코노미야키 아주머니의 물물교환 때문이 아니라는 건가?"

"아니지."

미타라이는 앞을 본 채 말했다.

"확신이 있는 거야?"

"뭐, 그렇다고 할 수 있지"

"하지만 그 사람은 분재를 훔쳐갔잖아?"

"응."

"그 분재가 아주 가치가 있는 것인지도 모르잖아. 에도 시대부터 물려온 귀한 분재라던가. 그런 분재는 키우는 데 부모, 자식, 손자, 증손자 4대가 걸린다는 이야기를 들었어. 그리고 시가가 1억 엔은 되는……."

"그런 걸 돌담 근처에 놔두겠어?"

"어……. 음, 그런가?"

"온갖 어려움 속에서도 혼자 꿋꿋이 아들을 키워온 여자가 오코노미야키로 파마 값을 때우는 손님이나 도둑맞은 분재 때문에 죽으려고 할까?"

"나라면 상당히 고민했을지도 모르지."

"자네라면 그랬겠지만 여자들의 세계는 보기보다 강하다고. 그 부인은 훨씬 더 강인한 사람일 거야."

"흐음, 그런 걸까……. 하지만 그건 절도잖아?"

"정말로 되찾고 싶다면 어떻게든 했을 거야. 걱정하지 마."

우리는 우에노하라에서 하차한 뒤 버스 정류장을 찾다가 우연히 강변으로 나오게 되었다. 역 근처에 강이 흐르고 있는 상당히 멋진 곳이었다. 그곳에 있는 버스 정류장 표지판을 보니 아키야마 마을을 지난다고 되어 있기에 기다렸다 버스를 탔다. 좌석에 앉아 조금 전에 남긴 고등어초밥을 먹고 있으려니 미타라이가 깜짝 놀란 듯 이쪽을 쳐다보았다. 나는 조금 궁상스러운 면이 있어서 도무지 물건이나 먹을 것을 버리지 못한다.

그러나 고등어초밥은 두 개밖에 남지 않아서 금방 사라지고, 나는 포장지를 둘둘 말아서 주머니에 넣었다. 창밖은 점점 시골 풍경으로 변하기 시작하더니 어느샌가 완전히 전원 풍경이 되었다.

"마치 북유럽에라도 온 것 같군."

미타라이가 말했다. 하지만 방금 창밖을 스쳐 지나간 두엄발치를 떠올리니 도저히 그렇게 생각되지 않아서 의심의 눈초리를 미타라이에게 던졌다. 그러자 그는 이렇게 말을 이었다.

"노르웨이도 이런 느낌이야. 드넓은 평원이 펼쳐져 있고 저 멀리에는 벽을 갈색이나 노란색으로 칠한 집들이 드문드문 서 있지. 집들은 다들 한 채씩 떨어져 있고 집 뒤편에는 반드시 숲이 있어. 깊고 어두운 숲이지. 그리고 숲에는 '트롤'이라는 괴물이 살고 있어."

"정말?"

"물론 판타지지. 일본에서의 아이누 족과 마찬가지로 노르웨이인이 그 지역에 처음 들어왔을 때 이미 먼저 들어와 살고 있었다고 전해지는 전설 속 거인족이야."

나는 고개를 끄덕이고서 말했다.

"미타라이, 자네는 북유럽을 아주 좋아하는군."

그러자 미타라이가 웃으며 천천히 한 번 고개를 끄덕였다. 그러고는 말했다.

"가고 싶어. 북유럽에는 협잡물이 적거든. 머리가 맑아져."

마침내 버스는 아키야마 마을 정류장에 도착했다. 시간은 딱 좋아서 오후 3시까지 10분 정도 남겨두고 있었다. 그러나 버스에서 내려서 둘러보니 어제 야스시가 말한 대로 사방이 전부 논이었다. 그 사이로 그리 넓지 않은 포장도로가 쭉 뻗어 있고, 조금 전에 내렸던 버스가 뒷모습을 보이며 그 길을 따라 멀어져 가고 있었다.

거기서 앨리스 미용실이라든가 다치바나 찻집까지는 상당한 거리였다. 성냥갑에 인쇄된 약도를 따라 간선도로를 벗어나 언덕길을 올라갔다 내려가고, 중간에 멈춰 서서 담벼락에 핀 작은 꽃을 구경하다 보니 다치바나 찻집에 도착하기도 전에 3시가 훌쩍 지나버렸다.

"우와! 이시오카, 저기 좀 봐! 번화가야!"

미타라이의 말에 그의 손끝이 가리키는 곳을 보니 낡고 작은 잡화점이 보였다. 그리고 그 앞에 슈퍼마켓으로 보이는 식료품점이 하나 있고, 그 옆에 오래된 양장점이 붙어 있다. 그 옆이 다치바나 찻집이다. 네 채나 되는 건물이 모여 있다. 확실히 이 부근에서 이 정도의 상점가는 없을 것이다. 그 너머로 멀찍이 떨어진 곳에 앨리스 미용실로 보이는 돌담이 둘러진 건물 한 채가 있었다. 고개를 돌려 주변을 살펴보니 이 일대는 의외로 민가가 군데군데 모여 있었다.

"마을 사람들이 기분 전환을 하러 오는 아카야마의 중심가로군."

미타라이가 말했다. 그리고 다치바나 찻집을 향해 성큼성큼 걸어갔다.

"TV에 나오는 〈무엇이든 해결해드립니다〉의 '물물교환 아줌마 편'을 보는 것 같군."

내가 말했다. 그러자 미타라이가 내 쪽을 보았다.

"그렇게 생각하나, 이시오카?"

"아닌가?"

"글쎄, 곧 알 수 있겠지. 나도 그러기를 바라고 있어."

앨리스 미용실과 마찬가지로 다치바나 찻집 역시 민가의 정원에 만들어진 응접실 같은 느낌의 찻집이었다. 대문을 지나서 돌이 깔려 있는 길을 잠시 걸어 유리문을 밀자 창문 너머로 정원에 심은 남천촉南天燭이 보였다.

카운터를 사이에 두고 두 중년 여성이 이야기를 나누고 있었다. 두 사람 다 약간 통통한 체형으로 안경을 끼고 있었다. 찻집 안에는 테이블도 몇 개 있었지만 손님은 카운터의 그녀 혼자였다.

내가 들어가자 카운터 안의 여성이 어서 오세요, 라고 말하다가 곧바로 미심쩍은 표정을 지었다. 외부인은 거의 오지 않는 찻집인 모양이다. 카운터 바깥쪽에 앉아 있는 여성은 이쪽을 보지 않은 채 어두운 표정을 짓고 있었다.

미타라이는 카운터 바깥쪽 여성의 옆자리에 앉아서 밀크티를 주문했다. 나도 같은 걸로 주문했다.

"쓰즈라 요시코 씨, 미타라이라고 합니다."

미타라이가 불쑥 말을 걸며 바샤미치의 집 주소가 인쇄된 명함을 카운터 위에 놓았다.

"아, 네."

이름이 불린 여성이 움찔하며 이쪽을 쳐다보았다. 살집이 있긴 했지만 별로 나이 들어 보이는 얼굴은 아니었다. 굳이 말하자면 애교 있는 얼굴이었다.

"아드님인 야스시 씨에게 부탁을 받아 왔습니다. 고민이 있으신 것 같다고 해서 말입니다. 괜찮다면 이야기해주시지 않겠습니까?"

"허어……."

요시코는 안경 아래로 눈을 휘둥그레 뜨고 있었다. 완전히 허를 찔렸다는 표정이다.

"저는 형사 사건 조사를 전문으로 하고 있습니다. 이래봬도 경찰 쪽으로는 꽤 이름이 알려져 있으니 어쩌면 힘이 되어드릴 수 있을지도 모른다고 생각해서 말이죠."

"네에……."

"괜찮으시다면 저기 창가로 잠깐 자리를 옮기시지 않겠습니까?"

"아, 네."

그녀가 말했다.

미타라이는 먼저 일어나더니 우격다짐으로 밀어붙이듯 그녀의 팔뚝에 손을 대고 창가로 이끌었다. 그녀는 어안이 벙벙한 듯했지만 자리에서 일어나서 미타라이의 말을 따랐다.

"좋은 곳이군요."

창가 자리에 앉고 나서 미타라이가 말했다. 요시코는 맞은편 자리에 앉고, 나는 미타라이 옆에 앉았다.

"남천촉 열매는 아름답지요. 정원이 보이는 찻집은 정말 좋군요. 도쿄나 요코하마에서는 이런 곳을 좀처럼 찾아보기 어렵습니다. 게다가 이 부근은 경치가 참 좋습니다. 도쿄 인근에 이런 전원 풍경이 있을 줄은 생각지도 못했습니다. 아드님은 지금 미용실에 계십니까?"

그녀가 고개를 끄덕이고는 이렇게 말했다.

"저기, 무슨 말씀을 하시는 건지 잘 모르겠군요. 저에게 뭘 해주신다는 거죠?"

그러자 미타라이가 '껄껄' 웃기 시작했다.

"힘이 되어드리고 싶습니다."

"힘이 되어주실 수 있을까요?"

"힘이 되지 못할지도 모르죠."

미타라이가 간단히 말했다.

"이번 케이스에서는요. 어쩌면 별 도움이 안 될 수도 있죠."

"실례되는 질문입니다만, 이렇게 하는 게 당신에게 무슨 이득이 있나요?"

"자원봉사입니다."

미타라이의 대답을 듣고 요시코가 말을 이었다.

"그렇다면 비용은……?"

"현재 저는 자살 방지 활동을 하고 있습니다. 이 나라에서 단 한 명이라도 자살자를 줄이고 싶습니다. 돈은 필요 없습니다."

"그렇군요……."

"고민이 있으신 게 아닌지요? 말씀해주시는 게 어떻겠습니까? 조금은 마음이 편해질지도 모릅니다."

그러나 요시코는 입을 다물었다.

"참으로 뒤숭숭한 세상이죠. 고부 갈등으로 자살하는 사람에 난치병이나 금전 문제로 죽는 사람……. 연애 문제로 목숨을 끊는 사람도 있습니다."

여전히 요시코는 입을 다물고 있다.

미타라이가 말했다.

"자아, 괜찮으시다면 말씀해주세요."

"하지만 이렇게 갑자기 털어놓으라는 말을 듣는 것이 저로서는……. 제 아들과 아는 사이입니까?"

"그렇습니다."

"어떻게요?"

"나중에 아드님께 물어보세요."

"어디에 사는 어떤 분인지도 모르는 사람에게 자신의 비밀을 함부로 이야기할 수는 없지요."

"신중하시군요."

"이런 일에 신중하지 않을 수는 없습니다. 저도 들은 게 있으니까요."

"말씀드리자면 제 쪽도 비밀리에 행동하고 있습니다."

"아들을 불러도 괜찮겠습니까?"

"상관없습니다. 하지만 우선 전화부터 하시는 게 어떨까요? 아드님도 지금은 일하는 중일 테니."

그러자 요시코는 일어서서 옆에 있는 공중전화기로 가서 전화를 했다. 야스시라고 이름을 부르는 소리가 들렸으니, 아마 아들과 이야기하는 것이겠지. 요시코는 잠시 통화를 하고 나서 다시 자리로 돌아왔다.

"아들이 믿고서 뭐든 이야기하라고 하더군요. 유명한 분이시라는데, 몰라봬서 큰 실례를 했습니다."

"아뇨, 전혀 그렇지 않습니다."

미타라이가 말했다.

"하지만 어쩐지 여우에 홀린 듯한 느낌이라……."

"그러시겠죠. 모두들 그렇게 말씀하시니까요."

그렇게 미타라이가 이야기를 하고 있는데 마침 주문한 밀크티가 나왔다. 다치바나 찻집의 주인은 티 세트 두 개를 테이블 위에 내려놓은 뒤 즐거운 시간을 보내라고 말하고 자리를 떴다.

"요시코 씨, 말씀하지 않으셔도 됩니다."

미타라이가 갑자기 태도를 바꿔 말했다.

"저는 이미 알고 있으니까요. 이번에는 저희가 할 수 있는 일이 없는 것 같습니다. 사실 이 동네의 맑은 공기도 마실 겸 해서 찾아왔습니다. 이미 충분히 마셨으니 만족합니다. 이시오카, 차를 다 마시고 나면 돌아가도록 하지."

"이봐, 미타라이."

'이 친구가 갑자기 무슨 소릴 하는 거지?' 옆에 있던 내가 당황하며 입을 열었다.

"저기, 요시코 씨, 오코노미야키를 가지고 와서 물물교환을 하는 이상한 손님이 있어서 계속 고민하셨다고 들었습니다만……."

내가 끼어들었다. 아들인 야스시는 이것이 어머니가 자살을 시도한 원인이라고 생각하고 있었다.

"아아, 다이후쿠 씨요?"

요시코가 말했다.

"듣기로는 오코노미야키 네 개로 파마 값을 때우다가 최근에는 세 개로 깎았다면서요."

"아아, 그랬죠. 맞아요."

"그래서 유언장을 쓰셨다고……."

그러자 요시코가 웃음을 터뜨렸다.

"그렇지는 않습니다. 그건 전혀 다른 이야기예요."

"아, 그렇습니까?"

"네, 아들에게는 말하지 않았지만 다이후쿠 씨는 저의 동급생입니다. 도중에 전학을 가서 그렇게 친하지는 않았는데, 나중에 이 마을로 돌아왔더라고요."

"아드님은 상당히 고민하고 계신 것 같았습니다."

내가 거들었다.

"아아, 뭐, 그랬겠죠. 다이후쿠 씨는 조금 별난 사람이니까. 하지만 워낙 시골이다 보니 그런 사람도 가끔 있기는 있답니다."

"그러면 자살하려 하셨던 원인은 그것이……."

"아닙니다."

요시코는 고개를 저으며 말했다.

"빚 문제입니까?"

미타라이가 대뜸 묻자 요시코는 깜짝 놀란 듯했다. 너무 놀라서 목소리도 나오지 않는 모양이었다.

그렇게 그녀는 잠시 침묵했지만 이윽고 말문을 열었다.

"어떻게 그걸 아셨죠? 아들에게도 말하지 않았는데."

그러고는 목소리 톤을 떨어뜨리며 말을 이었다.

"이곳의 다치바나 씨에게도 말하지 않았습니다."

"연대보증을 선 겁니까?"

미타라이도 목소리를 낮추며 말했다. 요시코는 잠시 망설이는 듯했지만 천천히 고개를 끄덕였다.

"잘 아시는군요. 어떻게 아셨죠?"

"부인께서 대답하는 눈치와 제 말에 보인 반응으로요. 그것 말고는 가능성이 있을 만한 게 없습니다. 개인은 아니죠? 회사는 어디입니까?"

"도토쿠론이라는 회사입니다."

그러자 미타라이는 지긋지긋하다는 얼굴을 했다.

"별로 관계하고 싶지 않은 상대군요."

"네, 제가 어리석었습니다."

"한 발 늦었군요. 어떻게 그런 곳과……."

“옛날에 신세를 진 사람이 있는데, 그 사람이 사업에 대출이 필요하다고 해서요. 미용실 차릴 때 돈을 대줬던 사람이라 연대보증인으로 이름을 올리지 않을 수 없었습니다.”

“이혼한 남편분이군요?”

그러자 요시코는 눈을 크게 뜨고서 깜짝 놀란 듯 잠시 침묵했지만 이내 고개를 끄덕였다.

“전남편이 만일 연체가 되더라도 이쪽이 갚아야 할 돈은 기껏해야 40만~50만 엔이라고 했습니다. 그런데 갑자기 5백만 엔 가까이 청구되었어요. 그런 돈은 저희로서는 도저히 마련할 수 없는데.”

“근보증거래 관계에서 발생하게 될 불특정 채무에 대해 책임을 지는 일-옮긴이 상한액이 5백만 엔으로 설정되어 있었던 거겠지요.”

“대출거래약정서에 그런 내용이 있었는지 못 보고 지나쳤다고 이야기하더군요. 응접실에서 재촉받으며 열 몇 장씩이나 되는 서류에 일일이 서명하고 도장 찍다 보니…….”

“그게 그 놈들의 수법입니다.”

“그리고 채권추심명령서라는 것이 나왔다고 하더군요. 하지만 저는 전혀 본 기억이 없어요. 저로서는 뭐가 뭔지 모르는 일들뿐입니다. 누구하고 상의할 수도 없고……. 하지만 이대로라면 아들 부부에게도 피해가 갑니다. 그래서 이제는 죽는 수밖에 없다고 생각했지요.”

“이대로 죽으면 피해가 더욱 커집니다. 이 사태를 아드님 부부에게 제대로 설명하시는 게 먼저죠.”

"그러네요."

"전남편께서는 뭐라고 하시던가요?"

"서류가 날조되었다고 하더군요. 세상에는 이자제한법이라는 법률이 있어서 돈을 빌릴 때의 이자 상한선은 15퍼센트로 정해져 있다고. 하지만 그 회사는 40퍼센트의 폭리를 취하고 있으니 위법이라며 따라서 재판에서 이길 수 있다고요."

미타라이는 고개를 저었다.

"사유사항확인서라는 것에 '이자제한법의 적용을 받지 않는다'라고 적혀 있을 겁니다. 그렇다면 재판에서는 이길 수 없습니다. 법원은 극단적인 서류 지상주의입니다."

"그 이야기는 무료 법률 상담소에서도 들었습니다만, 전남편은 그런 문구는 한 줄도 적혀 있지 않았다고 하더군요. 서류가 날조된 거라고 했어요. 이건 사기라고, 그러니까 재판을 걸겠다고 했어요."

"법원은 그렇게 생각하지 않습니다. 도토쿠론은 상장기업이니까 권위주의적인 법원은 반드시 도토쿠론의 주장을 믿을 겁니다."

"그런가요?"

"법률 전문가가 되는 입시 우등생들은 원래 다들 그런 법입니다. 이번 케이스에서 법원은 전혀 도움이 안 됩니다. 적어도 앞으로 10년간은요."

"저도 현에서 운영하는 무료 법률 상담소에 가서 물어보았습니다. 재판에 대해서."

"흠, 그랬더니 뭐라고 하던가요?"

"이런 케이스에서는 절대 이길 수 없다더군요. 남편 쪽도, 제 쪽도. 법원은 서류만 믿는다, 날조 같은 것은 인정하지 않는다, 라면서요"

"그렇겠죠."

미타라이가 말했다.

"어떡하면 좋을까요?"

"그렇다고 자살을 생각해서는 절대 안 됩니다."

그렇게 말하고 미타라이는 팔짱을 끼고 찌푸린 얼굴을 했다.

"예상대로 가장 나쁜 케이스입니다. 할 수 있는 일은 한정되어 있습니다."

"네."

"사태가 여기까지 진행되어 있을 줄이야. 어쨌든 도토쿠론이 지금 어떤 상태인지 경찰 쪽 친구에게 물어보겠습니다. 아마도 많은 재판이 진행 중이겠지요. 최대한 자세히 알아봐서 결과를 알려드리겠습니다."

"네, 감사합니다. 재판은……."

"이기는 것 외에는 방법이 없겠죠. 그것 말고는 이번 케이스에서 사태를 수습할 방법은 없습니다."

그러자 요시코는 "네" 하고 가라앉은 목소리로 대답했다. 그리고 잠시 침묵하다가 이렇게 입을 열었다.

"저는 이제 죽을 수밖에 없습니다."

하지만 그런 말을 들어도 미타라이는 아무 말도 하지 않았다. 어쩐지 간접적으로 자살에 동의하는 듯 보여서 나는 가슴이 벌렁벌렁했다.

"살아 있어봤자 저는 아무것도 할 수 없습니다. 이제 길은 없는 거죠?"

미타라이는 계속 침묵하고 있다.

"이제 할 수 있는 일은 생명보험에 가입한 뒤 자살하는 겁니다. 그러면 아들 부부에게 보험금이 나오니까요."

"자살하면 보험금은 나오지 않습니다."

"네? 하지만 찾아보면 나오는 것도 있다고 하던데……."

"없습니다."

미타라이는 단호하게 말했다.

"자살로도 생명보험금이 나온다면 다들 불황기에 생명보험을 들고 자살하고 말 겁니다."

"그런가요?"

"그런 보험은 단 하나도 없습니다."

"그렇다면 전 어떻게 해야 할까요?"

"요시코 씨, 혹시 신앙을 가지고 계십니까?"

미타라이가 뜬금없이 물었다.

"아, 네. 전 이 금비라金毘羅: 악귀의 일종인 야차들의 우두머리—옮긴이 님의 부적을 항상 몸에 지니고 있지요."

요시코는 품에서 하얀색 부적을 꺼냈다. 부적 앞면에는 금비라

명신金毘羅明神이라고 적혀 있었다. 미타라이는 그것을 가만히 보고 있다가 말했다.

"으음, 이 부적은 참 잘 만들어졌군요."

"네."

"믿으실지 모르겠지만 여기 신과 저는 친구 사이입니다. 전부터 상당히 친하게 지내고 있지요. 그러니 지금부터 이 부적에 제가 특별한 주문을 걸겠습니다."

그리고 주머니에서 매직펜을 꺼내더니 금비라의 '금'자 위에 쓱쓱 소용돌이를 그렸다.

"아……."

나도 모르게 신음했고 요시코도 숨을 삼켰다.

"한 시간마다 이것을 이마에 대고 간절히 기도하십시오. 반드시 길이 열릴 겁니다. 그리고 부인은 이제 이것으로 두 번 다시 자살을 생각할 수 없을 겁니다."

미타라이가 엄숙하게 선고했다.

3

"이봐, 미타라이, 대체 뭔 짓을 한 건가!"

버스 정류장에서 우에노하라 역으로 가는 버스를 타고 나서 내가 물었다.

“그런 주문이 통하는 거야?”

“통할 리 없잖나. 그냥 낙서야.”

미타라이가 말했다.

“정말 천벌 받을 짓을……. 저렇게 신성한 부적에…….”

나는 할 말을 잃었다.

“하지만 저대로 두면 그 부인은 오늘 밤에라도 다시 목을 매려 할 것 같았어. 그러니 금비라 씨도 이해해주겠지.”

“하지만 그런 짓을 해서 기대를 갖게 해놨잖아. 저 사람에겐 앞으로 희망이 없는 거야?”

“없겠지, 이번 사건만큼은. 도토쿠론은 이 세상 최악의 조직이야. 야쿠자보다도 더 악질이지. 일본 열도가 침몰하더라도 채권은 포기하지 않을 거야.”

“그러면 어떻게 할 참이야?”

“낸들 알겠나? 이번 케이스만큼은 이미 두 손 두 발 다 들었어. 대출거래약정서가 존재하고, 이미 채권추심 단계에 들어가 있어. 그렇다면 재판에서 이기지 않는 한 그 사람이 악덕 채무에서 자유로워질 방법은 없어.”

“이길 가능성은?”

“지금으로서는 만에 하나라도 없지.”

“뭐어? 그렇다면…….”

“우선 도토쿠론 사내에서 배신자가 여러 명 나와야 돼, 그것도 간부급으로. 그 사람들이 법정에 나가 회사의 서류 날조를 증언하고, 당연히 도토쿠론에서 벌일 온갖 방해 공작을 극복하고, 그것에 더해 피해자가 대거 자살해 사회문제가 되고, 더 나아가 여론이 들끓어서 채무자가 승소하지 못하면 법원에 불이익이 생길 만한 사회적 분위기가 조성될 때까지 가만히 기다려야만 해. 아무리 빨라도 10년은 걸리겠지."

"정말이야?"

"그래, 틀림없어."

나는 한숨을 쉬었다.

"연대보증인으로 서명날인을 하기 전에 연락했으면 좋았을 텐데. 이렇게 되면 이제 내가 할 수 있는 것은 없어. 기적이라도 일어나지 않는 한 이 사태를 타개할 방법은 없어."

바샤미치의 집으로 돌아온 뒤 미타라이는 경시청에 전화를 걸어 다케고시 경감과 통화했다. 그리고 다케고시 경감에게 소개받은 다른 누군가와도 이야기를 나누었다. 경찰관이 아닌 인물도 포함되어 있는 듯했다. 도토쿠론에 대해 질문한 모양인데 시종일관 낯빛이 어두운 걸 보니 통화 내용은 안 물어봐도 짐작이 갔다.

느지막한 저녁 식사 시간에 미타라이에게 상황을 물었더니 "최악이야"라고 말했다.

"도토쿠론은 현재 스무 건 이상의 재판에 연루되어 있나 봐. 그런데 연전연승이라는군. 요전에 한 건은 졌던 모양인데 항소심에서는 이기겠지. 다케고시 경감은 권위를 가진 자리에 있는 터라 아마추어가 서류를 잘 살펴보지 않고 서명날인을 하니까 문제가 된 거라는 말로 정리하더군. 하지만 나는 다른 방면의 정보도 많이 얻었어. 대출거래약정서나 사유사항확인서, 이자수취증서에도 충분히 날조를 의심할 만한 구석이 있어."

"그걸 증명하면 되지 않겠나?"

"누구에게?"

"누구에게라니?"

"경찰이나 당사자겠지? 평소 같으면 그걸로 충분해. 하지만 이미 판사를 상대해야 하는 상황이 되었어. 사태는 거기까지 진행되어 있다고."

"그러면 판사에게 증명하면 되잖아."

"판사의 생각은 조금 전에 말한 다케고시 경감과 완전히 똑같아."

"그러니까 설명을 해서 이해하게 만들어야지."

"그건 불가능해. 일본의 판사는 시대에 뒤떨어져서 사고방식이 아직도 에도 시대에 머물러 있어. 무엇이 진실인가는 이미 판사에게는 별 의미가 없어. 그 사람들은 이제까지 수도 없이 도토쿠론 측의 손을 들어줬어. 이는 다시 말해 '날조는 없다'라는 판단을 내렸다는 걸 의미해. 이렇게 되면 이것은 확고한 '선례'로 남아 영향을 미치게 되지. 이제 와서 날조라는 걸 인정하면 '높으신 분'인 자신들이 잘못한 꼴이 되니까 질서가 흐트러진다고 생각하지. 그래서 그것을 꼭꼭 감추기 위해 법정에서는 더 이상 날조를 인정하지 않는 거야."

"어? 그런 거야?"

"그래, 이게 일본이라고. 대본영전시 중에 설치된 일본의 최고 통수기관—옮긴이이 결정한 중국 침공처럼 높은 자리에 있는 사람은 자신들의 잘못을 절대 인정하려 하지 않아. 인정할 바에야 차라리 전 세계를 상대로 전쟁을 벌이는 게 낫다는 식이지."

"으음……."

"그러니까 이렇게 되고 나면 때는 늦었어. 이제는 시간이 흐르기를 기다릴 수밖에 없어. 반드시 회사에서 내부 고발자가 나올 거야. 회사 측은 당연히 음해라며 여러 명의 가짜 증인을 내세우고 법정도 그것을 거들겠지. 그렇지만 그것도 그리 오래가지 못해. 언젠가는 판사도 인정하지 않을 수 없게 되고 피해자 측이 이기기 시작하지. 실제로 한 건은 이겼어."

"그렇다면……."

"하지만 당분간은 항소심에서 질 거야. 이게 한동안 이어지겠지. 승소가 확정되는 판결이 나올 때까지 10년은 걸릴 거야. 왜냐하면 이 사건의 상대는 이제 도토쿠론이 아니라 법원이기 때문이지. 시간이 걸려."

"너무하는군……."

그리고 그날 밤이 저물고 다음 날이 되었다. 미타라이는 이곳저곳에 전화를 걸었지만 결과가 신통찮은지 여전히 어두운 얼굴을 하고 있었다. 확실히 평소와는 다른 사건 같았다.

그리고 다시 하루가 지나고 그다음 날 오후가 되었다. 점심 식사 뒤에 미타라이는 자기 방에 틀어박혀 꼼짝도 하지 않았다. 살짝 엿보니 뭔가 어려워 보이는 책을 읽거나 컴퓨터 앞에 앉아 있거나 했다. 오후 2시가 되기 10분 전쯤에 현관문 쪽에서 조심스러운 노크 소리가 들렸다. 대답을 하고 문을 열어 보니 그곳에 쓰즈라 요시코가 서 있었다.

"요시코 씨 아니십니까?"

"죄송합니다, 갑자기 찾아와서."

그녀는 그렇게 인사한 뒤 조심스럽게 말을 이었다.

"미타라이 씨는요?"

"있습니다. 들어오세요. 그리고 저 소파에 앉으시죠. 지금 불러오겠습니다."

나는 그렇게 말한 뒤 미타라이의 방문 앞에 가서 노크를 했다. 무뚝뚝한 대답을 듣고 나서 문을 열어보니 그는 컴퓨터 앞에 앉아 있었다. 그리고 쉴 새 없이 키보드를 두드리면서 무슨 일이냐고 물었다.

"쓰즈라 씨…… 쓰즈라 요시코 씨가 오셨는데……."

그렇게 말하자 비디오테이프의 스톱 모션처럼 그의 움직임이 딱 멈췄다. 그리고 천천히 고개를 돌리며 이쪽을 보았다.

"오셨다고?"

"지금 소파에 앉아 계셔."

그러자 미타라이는 낮게 혀를 찼다. 그런 뒤에 나를 노려보면서

들릴 듯 말 듯한 목소리로 나무랐다.

"자네 탓이라고, 이시오카. 여기로 들어와서 그 문 좀 닫아봐."

미타라이가 매섭게 말해서 나는 방 안에 한 걸음 들어서며 문을 닫았다.

"잘 들어, 이시오카. 나는 이번 케이스가 어렵다는 걸 예상하고 있었어. 야스시 씨의 아버지는 이혼했고 벤처사업에 손을 대고 있어. 그리고 어머니의 미용실에도 돈을 대줬다고 했지. 그렇다면 이혼한 아버지의 연대보증인일 가능성이 충분히 있었어. 그것도 법정 투쟁까지 갔을 위험성도 예측할 수 있었어. 뭐가 오코노미야키 아주머니야? 그런 단순한 케이스가 아니라고!"

미타라이는 웬일로 화를 내며 두 팔을 휘둘렀다.

"이런 케이스에 추진력 따윈 의미가 없어. 그 부인을 구제할 수 있는 방법은 딱 한 가지밖에 없어. 1백만 엔짜리 지폐 뭉치 대여섯 개를 테이블 위에 쌓아두고서 자, 이걸 받으시죠, 갚는 건 마음 내키실 때 하십시오, 라고 말하는 거야. 그것 말고는 없어. 하지만 우리에게 그럴 돈이 어디 있나!"

나는 고개를 숙였다.

"앞으로는 좀 더 주의해줘. 나는 슈퍼맨이 아니야. 뭐든지 해결할 수 있는 사람이 아니라고."

"알았어……."

그렇게 대답할 때 눈물이 찔끔 나왔다. 미타라이는 내 옆을 바람처럼 지나가서 재빨리 문을 열었다. 그리고 조금 전에 역정을 냈던 것이 거짓말처럼 느껴지는 밝은 목소리로 말했다.

"요시코 씨, 어서 오십시오. 요코하마까지 먼 걸음을 하셨군요. 지금 이시오카에게 홍차라도……."

나도 방에서 나가 미타라이의 어깨 너머로 요시코를 보았다. 그때 이상한 일이 일어났다. 그녀가 소파에서 일어나서 무릎을 꿇은 것이다. 그리고 두 손을 바닥에 짚고 몸을 굽히며 이마를 바닥에 찰싹 붙였다.

"아니, 왜 그러십니까? 요시코 씨."

"정말 감사합니다."

그녀가 말했다.

미타라이는 깜짝 놀란 듯 그 자리에 멈춰 서서 물었다.

"뭐가 말입니까?"

요시코는 두 무릎으로 미타라이를 향해 기어가서 그의 오른손을 잡았다. 그리고 두 손으로 감싸 쥐고는 자신의 이마에 갖다 댔다.

"감사합니다. 이번에 저를 구해주셔서 정말로, 정말로 감사합니다!"

그녀는 그렇게 말하며 눈물을 흘렸다.

"요시코 씨, 잠깐만요. 무슨 말씀이십니까?"

미타라이가 말했다. 그러나 그녀는 울고 있어서 말을 제대로 하지 못했다.

"일어나세요, 요시코 씨. 대체 무슨 일이 있었습니까? 설명해주시지 않겠습니까? 이쪽 소파에 앉으세요. 어서요. 무릎이 더러워집니다."

"이번 일은 정말로, 정말로 감사드립니다. 덕분에 목숨을 구했습니다. 제 목숨도, 어쩌면 우리 가족의 목숨도. 이 은혜는 평생 잊지 않겠습니다."

미타라이는 미간에 주름을 만들고 있었다.

"우선 앉으세요. 그리고 무슨 일이 일어났는지 알려주세요."

미타라이는 그녀의 허리에 팔을 두르듯 하며 천천히 소파로 안내했다. 그리고 자기는 서둘러 맞은편 자리에 앉았다.

"보시를, 보시를, 부디 보시를 하게 해주세요."

"보시? 보시라뇨? ……아아, 보시! 그런 건 필요 없습니다. 여기는 종교 단체가 아니니까요."

"하지만 어떻게 사례를 해야 할지……."

"그러니까 말씀해주세요. 그것이 저에게 주시는 사례입니다. 무슨 일이 있었습니까?"

"오늘 아침 도토쿠론에 전화를 했는데……."

"흠, 전화를 했는데요?"

"이제 이쪽의 채권은 포기하겠다고 했습니다."

미타라이는 잠시 할 말을 잃었다.

"뭐라고요?"

"연대보증인인 저는 이제 한 푼도 갚지 않아도 된다고 합니다. 변제 의무가 소멸돼서 이제 이 일은 저와 관계가 없다고 했어요. 나머지는 히라야마 씨…… 저의 전남편인데 그쪽하고만 협의하겠다고."

너무나 놀라운 일이라 미타라이도 어안이 벙벙한 듯 말을 잇지 못했다.

"그래서 전남편에게 전화를 해봤더니 그 사람에게도 연락이 간 모양이더라고요. 통상의 이자인 15퍼센트로 변제하라고 했대요. 그리고 기한도 두지 않겠다고 했고요."

미타라이는 말이 없었다. 요시코는 품에서 미타라이가 장난으로 그려준 금비라 부적을 꺼냈다.

"정말로 이것 덕분입니다. 저는 이것에, 그 뒤 한 시간마다 정성껏 기도했답니다. 계속, 계속해서 빼먹지 않고, 한 시간마다."

미타라이가 미심쩍다는 얼굴로 물었다.

"한 시간마다? 왜죠?"

그렇게 말하다가 미타라이는 "앗!" 하고 자기가 했던 말을 떠올린 듯했다.

"아아, 한 시간. 그렇죠, 한 시간마다였죠. 그렇고말고요. 그건 중요합니다."

그리고 그는 천천히 고개를 기울였다. 영문을 모르겠다는 표정이었다.

"이시오카, 어쨌든 홍차를 끓여주지 않겠나?"

미타라이의 말을 듣고 나도 정신을 차렸다.

홍차를 마시는 동안 요시코는 계속 고개를 숙이고 있었다. 그리고 뭔가 자신이 할 만한 사례는 없느냐고 물었다. 그때마다 미타라이는 없습니다, 라고 대답하고 있었다.

그때 전화가 걸려왔다. 다케고시 경감이었다. 미타라이는 있느냐고 묻기에 지금 손님과 이야기하고 있지만 불러오겠다고 말하자 그럴 필요까지는 없다고 했다. 그 대신 상의하고 싶은 일이 있으니 미타라이와 함께 지금 바로 유라쿠초의 현장까지 와줄 수 없느냐고 묻고는 도쿄 역까지 올 수 있다면 야에스구치 역 앞에 경찰차를 대기시켜두겠다고 말했다. 수화기를 든 채 미타라이에게 대강의 내용을 이야기하니, 그가 알았다고 말해서 바로 가겠다고 전했다.

내가 하는 이야기를 옆에서 듣고 뭔가 일이 생겼음을 알아차렸는지 요시코는 자리에서 일어나서 몇 번이나 고개를 숙이며 감사의 표시를 하고 돌아갔다. 내가 현관문까지 그녀를 배웅하고 돌아오자 미타라이는 넋을 놓은 듯 멍한 얼굴을 하고 있었다. 그리고 "기적이 일어났어, 이시오카!"라고 말했다.

"아마 지금 다케고시 경감이 부르는 장소가 기적의 현장일 거야."

4

우리는 바로 간나이 역에서 JR를 타고 도쿄 역으로 가서 야에스구치 역 앞에 정차해 있던 경찰차에 탔다. 약속 시간을 정해둔 것은 아니지만 경찰차는 어디든 세워둘 수 있어 편하다. 길이 조금 정체되고 있었지만 경찰차는 사이렌을 울리며 눈 깜짝할 새 우리를 유라쿠초까지 실어 날랐다. 나는 어쩐지 미안해서 몸 둘 바를 모르겠는 기분이 들었다.

경찰차를 운전하는 제복 경관은 다케고시 경감이 유라쿠초에 있는 도토쿠론의 본사 빌딩에서 기다리고 있다고 말했다. 역시 그렇군, 하고 나도 미타라이도 생각했다. 도토쿠론 빌딩에서 무슨 일이 있었느냐고 묻자, 화재가 발생했다는 대답이 돌아왔다. 그리고 조수석에 앉아 있던 제복 경관이 상체를 뒤쪽으로 돌려 대강의 일을 설명해주었다.

이상한 상황에서 벌어진 화재라서 발화원을 아직 밝히지 못하고 있다. 불탄 것은 건물의 옥상뿐이고, 그것도 옥상에 세워져 있던 가건물뿐이라고 해도 좋다. 옥상은 넓은 시멘트 바닥이었고 그 밖에 가연성 물체가 없었던 점도 있긴 하지만 재빨리 진화를 해서 아래층의 사무실에는 일절 피해가 없었다. 이 가건물은 동절기용 난방기구나 운동용품을 넣어두는 창고로, 석유스토브나 등유 폴리탱크 등이 있었기 때문에 폴리탱크 안에 남아 있던 등유가 인화된 듯하다.

그러나 발화 당시에 옥상에는 아무도 없었고, 게다가 옥상으로 통하는 문에는 자물쇠가 채워져 있어서 외부인은 물론이고 사원도 드나들 수 있는 상태가 아니었다고 한다. 도토쿠론은 요즘에 사회적으로 평판이 별로 좋지 않아서 누가 회사 건물에 난입할지 알 수 없는 상황이었다. 그래서 모든 사원은 사장의 명령으로 경계태세에 들어가서 본사 경영방침에 호의적인 인물 이외에는 안내데스크 옆의 1층 응접실 이상으로는 들여보내지 않게 되어 있었다. 사원 이외의 인물이 사내의 복도, 특히 2층 이상의 복도에 있는 걸 발견하면 사원은 즉시 경비원과 협력해서 회사 밖으로 쫓아내라는 지시가 내려져 있었다. 만약의 사태를 경계하고 있는 것이다.

이런 상황이었으니 수상한 외부인이 옥상에 침입할 방법은 없다. 뿐만 아니라 사원이라도 옥상 열쇠를 가진 관리담당자 이외에는 올라갈 수 없다. 그럼에도 화기가 일절 없는, 게다가 아무도 없는 옥상에서 불길이 치솟았다. 만일 아래층에 있는 사무실에서 불이 났다면 그런대로 이해할 수도 있다. 수많은 사람이 있으니까 그들 중 누군가가 담뱃불을 제대로 처리하지 못했을 수도 있다. 또한 급탕기라든가 가스 순간온수기 혹은 차를 끓이기 위해 가스레인지를 다루다가 사원이 실수했거나 부품의 노후화 등 다양한 원인으로 불이 날 수도 있다.

그러나 옥상에는 발화성 물질이라곤 전혀 없었다. 바닥의 시멘트가 그대로 드러나 있는 공간이고 출입문은 금속제다. 가건물도 안에 등유가 보관되어 있기는 했지만 오두막만 한 크기에 대부분 금속제로 만들어져 있고 일부 목제가 사용되기는 했어도 극히 일부다. 목제는 실내의 창틀과 천장의 대들보 일부, 벽 가장자리 부분의 바닥 틀 정도에 쓰였을 뿐이고 그 밖의 가연성 물체라고는 바닥에 깔려 있는 얇은 카펫 정도다. 이것 또한 합성수지로 만든 것이라 불에 잘 타는 것도 아니다.

옥상 가장자리에는 도리이신사 앞에 세워두는 문-옮긴이와 작은 신사가 있는데, 사원들은 매일 아침 이곳에 참배하는 것이 의무화되어 있다. 이 신사의 본전本殿과 도리이는 목제였지만 둘 다 불에 타지는 않았다. 따라서 이것이 발화원은 아니다. 또 옥상에는 끈으로 묶인 옛날 신문들이나 잡지들이 군데군데 쌓여 있었는데, 이것도 약간 불타긴 했지만 전소되지는 않았다. 그렇다면 이것들도 발화원이라고 생각하기는 어렵다.

그렇게 되면 전소된 가건물이 발화원이라고 이야기할 수 있겠지만 이곳 문에도 자물쇠가 채워져 있다. 따라서 누군가가 안에 들어가서 불을 질렀다고는 생각할 수 없다. 그렇다면 외벽에 등유나 휘발유 등을 뿌리고 불을 질렀을지도 모른다고 가정할 수 있겠지만, 그런 행동을 하면 반드시 흔적이 남는다. 소방서의 조사로는 그런 흔적도 일절 없었다고 한다.

출입문도 잠겨 있고 아무도 없는 밀실 상태의 옥상에서 어제 오후 4시경 갑자기 원인 모를 불길이 치솟아서 가건물만 태웠다. 발화원을 알 수 없다는 것 외에도 이상한 점은 또 있다. 최근에 사회적으로 문제를 일으키고 있는 회사이므로 다케고시 경감은 방화를 의심하고 있는데, 그렇다면 왜 옥상 같은 곳에 불을 질렀는지 이해할 수 없다는 점이다. 회사에 원한을 품고 있는 자라면 아래층에 있는 사무실을 노릴 것이다. 중요한 물건도 없는 이런 옥상을 불태워봤자 회사에 줄 수 있는 피해는 미미하다. 실제로 이번 화재로 회사가 입은 피해는 제로에 가깝다.

어제 아침 9시경 사원들이 신사에 참배를 하러 이 옥상에 올라왔다. 그런 뒤 모두가 아래층으로 내려가고 옥상 관리담당자가 9시 40분경 자물쇠를 채웠다. 보통은 점심시간에 사원이 올라와서 골프 스윙 연습 등을 하지만 어제 낮에는 아무도 얼씬거리지 않았다. 바쁜 업무가 생겨서 그럴 경황이 없었다고 한다. 요컨대 아침 9시 40분 이후로는 누구 한 사람도 옥상에 올라오지 않았다는 것이다. 또한 외부인이 옥상에 올라오지 못하도록 아래층에서는 사원이 계속 감시하고 있었다. 그럼에도 오후 4시경 옥상에서 불이 났다. 말하자면 그런 수수께끼라고 한다. 현장으로 향하는 도중에 경관에게 이런 대강의 사정을 들었다.

현장의 빌딩은 유라쿠초 역에서 가까운, 소토보리 길에서 조금 남쪽 방향으로 들어간 한구석에 있었다. 아주 낡은 빌딩으로 창이 전부 흐린 젖빛 유리로 된, 왠지 모르게 음침한 느낌이 드는 건물이었다. 벽 전체가 거무스름한 것은 불을 끌 때 뿌린 대량의 물이 벽을 타고 흘러내렸기 때문일 것이다. 빌딩 주변 곳곳에서 물에 젖은 흔적들을 볼 수 있었다.

양쪽으로 열리는 현관의 유리문도 오래되었고 황동으로 만들어진 난간 중앙도 완전히 변색되어 있다. 안내하는 경관을 따라 복도를 지나 막다른 곳에 있는 엘리베이터를 탔는데 진동이 심해서 불안감이 치솟았다.

엘리베이터는 7층까지만 있었다. 그 위 옥상까지는 어두운 계단을 걸어 올라가야 한다. 계단 맨 끝에 있는 금속제 문을 밀자 여기저기가 검게 그을린, 참으로 화재 현장다운 옥상이 눈앞에 펼쳐졌다. 바닥은 아직 젖어 있었다. 오른편은 씻은 듯이 깨끗했지만, 왼편은 마치 물을 댄 논 같은 검은 진창 바닥이었다. 이쪽저쪽에 얕은 물웅덩이도 있었다. 시계를 보니 오후 5시 조금 전이다. 만 하루가 지났다. 어제 이 시간쯤에 이곳의 화재를 진압했다는 이야기다. 그런데도 아직 일부는 물이 마르지 않았다.

축축한 바닥에 물을 머금은 옛날 신문들과 잡지들이 흩어져 있었다. 젖어서 흐늘흐늘해진 빈 골판지 상자도 보였다. 이런 것들이 옥상 일대에 흩어져 있는 것은 소방차에서 뿌린 물의 압력 때문일까. 묶여 있던 끈이 풀어져 있는 것도 많았다.

문을 나와서 오른쪽 뒤편에 문제의 가건물이 있었다. 얇은 금속판으로 만든 듯한 벽은 열에 녹아서 구부러지고, 목제 골조도 숯덩이가 되어 있었다. 게다가 뿌린 물의 압력 때문인지 그것들도 대부분은 떨어져 나가고, 가느다란 금속제 골조만이 남아 작은 가건물이 가지고 있던 형체를 우리에게 간신히 전하고 있었다.

벽이 녹아내린 탓에 가건물 내에 있던 물건들이 훤히 보였다. 바닥에 놓여 있었다는 폴리탱크들은 완전히 녹아서 바닥에 덩어리져 눌어붙어 있다. 조금 전 경관에게 설명을 듣지 못했더라면 이것이 폴리탱크였다고는 생각지도 못했을 것이다.

그 옆에는 석유스토브가 늘어서 있었다. 벽 쪽에 쌓여 있었을 나무 상자, 골판지 상자 등은 전부 시커먼 숯덩이가 된 채 바닥에 포개져 있고, 옆에는 매트리스처럼 보이는 것의 잔해와 함께 골프채와 금속 야구 배트도 몇 개인가 있었다.

다케고시 경감이 화재 현장을 둘러보고 있다가 우리가 온 걸 깨닫고서는 벌레 씹은 듯한 얼굴로 다가왔다.

"여어, 오셨습니까, 선생님. 먼 길 오시느라 수고 많으셨습니다."

그는 그렇게 말하고 나서 나에게도 가볍게 인사를 하기에 나도 같이 인사를 했다. 우리를 안내한 제복 경관은 경례를 하고 아래층으로 내려갔다.

"보시는 대로 화재 현장입니다."

다케고시 경감이 손으로 가리키며 말했다. 미타라이는 주위를 쓱 둘러보고서 아무 말도 하지 않고 고개만 끄덕였다.

"설명은 경관에게 들으셨습니까?"

다케고시 경감이 말하자 미타라이가 다시 고개를 끄덕였다.

"들었습니다. 어제 오전 9시 40분 이후에는 아무도 옥상에 올라오지 않았다, 옥상은 잠겨 있어서 사원도 외부인도 올라올 수 없었다, 말하자면 밀실이었다, 게다가 가건물의 문도 잠겨 있었다, 라고 말입니다."

그 말을 듣고 다케고시 경감은 고개를 끄덕였다.

"그렇습니다."

"옥상으로 통하는 문은 하나뿐인데 이 문은 잠겨 있었고 발화성 물질도 전혀 없었다. 그런 옥상이 갑자기 불타올랐다. 어째서일까? 그런 수수께끼로군요."

"그렇습니다. 이유를 아시겠습니까?"

다케고시 경감이 미타라이를 쳐다보며 말했다.

"어딘가에 시한 발화장치 같은 것은 없었습니까? 정해진 시간이 되면 불붙게 하는, 그런 장치 말입니다."

"그것 때문에 와달라는 말씀을 드렸던 겁니다."

다케고시 경감이 큰 소리로 말했다.

"그걸 못 보고 놓친 건 아니냐고, 나중에 선생님께 그런 말을 들을 수도 있다고 생각해서요. 그래서 직접 보여드리기로 한 겁니다. 저희는 오늘 아침부터 하루 종일 작업하고 있습니다. 화재감식반도, 소방서도 협력해서 일하고 있습니다. 그렇지만 어디에도 그런 흔적은 없었습니다. 찾을 수가 없어요. 어디에서도 말입니다. 전문가들이 합심해서 찾고 있는데……. 다들 뭔가 놓치고 있는 걸까요?"

다케고시 경감의 말을 듣고서 미타라이도 화재 현장인 옥상을 걷기 시작했다. 하지만 아직 상세히 조사할 생각은 없는지 어슬렁어슬렁 걸어 다닐 뿐이었다.

"이곳은 어제 저녁에 진화를 마친 상태 그대로입니까? 뭔가 없어진 물건은 없습니까?"

미타라이가 물었다.

"아무것도."

다케고시 경감이 대답했다.

"바닥은 물에 젖어 있고 아주 깨끗하군요. 태풍을 뚫고 온 배 같습니다."

"태풍이 온 것처럼 물을 잔뜩 뿌렸으니까요. 한 시간 이상이나 이곳에 계속 물을 뿌려댔으니 깨끗해질 만도 하죠."

미타라이는 옥상 구석에 세워진 녹색 네트 앞에서 걸음을 멈췄다.

"이건 골프 네트입니까?"

미타라이의 질문에 다케고시 경감은 고개를 끄덕였다.

"네, 골프 네트입니다. 하지만 여기는 옥상이라서 안전사고 예방을 위해 끈이 달려 있는 공을 치죠. 이곳에 퍼팅 연습대가 있잖습니까. 이겁니다."

다케고시 경감이 가리킨 발치에는 다다미 한 장 정도 크기의 인조 잔디 매트와 골프공이 들어 있는 깡통이 있었다.

"공에 끈이 달려 있긴 하지만 만에 하나 끈이 끊어질 경우를 대비해 이렇게 네트를 쳐놓은 거겠죠. 이곳에서 끈 없는 공을 치는 것은 엄격히 금지되어 있다고 합니다."

"이 네트는 불타지 않았군요."

"가건물에서 떨어져 있으니까요."

다케고시 경감이 말했다.

"야구 배트가 있군요. 글러브도."

미타라이가 옥상 구석을 가리켰다.

"그렇습니다. 야구 배트는 가건물 안에도 있습니다."

"이 배트는 경구硬球:정식 시합용 야구공—옮긴이용도, 연구軟球용도 아니군요. 크기가 작습니다. 장난감 배트 같군요. 플라스틱 공을 치는 게 아닐까요?”

“이곳은 옥상이니까요. 딱딱한 공을 쓰다가 옥상 아래로 날아가면 위험하죠. 사람이 맞기라도 하면 큰일이 납니다.”

“그 밖에도 불타지 않은 것이 많군요.”

미타라이는 그렇게 말하면서 이번에는 도리이와 신사 쪽을 향해 걸음을 옮겼다.

“이것도 타지 않았네요. 나무로 만들어졌는데도.”

도리이 아래에 서서 위를 올려다보며 미타라이가 말했다.

“네, 보시는 대로입니다.”

다케고시 경감도 따라와서 동의했다.

“저 작은 신사는 사원들의 참배용입니까?”

미타라이가 다케고시 경감 쪽을 보며 물었다. 다케고시 경감은 고개를 끄덕였다.

“장난감 배트 다음에는 장난감 신사인가?”

미타라이는 그렇게 말하며 코웃음을 쳤다.

“이 회사 때문에 피눈물을 흘리고 있는 사람들을 정말 우습게 보는 행동이로군. 아침저녁으로 신에게 참배하고, 이름은 도덕道德이란 한자를 쓰는 도토쿠론이라니. 마치 대륙을 침략한 일본 신군神軍 같아.”

미타라이의 민감한 발언에도 다케고시 경감은 아무런 말이 없었다.

"작은 테이블이 있군요."

그리고 미타라이는 여기서 처음으로 쭈그려 앉았다. 신사 본전과 도리이의 중간 지점이었다. 작은 테이블이 옆으로 쓰러져 있었다.

"이것도 진화가 끝났을 때 그대로입니까?"

미타라이가 물었다.

"일절 손대지 못하게 했습니다. 선생님이 오실 때까지."

미타라이는 쭈그려 앉은 채 다케고시 경감의 얼굴을 흘끗 올려다보고는 고개를 끄덕였다.

"진화 작업 때 뿌린 물이 현장에 많이 남아 있긴 하지만 그 덕분에 불을 빨리 끌 수 있었죠. 그러니 뭔가 증거가 될 만한 것이 남아 있을 겁니다."

"정말 그랬으면 좋겠군요."

다케고시 경감이 말했다.

"꽃들이 흩어져 있네요. 이 신사에 바쳤던 꽃들이겠군요. 조금 그을렸지만 백합과 장미 그리고 이름은 모르겠지만 제철이 아닌 꽃이군요. 가격도 비싸 보입니다."

"온실에서 재배한 꽃이겠죠. 업자에게 배달시켰던 겁니다."

"수많은 채무자를 자살하게 만들고서 온실에서 재배한 꽃이라…. 참으로 사치스럽군요. 하지만 꽃은 있는데 꽃병이 없습니다."

"유리 파편이 여기저기에 흩어져 있지 않습니까?"

"아하, 상당히 넓은 범위에 흩어져 있군요."

"그게 꽃병입니다."

"투명한 유리로군요. 그렇군, 유리 꽃병인가. 흠, 틀림없는 것 같습니다. 꽃도 그렇지만 꽃병의 파편도 상당히 멀리까지 날아갔군요."

"소방차에서 뿌린 물의 강한 압력 때문입니다."

다케고시 경감이 말했다.

"그렇군요. 소방차에서 뿌린 물 때문이겠지요. 워낙 강력하니까요. 물은 어느 쪽에서 뿌렸습니까?"

"지금 선생님께서 올라오신 문 쪽 그리고 저쪽 빌딩 옥상에서도 뿌렸습니다."

"저쪽 빌딩이요?"

미라타이는 일어나서 길 건너편의 빌딩을 보았다.

"조금 떨어져 있지만 거의 평행선상에 있군요. 저건 무슨 건물입니까?"

"저쪽은 임대 빌딩입니다. K악기 같은 회사들이 입주해 있죠. 반대편인 이쪽의 빌딩들은 전부 높이가 낮아서 적합하지 않죠."

"흠, 저쪽도 7층 빌딩이로군요. 뭐, 소방차에서 뿌린 강력한 물줄기라면 충분히 이곳까지 닿겠죠."

"그렇습니다. 저쪽 빌딩에서 뿌린 물줄기 때문에 테이블은 이렇게 이쪽을 향해 쓰러지고, 꽃이 꽂혀 있던 꽃병은 테이블 위에서 저쪽으로 튕겨져 나간 거죠. 꽃병의 파편은 저쪽을 향해 흩어져 있고요."

"말씀대로군요. 이 테이블을 중심으로 꽃병의 파편이 부채꼴로 흩어져 있네요."

"네. 그리고 저 문에서 뿌린 물은 줄곧 가건물을 향하고 있어서 이쪽에는 닿지 않았습니다. 그래서 바닥의 유리 파편이나 꽃은 저 문에서 뿌린 물줄기의 영향을 전혀 받지 않은 거죠."

"훌륭하군요. 아주 논리 정연한 설명입니다. 누구도 반박하지 못할 겁니다. 옥상 바닥은 아주 깨끗한데, 그것은 저쪽 빌딩에서 대량의 물을 뿌려서 바닥 위의 흙이나 쓰레기를 맞은편으로 밀어냈기 때문이겠군요."

"그렇게 된 거겠죠. 그래서 저쪽에는 화재 현장의 재가 섞여서 검은 논처럼 되어 있습니다. 마치 하수구의 진창처럼."

다케고시 경감이 말했다.

"이제 가건물로 가보죠."

우리는 가건물 앞으로 이동했다.

"아주 깨끗이 타버렸군요."

미타라이가 말하자 다케고시 경감은 고개를 끄덕였다.

"벽의 금속판이 녹아 있군. 유리는 깨졌고. 이것들은 열에 의한 것이죠?"

미타라이는 녹은 벽 앞에 쭈그려 앉았다.

"소방서 쪽도, 우리 화재감식반도 의심할 여지가 없다고 이야기하고 있습니다."

"어라, 바닥에 야구공이 끼어 있군요."

미타라이는 힘을 주어 바닥에서 야구공을 빼냈다. 경구 같았다. 하얀색인데 그을려서 절반은 검게 되어 있다.

"저쪽의 야구용품 상자 안에 있던 것이겠죠."

다케고시 경감이 말했다.

"이건 여닫이문인가? 여기에 자물쇠가 채워졌고 그 상태로 불타 있었다는 거죠?"

미타라이는 발치를 가리켰다.

"말씀대로입니다. 이게 자물쇠입니다."

다케고시 경감이 쭈그려 앉더니 금속판 한 장을 떼어내서 검게 그을린 자물쇠를 우리에게 보여줬다. 자물쇠 고리가 문구멍에 단단히 걸려 있었다.

"발화원은 이곳입니까?"

"가장 세차게 타올랐으니까요……."

다케고시 경감은 자신 없다는 듯 말하고서 일어섰다.

"하지만 방화 흔적은 없다는 말씀이죠?"

미타라이가 묻자 다케고시 경감은 씁쓸한 얼굴로 몇 번인가 끄덕였다.

"그 대출거래약정서 같은 서류는 전부 숯덩이가 된 겁니까?"

미라타이는 일어서면서 상자에 들어 있었던 것 같은 시커먼 잔해를 가리키며 말했다.

"대출거래약정서라니요?"

다케고시 경감이 의아해하며 물었다.

"그런 것들이 비밀리에 이곳에 쌓여 있었습니다."

"대체 어떻게 그걸 아는 겁니까?"

다케고시 경감의 질문에 미타라이는 황당하다는 듯 그를 쳐다보았다.

"그게 아니라면 이 화재는 무엇 때문에 발생했다고 생각하십니까?"

"아니, 그러니까 그걸 아직 모르기 때문에……."

"그것도 모르면서 지금까지 조사를 하고 계셨던 겁니까?"

다케고시 경감은 침묵했다.

"대출거래약정서라는 게 뭡니까?"

조금 뒤에 다케고시 경감이 작은 목소리로 물었다. 그냥 잠깐 창피를 당하고 말자고 생각한 모양이었다.

"돈을 빌려주면서 채무자와 교환하는 서류입니다. 그 밖에 사유사항확인서나 이자수취증서 같은 서류들도 있을 겁니다. 다들 위험한 서류들이죠. 법정에서 서류 날조를 증명하게 될지도 모르는 증거품입니다. 이자제한법 적용을 주장하지 않겠다는 요지의 한 문장을 나중에 인쇄한 의혹이 있는 서류, 팩스 송부용으로 오려 붙여 날조한 서류, 인감을 위조한 서류도 있을지 모릅니다. 요컨대 이 회사에 치명적인 타격을 가할 수 있는, 그런 물건들 전부가 이곳에 모여 있었던 겁니다."

"뭐라고요?!"

다케고시 경감의 낯빛이 싹 바뀌었다.

"왜 그런 것들이 이런 곳에?"

"감췄던 겁니다."

미타라이가 말했다.

그러자 다케고시 경감이 바로 반박했다.

"말도 안 됩니다! 이런 장소는 금방 들킵니다. 바로 머리 위가 아닙니까? 숨겨두는 의미가 없습니다. 감춘다면 멀리 떨어진 창고나 지인의 집 지하실 같은 곳에 감추겠죠. 그런 중요한 물건이라면."

"물론 나중에 그렇게 할 생각이었겠죠. 하루만 임시로 이곳에 감춘 겁니다. 급박한 상황이라 임시변통으로."

"하루만? 급박한 상황?"

"그렇습니다."

"무슨 상황입니까? 어째서 그런 일을? 어째서? 무엇으로부터 감추는 겁니까?"

다케고시 경감은 몹시 흥분해서 지금이라도 당장 멱살 잡고 달려들 기세였다.

"검찰입니다. 갑자기 아래층에 압수수색이 들어온 겁니다. 그리고 대출거래약정서 같은 서류들을 전부 압수하기 시작했습니다. 그래서 일단 따로 보관해두었던 위험한 서류들을 황급히 옥상으로 운반해서 이 가건물에 넣어두었던 겁니다."

"이 가건물에?"

"등유 폴리탱크나 골프채밖에 들어 있지 않은 가건물에 누가 일부러 자물쇠를 채우겠습니까? 여기는 임대 빌딩이 아닙니다. 도토쿠론의 사원밖에 올라오지 않는 곳입니다."

다케고시 경감은 멍한 얼굴로 불탄 가건물의 잔해를 보고 있다가 이내 몸을 돌리고 버럭 소리를 질렀다.

"이봐! 어제 오후에 이곳에 불이 났을 때 아래층에 검찰의 압수수색이 있었나?"

이쪽저쪽에서 맞다고 대답하는 소리가 들렸다. 그러자 미타라이는 쳐다보는 사람들을 향해 살짝 한 손을 들고 입술을 'ㅅ'자로 만드는 그 특유의 몸짓을 했다.

"왜 말하지 않았어!"

그렇게 한 번 호통을 친 뒤 다케고시 경감은 이쪽을 보고 "아무래도 그런 것 같군요"라고 인정했다.

"그렇다면 아래층에 갑자기 검찰이 들이닥치는 바람에 위험한 서류들을 황급히 이곳에 감췄다는 겁니까?"

다케고시 경감이 묻자 미타라이는 고개를 끄덕였다.

"선생님 말씀대로 응급조치였겠네요. 나중에 더욱 안전한 장소에 감출 생각으로 어떻게든 하루만 검찰의 눈을 피하기 위해 이곳에 넣어둔 것이군요."

"그렇습니다."

똑같은 이야기를 몇 번이나 해야 되는 거냐고 말하는 듯한 얼굴로 미타라이가 대답했다.

"선생님, 그런 생각에 정말 자신 있으십니까?"

“이보다 더 할 수 없을 정도로요.”

“이곳의 사원 놈들은 아무도 그런 이야기를 하지 않아서…….”

“할 리가 없죠. 그것도 경찰에게. 회사가 저지른 부정의 증거물이니까요.”

“하지만 검찰은……. 아니, 그렇군요. 찾아낼 수 있지 않았을까요? 이런 옥상이라면.”

“물론 들킬 위험성은 있었겠죠. 사원들도 거의 각오하지 않았을까요?”

“그렇지만 운반해야 할 서류의 양이 엄청났겠군요. 이렇게 큰 회사니까.”

“몇 시간이나 걸렸겠죠. 게다가 검찰 측도 소송할 수 있을지 반신반의해서 이렇게까지 노골적인 물건이 있을 거라고는 짐작조차 못 했겠지요.”

“으음.”

“그렇다면 시한 발화장치에 의한 화재의 가능성은 희박해 보이는군요.”

“그렇습니까?”

“검찰이 들이닥치자마자 곧바로 서류를 감춘 거니까요. 검찰의 압수수색이 들어오는 것을 사전에 알지 못했을 겁니다. 사원도, 외부의 피해자 모임도 전혀 모르는 일이었겠죠. 압수수색 계획이 사전에 새어나가면 제대로 된 압수수색을 할 수 없습니다.”

“흠, 그야 그렇죠.”

“압수수색이 들어오지 않았다면 옥상 가건물에 서류를 황급히 감추지는 않았을 겁니다. 가건물에 문제가 되는 서류가 들어 있지 않았다면 이곳을 불태울 의미가 없죠. 즉 불태울 이유가 생긴 것은 검찰이 들이닥쳤기 때문이고, 그렇게 되면 그 이후에 시한 발화장치를 만들거나 준비할 시간은 없었을 겁니다. 즉 이 가설은 앞뒤가 맞지 않게 됩니다.”

“으음.”

“시한 발화장치가 등장하려면 이곳에 처음부터 서류가 감춰져 있어야만 합니다.”

“으음.”

“그런데 말씀하신 대로 오랫동안 감추기 위한 은신처로 이곳을 선택하는 것은 좀 어리석은 판단이죠. 감추나 마나 한 곳이니까요.”

“흠.”

“즉 시한 발화장치 같은 것이 나올 리가 없습니다.”

“뭐, 실제로 저희가 하루 종일 철저히 조사했지만, 이곳에는 시계처럼 생긴 의심스러운 기계류는 일절 없었습니다. 아무것도 없었죠. 구석구석 조사했습니다. 어디에도 그런 장치는 없었습니다. 소방차에서 뿌린 물줄기에 날아갔을지도 모른다는 생각에 빌딩 아래도 샅샅이 뒤졌습니다만, 역시나 없더군요.”

“흠, 그렇다면 신뢰할 수 있겠죠. 그런 건 없습니다.”

“그렇다면 어떻게 해서 불을 지른 걸까요?”

"어떻게 해서일까요?"

그렇게 말하며 미타라이는 팔짱을 꼈다.

"저는 애초에 이런 옥상에 불을 지를 이유 따윈 없다고 생각하고 있었습니다. 그렇지만 선생님은 있다고 말씀하시는 거죠?"

"뭐, 그렇죠."

미타라이는 떨떠름한 표정으로 말하다가 어째서인지 "아차!" 하는 듯한 얼굴을 했다.

"애초에 그것이 약정서 어쩌고 하는 서류였다면……. 아니, 애초에 이곳에 불을 지를 이유는 뭡니까? 그럴 만한 이유가 있는 걸까요?"

다케고시 경감이 묻자 미타라이는 팔짱을 낀 채 가만히 생각에 잠겼다. 잠시 말이 없었지만 이내 천천히 설명하기 시작했다.

"그건 그 서류들이 없어지면 채무가 소멸되는 사람이 많기 때문입니다. 이 회사는 이자제한법을 무시하고 40퍼센트의 고리로 중소기업 경영자 등을 상대로 돈을 빌려주고 있었습니다. 이른바 고리대금업이죠. 그리고 돈을 빌려줄 때 그런 조건을 채무자에게도, 연대보증인에게도 제대로 설명하지 않았으면서 설명했다고 거짓말하며 서류와 증인을 나중에 날조해서 판사를 속이고 있었습니다. 그렇지만 여기에 숨겨둔 그 날조 서류들을 태워버리면 그런 부당한 채무는 소멸되게 됩니다. 압수수색이 들어왔는데 아래층에 복사본을 놔둘 수는 없습니다. 컴퓨터 안의 문서도 즉각 삭제했겠죠. 그렇게 되면 이 가건물에 있는 것 한 통만 남게 되니 불태울 의

미는 있을 겁니다."

"그렇다면 역시 방화로군요."

다케고시 경감이 말했다.

미타라이는 고개를 끄덕이고 나서 말을 이었다.

"그렇지만 방법이 없습니다. 여기가 불타오르기 시작했을 때 옥상에는 외부인도, 사원도 그 누구도 없었잖습니까?"

"없었던 듯합니다. 듣기로는 사원들 전부 한곳에 모여서 누군가의 이야기를 듣고 있었다고 합니다. 지금까지는 그게 뭔지 생각해 보지 않았는데 아무래도 검사가 모든 사원을 한데 모은 거겠죠. 그리고 서류를 감추지 말라는 이야기를 하고, 그것이 어떤 죄에 해당하는지 설명하고 있었겠죠."

"그 자리에는 여기 사원들 모두가 있었습니까?"

"전원이 있었던 듯합니다. 뭐, 사장과 전무는 없었던 것 같지만."

"그렇다면 그때 옥상 관리담당자나 그 사람이 가지고 있던 이곳의 열쇠는?"

다케고시 경감이 고개를 끄덕였다.

"담당자는 그 자리에 있었던 것 같고, 그때 열쇠도 가지고 있었던 것 같습니다."

"그렇다면 이미 불가능하군요. 그 누구도 직접 불을 낼 수 없는 상황입니다. 적어도 인간이라면."

미타라이가 말했다.

"인간이라면 불가능하다는 게 무슨 뜻입니까?"

"사람이 아니라 기가 막힌 우연들이 무서울 정도로 정확히 겹쳐져서 불이 났을 경우라면 가능하죠."

미타라이는 빌딩 사이로 저무는 해를 가리켰다.

"태양? 어째서죠?"

"실제로 이런 사례가 있습니다. 물이 든 플라스크가 볼록렌즈 역할을 해서 우연히 그곳에 놓여 있던 화승총의 심지에 햇빛의 초점이 맞았던 겁니다. 화승에 불이 붙고 끝내 탄환이 발사되었는데 우연히 그 탄환에 사람이 맞아 죽었습니다."

"허어……."

"결국 밀실에서 벌어진, 범인도 동기도 알 수 없는 살인 사건이 되었죠."

"허어, 그렇군요. 그런데 그것이 어쨌다는 겁니까?"

"이번 일과 비슷하지 않습니까? 여기 물이 담긴 유리 꽃병이 있습니다. 태양이 저 부근에 있고, 꽃병이 볼록렌즈 역할을 해서 이 부근의 신문지에 우연히 초점이 맞았습니다. 이윽고 신문지에 불이 붙었고 주위의 종이 쓰레기를 차례차례 태우다가 결국 등유 폴리탱크에 인화된 거죠."

다케고시 경감은 팔짱을 끼고 고개를 숙였다.

"정말로 그런 일이?"

"기막힌 우연들이 무서울 정도로 정확히 겹쳐졌다. 그것 말고는 달리 무슨 생각을 할 수 있겠습니까? 아무도 없고, 밀실인 옥상.

불씨도 없고, 방화 흔적도 없고, 시한 발화장치도 없습니다. 수많은 사람을 울리고 자살하게 만든 악덕 대부업체에 신이 천벌을 내린 겁니다. 이건 당연한 인과응보입니다. 이곳에는 신사도 있습니다. 신이 자신의 집 문간 앞에 불벼락을 떨어뜨린 거죠. 분노의 철퇴 말입니다. 그래서 아무도 죽지 않았고, 수많은 이를 괴롭히던 서류만이 재가 되었습니다. 그 외에 무엇으로 이 기적을 설명할 수 있겠습니까?"

미타라이가 말했다.

2장

1

저는 어릴 적부터 야구밖에 모르는 소년이었습니다. 하지만 집안이 가난한 탓에 저에게 야구란 단순한 운동이 아니라 특별한 목적이 있는 행위였습니다. 특히 아버지가 연대보증을 서는 바람에 당시 4백60만 엔 정도의 빚을 지고 목을 매 자살한 뒤로는 그 마음이 더욱 강해졌습니다. 그나마 다행인 것은 상속포기를 해서 아버지의 빚은 변제하지 않아도 되었지만, 생활비가 없어서 어머니도 저도 일을 해야만 했습니다.

아버지가 아내, 즉 저의 어머니와 제 앞으로 남긴 유서를 중학생이 되었을 때 처음으로 보게 되었습니다. 유서에서 아버지는 어머니와 저에게 내내 용서를 빌었습니다. 그리고 도토쿠론이라는 회사에 대한 원망을 구구절절 적어 놓았습니다. 그 대출은 더러운 속임수라고, 증거를 날조해서 채무자를 속이고 판사를 속이고 나라를 속여 재판에서 이기고 있다고, 그런 이야기가 장황하게 설명되어 있었습니다. 더불어 그런 일을 허가하고 권장하는 이 나라는 미쳤다며, 일본을 저주하겠다고도 했습니다.

그렇지만 어쨌든 나의 나약함과 어리석음 때문에 이렇게 되어버렸다, 앞으로의 생활이 많이 힘들 텐데 정말로 미안하다, 어떻게든 어머니를 도와주길 바란다, 너는 앞으로 빚보증은 절대 서지 마라, 특히 도토쿠론이라는 회사는 악덕 고리대금업자이니까 그곳만큼은 가까이하지 마라, 그리고 상속포기를 해서 이 어리석은 아버지와는 인연을 끊도록 해라, 그러면 이 빚의 변제의무는 피할 수 있다, 라는 내용도 적혀 있었습니다. 그리고 마지막으로 상속포기 신청 방식도 자세히 설명되어 있었습니다. 그 외에 의지할 만한 친척의 이름도 두 사람 정도 적혀 있었지만, 어머니는 그분들에게 도움을 청하지는 않았습니다.

어머니는 아버지를 꽤 원망했습니다만, 저는 전혀 그런 마음이 들지 않았습니다. 우선 아버지는 부모의 의무를 다 하고 죽었습니다. 살고 있던 작은 집은 아버지 명의여서 담보로 빼앗겼지만, 상속포기 방법을 알려주지 않았더라면 우리는 빚을 갚느라 지옥에 빠져 있었겠지요. 그렇게 되면 어머니도 뒤를 이어 자살했을지도 모릅니다.

욕실도 없는 비좁은 연립주택에 사는 것은 정말 불편했습니다. 아마도 저는 반에서 가장 가난한 학생이었으리라 생각합니다만, 야구도 제일 잘했고 덩치도 컸으며 성적도 그리 나쁘지 않아서 열등감은 별로 없었습니다. 선생님의 신뢰도 받고 있었습니다. 저희 반에 집단 따돌림 같은 것이 없었는데, 그것은 제가 있었기 때문이기도 했습니다. 불량 학생들이 저를 무서워했거든요.

어머니도 비교적 밝았다고 생각합니다. 도토쿠론만 생각하면 치가 떨려서 언젠가 불질러버리고 싶다고 했지만, 말뿐이었습니다. 물론 진심은 아니었습니다. 하지만 어쨌든 이 생활에서 벗어나려면 외아들인 제가 큰돈을 버는 수밖에 없는데 샐러리맨이 되어봤자 수입이 빤합니다. 결국 제가 야구로 성공하는 것 말고는 방법이 없었습니다.

그렇다면 프로야구입니다. 즉 저는 어머니를 위해 처음부터 프로야구 선수가 되기로 마음먹었고 그 마음가짐으로 매일 야구를 하고 있었습니다. 열 살 무렵부터입니다. 또래 아이들은 장래희망이 프로야구 선수라고 쉽게 이야기를 합니다만, 저는 그런 것이 아니라 정말로 진지한 마음이었습니다. 저희 집에는 이미 그 방법 말고는 탈출구가 없었던 것입니다. 머지않아 어머니는 나이가 들어서 일할 수 없게 됩니다. 그때 제가 돈을 벌지 않으면 비참한 상황이 벌어질 것이 눈에 선했습니다. 그래서 놀이처럼 야구를 하는 주위의 다른 아이들과는 마음가짐이 전혀 달랐습니다. 어린 마음으로도 돈을 위해 야구를 하는 거라고, 야구로 돈을 벌 거라고 똑똑히 인식하고 있었습니다.

입 밖으로 내지는 않았지만 어머니도 아마 그렇게 생각하고 있었을 겁니다. 제가 학교에서 돌아오자마자 바로 야구를 하러 나가도 어머니는 아무 말도 하지 않고 묵묵히 일을 하셨습니다. 공부하라는 말은 일절 하지 않았습니다. 그래서 저는 더욱 필사적이었습니다. 야구를 열심히 하라는 잔소리를 들었더라면 좌절했을지도 모릅니다.

그래도 비참한 기분은 들지 않았습니다. 저는 야구를 무엇보다도 좋아했기에 그런 생활은 꽤 마음에 들었습니다. 정말 너무너무 좋아해서 자나 깨나 야구 생각뿐이었습니다.

중학생이 되어 야구부에 들어가는 것을 어머니는 당연하게 생각하셨을 겁니다. 그 무렵에 어머니는 매일 직장에 나가느라 낮에는 집에 안 계셔서 따로 의논할 시간도 없었기에 딱히 반대하거나 그런 일은 없었습니다.

혹독한 프로야구의 세계에 견딜 수 있는 몸을 만들기 위해 조간신문 배달도 스스로 시작했습니다. 자전거를 타고 다니라는 신문배급소의 권유를 거절하고 발로 뛰며 배달했던 것도 전부 야구를 위해서였습니다. 어린 마음에도 장래에 프로야구 선수가 되는 것에 모든 일의 초점을 맞추고 있었습니다.

유소년야구 시절부터 계속 투수로 뛰었습니다. 저 말고는 투수를 할 수 있는 사람이 없다는 이유도 있었지만, 프로야구 선수들 중에는 유소년야구 시절 투수를 해보지 않은 사람이 없다는 것을 어딘가에서 읽었기 때문입니다. 투수는 야구에 대한 감을 익히기에 가장 좋은 포지션인 데다 항상 최상의 컨디션을 유지해야 하며 마운드에서는 긴장을 풀 순간이 거의 없기 때문에 여러 가지로 배우는 것이 많습니다. 게다가 공을 던지는 것이 즐거웠던 이유도 있었습니다.

고등학교에서도 야구부에 들어가겠다고 마음먹은 상태라 중학생 때부터 이미 머리를 짧게 깎고 있었습니다. 갑자기 머리를 짧게 자르면 인상이 달라 보이니까요. 평소에 친구들과 놀이 삼아 야구를 할 때도 될 수 있는 한 '톱볼'이라고 불리는, 경구와 연구의 중간 정도인 딱딱한 공을 사용했습니다. 경구의 무게나 감촉에 익숙해지기 위해서입니다. 고무로 된 연구는 가볍습니다. 사실 경구를 쓰고 싶었지만 역시나 안전상 허락되지 않았지요. 이렇게 말하면 모두 놀랍니다만, 연구는 손아귀나 손가락에 힘을 주면 꾹 눌려서 던질 때 형태가 찌그러집니다. 경구와는 감각이 전혀 다릅니다. 그러니까 이것으로는 제대로 연습을 할 수 없습니다.

친구들이나 어른들에게서 위험하다는 불평이 나오면 톱볼은 쓰지 않았지만, 혼자 투구 연습을 할 때는 언제나 톱볼을 썼습니다. 그리고 이 무렵이 되자 중학생 중 저의 공을 칠 수 있는 아이는 없었습니다. 모두가 저를 두려워해서 제가 마운드에 서면 화를 내며 돌아가는 아이까지 생겼습니다.

하지만 저는 전혀 개의치 않았습니다. 장래에 프로야구 선수가 될 거니까 이 정도는 당연하다고 생각했습니다. 톱볼을 주머니에 넣고 수업을 받았고, 잘 때도 쥐고 잠이 들었습니다. 그 무렵에 스타였던 한신 타이거즈의 에나쓰 투수라든가 다부치 포수와 같은 팀에 들어가서 허물없이 이야기를 나눠봤으면 좋겠다고 생각하는 것만으로도 가슴이 두근거려서 좀처럼 잠을 이루지 못했습니다. 오른손에 쥔 이 공이 언젠가 나와 어머니를 이 꾀죄죄하고 좁은 연립주택에서 내보내줄 것이라고 믿고 있었습니다.

야구를 할 수 없는 날에도 동네를 달리거나, 시립 수영장까지 가서 콘크리트 벽에다 포수 미트 위치를 동그랗게 그려 넣고 비가 오나 눈이 오나 그곳을 향해 투구 연습을 했습니다. 프로에 가는 거다! 공을 던질 때마다 그렇게 기합을 넣었습니다. 프로 구단에 들어가서 많은 계약금을 받고, 그 돈으로 집을 지어서 일에 지친 어머니를 편하게 해드리자고 다짐하며 매일 공을 던졌습니다.

이 무렵의 경험 중 잊을 수 없는 일이 하나 있는데 운동하다가 버려진 새끼고양이를 발견한 것입니다. 종이 상자에 들어 있던 고양이는 비에 흠뻑 젖어 있었습니다. 저를 따라오기에 우유라도 줄까 하고 집에 데리고 왔습니다. 고양이에게 우유를 주고 나서 어머니에게 길러도 되냐고 묻자 어머니는 심하게 화를 냈습니다. 이런 연립주택에서 키울 수 있을 것 같으냐, 이웃에게 무슨 소리를 듣겠느냐, 대체 너는 무슨 생각을 하는 거냐, 사람 속도 모르는 주제에! 라고 소리치면서 우셨습니다.

이렇게 히스테릭한 어머니를 본 것은 난생처음이었습니다. 깜짝 놀란 저는 울면서 고양이를 버리러 갔습니다. 다시 발견하게 되는 것이 싫어서 아주 멀리 떨어진 동네까지 가서 버리고 오려고 했는데 그 근처에 있던 아저씨에게 들키고 말았습니다. 그리고 이런 곳에 동물을 버리면 불쌍하지 않느냐, 길고양이가 되어 부근의 집들에 민폐를 끼치게 된다, 너는 그런 생각을 하긴 하는 거냐, 요즘 애들은 정말 도덕심이란 게 없다, 라며 한참 설교를 늘어놓았습니다. 그런 게 아니다, 나도 길거리에서 주웠다, 키우고 싶었지만 어머니에게 혼났다, 라고 말하고 싶었지만 흥분한 그 아저씨는 도저히 제 이야기를 들어줄 것 같은 분위기가 아니어서 어쩔 수 없이 집으로 도망쳐 왔습니다. 나도 내 집이 있다면 얼마든지 키울 수 있었을 것이라 생각하니 정말로 비참한 기분이 들었습니다.

고등학교에 가서도 투수를 할 생각이었습니다. 투수를 하면 나중에 무슨 일이 생겨 투수로 뛸 수 없게 되었을 때 외야수나 내야수로 전향하는 것이 가능하니까요. 하지만 결국 그럴 필요성은 한 번도 생기지 않았습니다.

고등학교는 고시엔 대회 본선에 몇 번인가 출전했던 집 근처의 하마마쓰 상고를 선택했습니다. 진학 지도 때 담임선생님은 니시 고등학교를 추천했습니다만, 그 학교는 야구부가 강하지 않았습니다. 물론 아주 형편없다는 이야기는 아닙니다. 고시엔 대회 본선에 출전한 적도 있긴 합니다. 아마 그래서 담임선생님은 니시 고등학교라면 야구와 대학 진학이라는 두 마리 토끼를 다 잡을 수 있다고 생각해서 권유했던 거겠죠. 하지만 저의 목표는 프로야구 선수였으므로 반드시 고시엔 대회 본선에 나갈 수 있는 학교여야만 했습니다. 그것을 위한 최선의 선택은 하마마쓰 상고였습니다.

하마마쓰 상고에는 불량 학생이 꽤 많아서 여학생들이 싫어하는 구석도 있었습니다만, 저는 신경 쓰지 않았습니다. 프로 구단에 들어갈 때까지는 여자친구를 만들지 않기로 결심했으니까요.

이 학교 야구부에 들어가서 얼마 지나지 않아 저는 초고교급 투수라는 둥, 괴물이라는 둥의 이야기를 듣게 되었습니다. 제 키가 186센티미터라 덩치 탓도 있었겠지만, 하마마쓰의 선수로서는 분명 평균 이상의 실력을 갖고 있었다고 자부합니다. 이것은 어느 정도 예상했던 바였지만, 속으로는 몹시 기뻤습니다. 하마마쓰 상고 시절에는 바라던 대로 상당한 활약을 했다고 생각합니다. 일단 하마마쓰 시내의 학교와 경기할 때 제가 등판해서 지는 일은 없었습니다. 그렇지만 결국 저는 젊은이다운 호쾌한 강속구 스타일이 아니라 기교파 스타일이라는 사실을 점점 뼈저리게 깨닫게 되었습니다.

그것은 하마마쓰 상고 시절에 스스로 깨달은 것이 아니라 프로야구 스카우트에게 들은 이야기입니다. 일단 고교야구 투수로서는 괴물급이므로 공은 꽤 빠르지만 프로 수준에서 볼 때는 결코 빠르지 않다, 이 실력으로 프로에 들어간다면 기교파로 변모해갈 것이다, 아니, 그렇다기보다는 컨트롤을 내세운 기교파 투수가 되는 것 말고는 프로에서 살아남을 길은 없을 것이다, 라는 충고를 들었던 것입니다.

실제로 저는 중학교 이후로 공의 컨트롤만큼은 절대적으로 자신이 있었습니다. 공 하나만큼 바깥쪽으로 빼거나 몸 쪽으로 붙이는 것도 마음대로 할 수 있었습니다. 고교생 중에서 이 정도의 컨트롤을 가진 투수는 좀처럼 찾아보기 힘들 거라고 생각했고, 포수의 리드만 좋다면 하마마쓰 지역 내에서 패전투수가 될 일은 없을 것이라고 믿었습니다.

그렇지만 프로야구의 스카우트는 고교야구 투수 중에서는 강속구를 던지는 선수밖에 찾지 않는 듯해서 상당한 충격을 받았습니다. 하마마쓰에서는 이렇게 계속 이기고 있는데! 저는 그렇게 생각하며 주위에 스카우트나 프로 구단 관계자가 모이지 않는 것에 불만을 품었습니다.

고교 시절에 저는 타격에도 상당한 자신감을 가지고 있었습니다. 대전 상대에 따라서는 고교 2학년 때부터 이미 클린업트리오에 들어 있었습니다. 실력 있는 팀과 경기할 때는 투구에 집중하기 위해 클린업트리오에서 빠졌지만 그래도 9번 타자가 되는 일은 없었습니다.

지금 생각하면, 요컨대 저는 아마추어치고는 야구에 대한 감각이 빼어났다는 이야기일 뿐입니다. 던지고, 치고, 이기고 해서 우쭐해하고 있었지만, 이때 대결했던 상대 중 프로 선수가 된 사람은 단 한 명도 없으니까요. 그런 선수들 사이에서라면 확실히 저는 투구든, 타격이든 그들보다 실력이 뛰어났겠지요. 하지만 프로야구는 그것보다는 몇 단계 더 수준이 높은 세계입니다.

게다가 어찌 된 영문인지 저는 그리 전투적인 성격이 아니었습니다. 투쟁심도 있는 편이고, 남들 이상으로 끈질긴 면도 있다고 생각합니다. 하지만 '모 아니면 도'라는 마음가짐으로 돌진하지는 못하는 성격이었죠. 항상 마음 한구석 어딘가가 차갑게 식어 있었습니다. 뭐, 이렇게 말하면 듣기는 좋습니다만, 요컨대 이때다 싶을 때 강하게 밀어붙이지 못한다는 뜻입니다. 천성적으로 느긋한 성격이기 때문입니다. 이것은 프로 승부사를 꿈꾸는 선수로서는 치명적인 약점입니다.

하마마쓰 상고 2학년 때 고시엔 본선 대회에는 어찌어찌 출전할 수 있었습니다. 이것은 제가 열심히 노력한 것도 한몫했다고 생각합니다. 하지만 1회전에서 이겼을 때 운 나쁘게도 어깨를 다치는 바람에 2회전에서 지고 말았습니다. 저희는 만나지 못했지만 그 대회에서 우승한 학교가 와세다 실업고인데, 다케치 아키히데라는 2학년생 4번 타자가 홈런을 많이 때려서 상당한 화제가 되었습니다.

3학년 때도 마찬가지로 고시엔 본선 대회에 나갈 수 있었고 1회전에서는 무난하게 이겼지만 2회전에서는 두들겨 맞아서 패하고 말았습니다. 투구 수가 1백 개를 넘어가면서부터 공에 속도가 붙지 않았던 것입니다. 팀 동료 탓은 하고 싶지 않지만, 하마마쓰 상고는 제가 클린업트리오에 들 정도라 타격에서는 약체였습니다. 제가 3점을 빼앗기면 진 것이나 다름없습니다. 이때도 다케치는 큰 활약을 보여서 스카우트들이 그를 주목하고 있다는 기사가 스포츠 신문에 자주 실렸습니다.

그런 고시엔 본선 대회 성적 때문에 3학년 가을이 되어도 저한테 프로야구 스카우트는 딱 한 사람, 퍼시픽리그의 기타미 씨라는 사람만이 왔을 뿐입니다. 그것도 스카우트를 하기 위해서가 아니라 그저 잡담이나 하러 왔을 뿐이어서, 어릴 적부터 프로에 가려고 마음먹고 있던 저에겐 상당한 충격이었습니다. 여기서 제 꿈은 깨졌다고 생각했습니다. 결국 저에게 프로로 가는 길은 열리지 않았던 것입니다.

기타미 씨가 조금 전 저의 문제점을 지적해줬다는 그 사람입니다. 그는 이렇게 말했습니다.

"너는 기교파가 되겠지. 네가 만약 프로를 지향한다면 네가 살아남는 길은 그것밖에 없어. 그러니까 앞으로는 그런 마음가짐으로 연습하는 편이 좋을 거야. 너는 공이 가벼워. 아마 공의 회전수가 남들보다 약간 많기 때문일 거야. 하지만 이건 변화구를 던지기에는 적합한 조건이지. 그런데 너에게는 구종이 적어. 기본적으로 직구와 커브뿐이야. 이건 치명적인 약점이지. 포크볼을 익혀두는 게 좋을 거야."

그 말 그대로였습니다. 저에게 변화구라곤 커브와 슬라이더밖에 없었고 역회전 변화구, 즉 슈트는 무서워서 던지지도 못했습니다. 컨트롤은 괜찮다, 기교파다. 결국 그것밖에 칭찬할 말이 없었던 것입니다. 직구와 커브밖에 없는 기교파라니, 들어본 적도 없습니다. 강속구 투수가 아닌 데다 슈트도 익히지 않았다, 포크볼도, 싱커도 없다, 요컨대 너무 어중간하다, 라고 기타미 씨는 말하고 싶었던 것입니다. 프로야구 스카우트가 오지 않는 것도 당연한 일이었겠지요.

드래프트에 의한 지명도 없었고, 기타미 씨에게서는 우리 다이에 호크스라면 입단 테스트는 받게 해줄 수 있지만 지금 이 정도 수준이라면 너는 떨어질 거란 말을 똑똑히 들었습니다. 너는 투구

폼에 조금 좋지 않은 버릇이 있다, 야구를 계속 하고 싶으면 대학에 가서 이것을 교정하고 실력을 더 갈고닦아라, 라는 충고도 했습니다.

그러나 이 말은 저에게는 절망적인 선고였습니다. 왜냐하면 집안 형편 때문에 대학에 갈 수 없다는 것을 예전부터 알고 있었기 때문입니다. 그래서 저는 노력하고 있었던 것입니다. 어떻게든 고등학교에서 바로 프로로 가고 싶었으니까요.

대학에 가지 않으면 프로에는 갈 수 없을까요? 저는 그렇게 기타미 씨에게 물어보았습니다. 기타미 씨는 "그렇게 하지 않으면 무리지"라고 대답했습니다.

저는 기타미 씨에게 와세다 실업고의 다케치에 대해 살짝 물어보았습니다. 뭐니 뭐니 해도 그는 우리 세대의 슈퍼스타였으므로 신경이 쓰였습니다. 그랬더니 기타미 씨는 자기도 만난 적이 있다고 말했습니다. 대단한 인재여서 데려오고 싶지만 우리 팀 같은 데는 오지 않을 거다, 라고 쓴웃음을 지으며 말했습니다. 저를 대할 때와는 너무나도 다른 태도에 심한 충격을 받았습니다. 이렇게 큰 차이가 있구나, 라고 이때 실감했던 것입니다. 어느 구단이나 눈독 들이고 있지만 다케치는 대학에 갈 것 같다고 기타미 씨는 말했습니다. 그렇구나, 다케치는 대학에 가는구나, 하고 저는 생각했습니다.

결국 고민 끝에 인근의 K악기에 취직했습니다. 이곳은 사회인 야구의 명문이라서 야구 특채로 저를 채용했기 때문입니다. 이것은 어머니의 희망이기도 했으므로 최종적으로는 그에 따랐다는 모양새입니다만, 아무리 생각해봐도 이것 외에는 길이 없었습니다.

K악기는 이 지역에서는 인기가 많은 견실한 직장이라서 만약 야구 실력이 없었다면 저의 학력으로는 도저히 들어갈 수 없는 곳입니다. 어머니는 제가 프로를 지망하며 계속 노력해왔다는 걸 알고 계셨기에 이것만으로도 굉장하다며 위로해주셨습니다. 하지만 저에겐 정말 아쉬운 선택이었고, 가능하다면 빚을 내서라도 야구 명문대학에 가고 싶었습니다.

다케치의 존재도 있었고 학교 선생님도 권해주었기에 대학 진학을 포기한다는 것은 너무나도 괴로운 일이었습니다. 성적이 나쁘면 어떨지 몰라도 충분히 가능했기 때문에 좀처럼 포기할 수 없었던 것입니다. 아버지가 살아 계셨더라면, 하는 생각을 처음으로 했습니다. 그러나 등록금을 빌려줄 사람도 없었고, 저희 집에서 빚이라는 말은 아주 터부시되고 있었습니다.

이젠 정말로 꿈이 깨졌다고 생각했지만 그런 현실을 좀처럼 받아들일 수 없어서 며칠이나 낙심해 있었습니다. 정말로 이것이 현실일까, 악몽을 꾸고 있는 것은 아닐까? 하고 의심했습니다. 어릴 적부터 프로야구 선수가 되는 것을 한순간도 믿어 의심치 않았으니까요. 그것은 저에게 정해진 운명이라 믿고 있었고, 제가 살아가는 이유였으니까요. 프로에 갈 수 없다면 이제까지의 내 인생은 무엇이었나, 하고 곰곰이 생각해봤습니다. 돌아보니 이제까지의 제 인생에는 야구밖에 없었습니다. 그것을 위해 모든 것을 희생했기에 그 밖에는 아무것도 없었습니다.

K악기 야구부에서 노력해서 프로로 가는 길도 있지만, 그것은 정말로 좁은 문이어서 일종의 기적을 기다리는 것이나 다름없습니다. 우선 K악기의 에이스가 되는 것이 절대적 조건이고, 그러면서도 우승 정도의 실적이 필요합니다. 그것도 탈삼진 기록이라도 세울 정도로 압도적인 성적을 내지 못하면 눈에 띄지 않습니다. 게다가 나이를 먹게 되면 좀처럼 드래프트 지명을 받을 수 없습니다.

또한 회사의 직원이기도 하므로, 그 정도의 실력이 있다고 해도 야구 때문에 계약 기간 내에 회사를 그만두겠다고 말하면 문제가 생기는 듯했습니다. 그야 당연한 일입니다. 회사에 야구부가 있는데 왜 우리 야구부에서 뛰지 않겠다는 건가, 라는 이야기가 나오게 됩니다. 실력이 좋다면 더욱 그렇습니다. 회사를 홍보하는 일이 되니까요. 회사는 그런 목적으로 선수를 채용해 급료를 지불하고 있는 것입니다.

그러므로 그런 행동을 하는 사람도 없을뿐더러 혹시라도 회사를 그만두겠다고 말하면 분쟁이 일어난다고 합니다. 위약금 문제가 생기기도 해서 입사 시 프로야구팀에 들어갈 목적으로 퇴사하지 않겠다는 서약을 받는 경우도 있다고 들었습니다. 사회인이 되면 돈 문제가 발생합니다. 역시 프로로 가는 길은 고등학교 때부터 주목을 끌면서 대학에서 활약하는 방법밖에 없었습니다.

그런데 K악기에는 기시모토라는 에이스가 있었습니다. 이 사람은 실력도 실력이지만, 경영진 중 누군가의 친척이라서 그를 밀어내고 에이스가 되는 것은 불가능하다는 사실을 입사와 동시에 알게 되었습니다. 그러나 저는 야구 특채로 입사했으므로 이 사실을 알았다고 해서 결정을 번복할 수는 없었습니다. 이로써 프로에 가겠다는 저의 꿈은 완전히 물거품이 되어버렸습니다.

입사와 동시에 저는 야구부에 들어가서 몸을 더욱 철저하게 단련했습니다. '그래도 기적이 일어나서 에이스가 될 수 있을지도 모른다. 그리고 연전연승한다면 프로야구 스카우트의 눈에 들지도 모른다!' 이것은 저에게는 일종의 신앙 같은 것으로 가능성이 없다는 것을 알고는 있지만 이런 생각을 하면 왠지 모르게 힘이 났습니다. 어릴 적부터의 생활습관으로 그런 체질이 되어버린 것입니다.

다른 사람의 두 배를 뛰고, 세 배를 던지며, 선배나 코치의 지도를 받아 어떻게든 포크볼과 슈트를 익히려고 했습니다. 그러나 결국 이런 노력도 소용없이 프로는 완전히 포기하게 되었습니다. 슈트는 어떻게든 그럴싸하게 보이는 공을 던질 수 있게 되었지만 컨트롤이 안정되지 않았고, 특히 포크볼은 던지면 공이 어디로 갈지 알 수 없었습니다. 원 바운드 정도로 끝나지 않고 공이 완전히 뒤로 빠지는 경우도 있었습니다.

저는 포크볼처럼 회전이 없는 공을 던지는 것이 체질적으로 불가능한 모양이었습니다. 예전에 스카우트인 기타미 씨도 했던 이야기인데, 아무래도 투구할 때 이상한 버릇이 있는 듯했습니다. 하지만 이것을 고치는 것은 이미 포기했습니다. 머리 위 가장 높은 곳에서 공을 놓으라는 충고를 들어도, 좀처럼 그렇게 할 수가 없었습니다. 그래서 가장 중요한 승부처에서는 옛날부터 구사하던 커브와 슬라이더밖에 던질 수 없었고, 그렇기에 아무리 노력해도 기시모토의 백업투수일 뿐 에이스는 될 수 없었습니다.

프로 선수로서의 꿈은 고교 시절보다도 더 아득한 저편으로 멀어져 갔습니다. 고교 시절에는 아직 프로의 꿈이 눈앞에 있었습니다. 스카우트의 모습도 일단 시야에 있었고요. 그러나 사회인야구팀에는 스카우트가 오지 않습니다. 그렇다고 해서 이 팀을 뛰쳐나가면 저도 당장 생활이 곤란해집니다. 저는 이제 K악기의 야구부에 뼈를 묻는 수밖에 없게 된 것입니다.

2

K악기의 야구부는 굉장한 집단이었습니다. 저는 프로가 아니니까 그리 대단한 팀은 아닐 거라며 마음속 어딘가에서 얕잡아 보고 있었습니다. 그런데 현실은 전혀 딴판으로, 배팅케이지 안에 있는 타자의 기백도, 투구 연습 시 투수의 기합도, 시트노크땅볼 수비 연습—옮긴이의 혹독함도 고등학교 야구부하고는 차원이 완전히 달라서 깜짝 놀랐습니다. 투구는 말할 것도 없거니와 배트를 휘두르는 스피드도, 포수가 받은 뒤에 던져오는 공의 속도도 전혀 달랐습니다. 그에 비하면 고교야구는 마치 동네 야구 같다는 생각이 들었습니다.

덩치도 차이가 나고 스태미나도 비교가 안 됩니다. 목소리의 크기까지도 다른, 아주 거친 남자들의 집단에 들어왔다는 기분에 압도되었습니다. 러닝을 할 때도 속도와 지구력이 고교 시절하고는 차원이 달라서 몇 번인가 운동장 구석에 가서 토했습니다. 무시무시한 곳에 들어왔다는 생각이 들었고, 프로가 아닌데도 이 정도면 대체 프로는 어떤 세계일까, 하고 상상하니 무서워지기까지 했습니다.

초반에는 기초 연습을 따라가는 것이 고작이었고 이틀간 연습에 참가했더니 온몸이 쑤셔서 회사 일도 할 수 없을 정도였습니다. 그런데도 다른 선수들은 모두 멀쩡히 회사 일도 하고 있는 것을 보고 감탄했습니다. 사회인야구에서도 이 모양인데 프로를 꿈꾸다니 정말 주제 넘는 생각을 했다고 반성했습니다. 그리고 마음을 고쳐먹고 어떻게든 이곳의 수준을 따라가야겠다고 결심했습니다.

다만 나중에 안 것인데, 그 혹독함은 K악기가 사회인야구 도시대항 전국대회에서 우승을 다툴 정도의 강팀이기 때문이었습니다. 그런 의미에서 이곳은 어떤 면에서는 프로와 비교해도 손색이 없었습니다. 물론 사회인야구팀이 전부 이 정도 수준은 아닙니다.

실제로 연습 경기가 시작되고 보니 K악기는 하마마쓰 지역에서는 거의 무적이었습니다. 경기마다 연전연승이었고, 타자들도 막강하고 투수층도 상당히 두터워 도저히 저 같은 선수가 끼어들 여지가 없었습니다. 그런 투수진의 중심축이 앞서 이야기했던 기시모토였습니다. 그는 공도 빠르고 구종도 많은 데다 완급 조절도 아주 능숙해서 많은 공부가 되었습니다. 이 정도라면 프로에서 중간계투로는 충분히 통하지 않을까, 하고 생각했습니다.

K악기에서 마운드를 밟기까지 1년 반 정도가 걸렸습니다. 몇 번인가 손톱이 깨졌고 골절도 경험했기 때문입니다. 회복하는 데 시간이 걸리자 뒤처지는 것이 두려워 성급하게 공을 던졌다가 공이 피로 시뻘겋게 물드는 바람에 코치에게 "넌 당분간 운동장에 나오지 말라"라는 야단을 맞기도 했습니다.

경기에 출전할 수 있게 된다 해도 간신히 중간계투로 등판하는 정도였고 선발은 아직 무리였습니다. 때로는 패전처리를 맡는 일도 있었습니다. 그 뒤로 다시 2년간 피를 토하면서 몸을 만들었습니다. 대학에 들어갔다면 슬슬 졸업이 다가올 무렵, 간신히 코치에게 인정을 받고 사회인야구 도시 대항 전국대회의 출전 멤버에 들어가게 되었습니다. 저는 정말 재능이 늦게 꽃핀다는 걸 뼈저리게 느꼈습니다.

사회인야구 도시 대항 전국대회에서는 두 번째 불펜투수로 뛰게 되었습니다. 투수가 많아서 좀처럼 선발투수로는 등판 기회를 얻지 못했지만, 간간이 승리할 때도 생겨서 사내에서는 조금이나마 인기인이 되었습니다.

그 무렵 어머니는 공단주택에 당첨되어 철근콘크리트로 지은 아파트로 이사했습니다. 하지만 욕실만 생겼다뿐이지 여전히 집은 좁았습니다. 프로 계약금을 받지 못했으므로 집은 지을 수 없었고, 제 쪽은 회사의 독신자 기숙사를 배정받아서 살았습니다.

고등학교 시절부터 신경 쓰고 있던 다케치는 대학야구에서도 명성을 떨쳤고, 이러다가 5할대를 칠지도 모른다는 시즌도 있었습니다. 그해 다케치의 타율인 4할8푼7리는 대학야구 신기록이었습니다. 그런 기사를 저는 점심 식사 때 사원 식당에 있던 신문을 통해 읽었습니다. 다케치의 지명도는 이미 전국적이었고 어쩌면 프로 선수보다도 유명할 정도였습니다.

한편 저는 K악기에서 겨우겨우 성공해서 주전선수가 되긴 했지만, 그 성공이란 해고당하지 않고 활동하면서 사내에 이름을 조금 알렸다는 정도로 흔히 말하는 성공과는 상당한 차이가 있었습니다. 그렇지만 사람에게는 자기 주제라는 것이 있으므로 제 수준에서는 이 정도로 충분히 만족할 만했습니다.

마침내 부단히 노력한 보람이 있어서 제가 스물세 살이 되던 해, 즉 대학에 갔다면 이미 졸업했을 무렵에 간신히 선발 마운드에 오를 수 있게 되었습니다. 기뻐하기 이전에, 이 사실 역시 저를 괴롭게 만들었습니다. 원하지 않았던 사회인야구에서 다른 사람보다 두 배 이상 뛰고, 세 배 이상 던지고, 손톱이 몇 번이나 깨지고, 피를 토하는 등 말 그대로 피나는 노력을 했는데도 이 나이가 될 때까지 제대로 된 활약 한 번 못했습니다. 그렇다면 대학을 졸업한 뒤에 K악기에 들어와도 괜찮았다는 이야기가 됩니다. 저는 그런 식으로 한 가지 일을 투덜거리면서 계속 고민하는 구석이 있는데 이것도 저의 열등감이 되었습니다.

와세다 대학을 졸업한 다케치는 많은 사람의 예상을 뒤엎은 채

수많은 프로야구단의 제의를 거절하고 N자동차에 취직했습니다. 수억 단위의 계약금을 뿌리친 이 결정에 전 일본이 경악했습니다. 다케치의 아버지가 운영하는 회사가 자동차 배터리를 만들고 있었기 때문에 모종의 거래가 있을 거라는 이야기가 돌았습니다. N자동차에서 프로야구단과 같은 수준의 계약금을 준비했다는 소문이 었습니다.

그다음다음 해 7월, K악기는 드디어 사회인야구 도시 대항 전국대회 결승전까지 올라가서 오랜 숙적인 N자동차와 도쿄 돔에서 결전에 임하게 되었습니다. K악기도, N자동차도 이날을 위해 맹훈련한 치어걸을 선두로 밴드가 동원된 대규모 응원단을 조직했고, 버스에 줄줄이 나눠 타고 온 응원단은 내외야석에 진을 쳤습니다. 구장은 두 팀을 응원하는 사원들과 관계자들로 만원이 되었고, 특히 N자동차의 1루 측 내야 스탠드는 다케치의 여성 팬들로 꽉 차서 아주 컬러풀했습니다. 도쿄 돔은 브라스밴드가 연주하는 흥겨운 음악과 분위기로 가득했고, 텔레비전 중계는 없지만 보도진이 잔뜩 몰려오는 등 프로야구의 인기 경기와 비교해도 전혀 손색없는 모습이었습니다.

이 중요한 경기에서 우리 팀은 당연히 에이스인 기시모토가 선발이었습니다. 만약 그가 못 던지게 된다면 그저께 선발 완투로 지쳐 있기는 했지만, 2선발인 제가 나갈 예정이었습니다.

N자동차의 4번 타자로는 고교 시절부터 주목을 받아온 다케치가 배정되어 있었습니다. 드디어 그를 가까이에서 볼 수 있다고 생

각하니 저도 모르게 가슴이 뛰었습니다. 다케치는 저와 같은 나이인 스물다섯 살이었습니다. 와세다 실업고 1학년 때부터 클린업트리오였고 2학년부터 부동의 4번 타자였던 인재입니다. 천성적인 선구안과 손목 힘으로 대학야구계를 석권하고 타격 신기록을 가볍게 갈아치운, 아마추어야구계에서 따라올 자가 없는 천재 슬러거라고 불리고 있었습니다. 그런 끝에 요미우리 자이언츠를 비롯한 프로야구 스카우트들이 제시한 2억 엔이니 3억 엔이니 하는 계약금을 걷어차고 사회인야구팀이 있는 N자동차에 취직해 지금은 그곳의 4번 타자가 되어 있습니다.

워낙 실력이 뛰어난 인간이라서 콧대가 높다는 등의 질투 섞인 이야기도 많이 들었습니다. 그럴지도 모른다고 생각했지만 이상하게 나쁜 인상은 없었습니다. 그저 나하고는 너무나 다르구나, 세상에는 이렇게 모든 조건을 갖춘 복 받은 사람도 있구나, 하고 생각할 뿐이었습니다.

그는 아버지가 중견기업 사장이어서 집안도 유복했고, 고향이 도쿄라서 리틀리그 시절부터 주목을 받았습니다. 고교야구 시절에는 몇 번이나 스포츠신문 기사에 이름이 오르내렸고 저도 줄곧 그것을 읽으며 자랐습니다. 천성적인 몸의 탄력과 손목 힘은 척 보기에도 아무 힘도 들이지 않고 기록을 세우는 듯해서 피를 토할 듯한 하루하루를 보내는 저에게는 부럽다기보다는 기가 막힐 노릇이었습니다. 어머니와 단둘이 욕실도 없는 작은 연립주택에서 살고, 아침마다 신문 배달을 하고, 버려진 새끼고양이를 기르겠다고 말했다가 야단맞으며 밑바닥을 기듯이 살아온 나의 어린 시절과는 얼마나 다른가, 하고 말입니다.

그런 남자가 이 결전의 밤에 상대 팀에 속해 있었습니다. 동경심을 품고 있던 그 남자와 어쩌면 마운드에서 맞설지도 모른다고 생각하니 왠지 모르게 기쁘기도 했습니다. 그리고 대체 어떤 녀석인지 실물을 직접 보고 싶기도 했습니다.

우리 팀의 선공으로 경기가 시작되었습니다. 이날은 양 팀 모두 투수의 컨디션이 좋지 않아서 타격전이 되었습니다. 기시모토가 먼저 점수를 내줘서 우리 팀은 4점을 잃었습니다. 그러나 N자동차의 투수도 7회 초부터 무너져서 3점을 잃었고, 이어서 올라온 중간계투도 K악기 타자들이 두들겨서 8회 초 기시모토 타석 때 나온 대타가 좌중간을 뚫는 2루타를 날리며 끝내 4 대 4로 따라잡았습니다. 구장은 흥분의 도가니에 빠져서 지축이 흔들릴 정도였습니다.

후미진 불펜에서 워밍업을 하고 있던 저도 너무나 큰 함성에 몸이 떨렸습니다. 감동과 흥분도 있었지만, 기시모토 대신 대타를 내보냈으니 자동적으로 투수가 교체되게 됩니다. 그렇다면 제가 나갈 수밖에 없기 때문입니다.

우승이 걸린 최종전이었습니다. 저는 그 8회 말에 마운드에 서게 되었습니다. 제 야구 인생에서 최고의 실력을 보일 무대였습니다. 여기서 반드시 버텨내야 한다, 프로의 꿈이 사라진 지금, 오늘 밤이야말로 내 인생 최대로 힘을 짜낼 때다, 라고 결의를 새롭게 다졌습니다.

포수는 이토가 맡았습니다. 그는 K악기 자료부에서 근무하고 있는 데이터 분석의 전문가로, 상대 타자를 철저히 연구하고 있으므로 그의 리드대로 던질 수만 있다면 별 문제 없을 거라는 믿음이 있었습니다. 우선 하위 타선부터 상대하므로 그리 긴장하지는 않았습니다만, 첫 타자 때 이토가 미트를 한가운데 댔을 때는 역시나 식은땀이 흘렀습니다.

그러나 8번 타자이므로 이토가 대수롭지 않게 여기는 것이 전해져 왔습니다. 유인구로 헛스윙을 유도하기보다는 스트라이크로 카운트를 벌고 싶다고 생각하는 듯했습니다. 실제로 그날 밤 저는 구속이 꽤 잘 나오고 있었고, 그런 정보도 불펜을 통해 들었던 거겠지요. 지친 기시모토의 뒤를 이어 등판했으니 공만 빠르다면 한가운데라도 배트가 따라오지 못할 거라고 계산한 듯했습니다.

그래서 와인드업을 한 뒤 한가운데로 던지자, 맞히려고 나온 배트 위를 스치고 튀어 올라 포수 플라이로 한 방에 잡았습니다. 이 공 하나로 저는 말로 표현할 수 없을 정도로 안도했습니다.

다음 타자는 투수였으므로 대타가 나왔습니다. 어차피 내일은 경기가 없으므로 N자동차도 총력전으로 나오고 있었습니다. 이렇게 되면 이어서 9회 초엔 대체 누가 마운드에 올라오는 걸까, 하고 궁금해졌습니다. 저는 다행히 교체되지 않았습니다. 이대로라면 9회 말에도 계속 마운드에 서게 되겠죠.

대타는 오른손 타자였고 저는 본 적도 없는 선수였습니다만, 이토는 알고 있는 듯했습니다. 또다시 한가운데로 미트를 댔습니다.

그리고 크게 휘어지는 커브를 바깥쪽으로 빼라고 손으로 사인을 보냈습니다. 상대는 오른손 타자이므로 저의 크게 휘어지는 커브가 통할 거라고 이토는 짐작한 것입니다. 그의 사인대로 크게 휘어지는 커브를 던지자 상대도 힘껏 방망이를 휘둘렀습니다. 잡았다고 생각한 것도 잠깐, 배트 끝 부분에 맞은 타구는 센터 방면을 향해 크게 솟아올랐습니다. 가슴이 철렁하며 조금 더 바깥쪽으로 빼는 게 좋았을걸, 하고 후회했습니다만 뒤로 물러나 있던 중견수가 천천히 글러브로 잡는 것이 보였습니다. 가슴을 쓸어내렸습니다. 중견수 플라이 아웃이었습니다.

8회 말에 마지막으로 등장한 1번 타자도 생각지 않게 1구째를 건드려줘서 3루수 땅볼 아웃으로 간단히 처리했습니다. 상대 팀은 성급하게 공을 치려고 달려드는 기색이 역력했습니다. 이쪽도 긴장해서 몹시 흥분해 있었으므로 신중하게 던지지 않으면 위험했던 터라, 정말로 안도했습니다.

공수 교대 때 3루 쪽 더그아웃으로 돌아오면서 어쩌면 이길 수 있을지도 모르겠다는 생각이 들기 시작했습니다.

이토가 달려와서는 "이길 수 있어, 공이 빨라!"라고 외쳤습니다.

더그아웃에 들어가니 교체된 기시모토도 벤치에서 일어나서 어깨를 두드려주며, "좋아, 좋았어. 괜찮아"라고 말했습니다.

이때 '우승'이라는 두 글자가 눈앞에 어른거렸습니다. 그리고 동시에 완전히 포기하고 있었던 '프로야구'란 글자도 같이 떠올랐습니다. 그 정도로 저에게 프로야구란 잊기 힘든 말이었습니다.

그러나 냉정하게 생각하면 그것은 도저히 이룰 수 없는 꿈이었습니다. 우승하면 혹시나 스카우트가 찾아올지도 모릅니다. 그렇지만 드래프트 지명을 받는 것은 기시모토가 될 것입니다. 우승의 공헌도가 높은 쪽은 기시모토입니다. 제가 아닙니다.

9회 초에 나온 사다야마라는 투수가 잘 던져서 우리 팀 타선은 점수를 내지 못했습니다. 공은 결코 빠르지 않았고 이쪽 타선도 나쁘지 않았습니다. 그러나 원 아웃에 1, 2루까지는 주자를 내보냈지만 5번 타자가 병살타를 쳐서 득점 없이 끝났습니다.

양 팀 모두 총력전으로 맞붙은 이 경기, 그것도 흥분이 극에 달하는 9회 초. 그런 때 나온 종잡을 수 없는 체인지업에 우리 팀 타자들은 당황했고 어이없이 농락당했습니다. 체인지업의 교본 같은 그의 투구는 저에게 약간의 망설임을 안겨주었습니다.

드디어 9회 말, 연장전 돌입을 건 싸움이 시작되었습니다. 여기서 상대에게 점수를 주면 끝내기 패배입니다. 이번 이닝을 사력을 다해 무득점으로 틀어막고 연장전으로 끌고 가서 승리한다는 시나리오가 더그아웃뿐만 아니라 응원단, 관중석을 포함한 모든 K악기 관계자의 머릿속에 있었습니다. 저도 마찬가지였습니다. 온몸이 불타올랐습니다. 그리고 오늘 밤의 제 컨디션이라면 충분히 해낼 수 있다고 생각했습니다.

저는 전력투구로 9회 말의 선두타자를 삼진으로 돌려 세웠습니다. 스리 볼 투 스트라이크 풀카운트에서 상대가 헛스윙을 했을 때는 정말 믿기지 않았습니다. 할 수 있다는 자신감은 어느 정도 갖고 있었지만, 설마 삼진으로 잡아내리라고는 생각지도 못했기 때문입니다. 살짝 뛰어올랐을 정도로 기뻤고 관중도, 불펜도 흥분으로 절규했습니다. 포수인 이토가 뭐라고 소리쳐도 전혀 들리지 않았습니다.

드디어 명성이 자자한 N자동차의 클린업트리오가 등장했습니다. 3번 타자는 쓰지모토라는 선수로, 장타자로 알려져 있습니다. 이토를 보니 바깥쪽에 미트를 대고 있었습니다. 그리고 커브를 지시했습니다. 시키는 대로 크게 휘어지는 커브를 던졌습니다. 생각대로 공은 크게 휘어지면서 바깥쪽으로 달아났고, 오른손 타자인 쓰지모토는 헤엄치듯 몸을 앞으로 기울이며 이것을 건드려서 우익선상의 파울이 되었습니다.

좋았어, 할 수 있어! 라고 저는 또다시 생각했습니다. 오늘 밤은 내가 생각하는 것 이상으로 손에 공이 잘 감긴다, 그러니까 3번 타자도 속고 있는 거다, 그렇다면 설령 한가운데라도 상대가 노리는 공만 아니라면 괜찮다, 라고 확신했습니다.

가만히 보니 쓰지모토는 아주 약간 홈플레이트 쪽으로 붙어서서 있는 위치를 변경했습니다. 또 바깥쪽을 예상하고 있다, 내가 바깥쪽으로 계속 달아날 거라고 생각하고 있다, 그러니까 좇아가서 안타를 치려고 마음먹고 있다, 라는 게 전해져 왔습니다.

이토가 허를 찌르며 몸 쪽으로 미트를 댔습니다. 몸 쪽으로 공 하나 정도 빼라고 말하고 있습니다. 저는 고개를 저었습니다. 몸 쪽의 공은 그냥 흘려보낼 것이라고. 저는 쓰지모토가 몇 번이나 그러는 것을 봤습니다. 자신에겐 그럴 실력이 있다고 믿어서 홈플레이트 가까이 붙은 것입니다. 비록 지금 상황은 이렇지만 그는 명문 N자동차의 3번 타자입니다. 여기서는 한가운데 직구가 분명히 통한다! 이토가 한가운데 쪽으로 미트를 고쳐 대자 저는 고개를 끄덕이고서 그곳에 직구를 던졌습니다. 예상치 못한 공이었던지 쓰지모토는 어떻게든 갖다 맞히려고 배트를 뻗었지만 멋지게 헛스윙을 했습니다.

환성이 끓어올랐습니다. 노 볼 투 스트라이크로 몰아넣었습니다. 클린업트리오에게도 스트라이크를 던질 수 있다. 이것은 이상적인 전개였습니다. 그러나 여기서 망설여졌습니다. 조금 전에 보았던 사다야마의 투구에 영향을 받았던 것입니다. 쓰지모토는 어떻게든 치려고 서두르고 있다, 구장 전체의 분위기가 그렇다, 좋았어, 여기서는 몸 쪽 체인지업이다! 라고 생각했습니다. 잘되면 헛스윙을 유도할 수 있고 실패해도 파울입니다. 몸 쪽으로 댄 이토의 미트에 저는 느린 공을 던졌습니다.

그러자 믿을 수 없는 일이 일어났습니다. 그렇게나 서두르고 있는 듯 보였던 쓰지모토가 침착하게 때려낸 것입니다.

공은 3루수 키를 완만히 넘어서 좌익수 쪽으로 굴러갔습니다. 상대 팀 응원단의 귀를 찌르는 듯한 환호성 그리고 비명. 저는 몹시 당황했습니다. 쓰지모토는 천천히 뛰어서 1루 베이스를 지났다가, 돌아와서 베이스 위에 섰습니다.

저는 머릿속이 새하얗게 되었습니다. 이토가 타임을 부른 것도 깨닫지 못할 정도였습니다. 무슨 바보 같은 짓을 한 거냐! 그렇게 자신을 나무랐습니다. 문득 정신을 차리고 보니 이토가 곁에서 "체인지업은 안 돼!"라고 소리치듯이 말하고 있었습니다. 관중의 환호성이 컸기 때문입니다.

"저 녀석, 2구째부터는 이미 맞히기 위한 타법으로 바꾸고 있었어."

저는 굴욕감에 가득 차서 고개를 끄덕였습니다. 저 자신이 얼마나 바보 같은 짓을 했는지 다시 한 번 깨달았기 때문입니다. '체인지업이라니, 이 얼마나 멍청한 생각이었나. 상대는 N자동차의 3번 타자다. 구종이 없는 것을 그걸로 얼버무리려고 했던 건가?' 저 자신의 심리를 분석하고 몹시 반성했습니다. 다 잡았다는 생각에 들떠서 성급해졌던 것입니다.

"됐어, 괜찮아. 이걸로 끝난 거야. 신경 쓰지 마. 기분 전환하자. 1루는 잊어버려."

이토는 그렇게 말해주었습니다. 그리고 경기가 재개되고 시선을 들자 왼쪽 타석에 다케치가 서 있었습니다.

날렵해 보입니다만, 그것은 키가 큰 덕분이겠지요. 근육질 몸매에 타석에 서 있는 모습에는 뭐라 말할 수 없는 기품이 배어 있었습니다. 어떻게 표현해야 좋을까요? 적당한 말이 떠오르지 않습니다만, 일종의 아우라 같은 것이라고나 할까, 화려한 기운이었습니다. 투수 마운드에서 그의 몸이 흐릿하게 빛나 보였습니다. 그때 저는 아아, 이런 것이 톱스타란 거구나, 라는 걸 똑똑히 깨달았습니다.

다케치 뒤에 앉아 있는 이토는 오른쪽 끝에 미트를 댔습니다. 다케치에게는 바깥쪽입니다. 이토는 공을 바깥쪽으로 빼라, 혹시나 휘둘러준다면 그보다 더 좋을 수 없다, 라고 생각하고 있었습니다. 저는 세트 포지션에서 최대한 빠른 공을 바깥쪽을 향해 던졌습니다. 공 하나 정도 바깥쪽으로 빠지는 볼이었습니다.

그러나 다케치는 미동도 하지 않았습니다. 볼이라고 예측한 것일까요, 아니면 코스를 읽은 것일까요?

"볼!"

그렇게 주심이 크게 외쳤습니다.

마운드 위에서 저는 충격을 받았습니다. 정말로 까다로운 코스입니다. 심판에 따라서는 스트라이크라고 판정할지도 모릅니다. 이 공을 미동도 하지 않고 지켜본 타자는 처음이었습니다. 이 녀석은 조금 다르구나, 하고 이때 진심으로 생각했습니다. 이 녀석은 다르다, 다른 타자하고는 근본적으로 다르다, 라고 말입니다.

이번에는 한가운데에서 조금 몸 쪽으로 이토가 미트를 갖다 댔습니다. 그리고 커브로 몸 쪽 깊숙하게 도망쳐라, 볼을 던져라, 라고 지시했습니다. 저의 경험으로는 이제까지 많은 강타자가 이 공에 끌려나오며 배트를 휘둘러주었습니다. 다케치도 그렇게 나온다면 어떻게든 요리할 방법이 생깁니다.

이토는 스트라이크를 던지게 할 생각은 없는 듯했습니다. 이것은 저도 찬성이었습니다. 지금 다케치에게 한 방 맞으면 그것으로 이번 시즌이 끝납니다. 저로서도 한가운데 가까이에 던질 생각은 털끝만치도 없었습니다. 이토의 요구대로 크게 휘어지는 커브를 몸 쪽으로 던졌습니다. 다케치의 몸 쪽으로 파고드는 볼, 다케치는 약간 허리를 빼며 이것도 어렵지 않게 지나쳐 보냈습니다.

"볼!"

그렇게 주심이 외쳤습니다. 전혀 끌려나올 기색이 없습니다. 과연 대단한 타자였습니다. 투 볼 노 스트라이크로 이쪽이 몰리기 시작했습니다. 이때 저는 포크볼을 던지지 못하는 자신을 진심으로 원망했습니다. '슈트는 없어도 괜찮다. 하지만 떨어지는 공만 있으면 이 녀석과 싸울 수 있는데…….'

그 순간, 저는 오싹한 기분을 느꼈습니다. 헬멧 아래로 다케치의 쏘는 듯한 날카로운 눈이 보였기 때문입니다. 입술을 꼭 다문 진지한 표정에서 나오는, 날카롭게 번득이는 시선. 이것 역시 다른 누구에게도 받은 적 없는 것이었습니다.

이때 저는 완전히 이해했습니다. 다케치의 비밀을, 그의 천재성을. 다케치는 비정상적일 정도로 시력이 좋을 뿐만 아니라 왼손 타자이므로 오른손 투수의 손이 잘 보이는 것입니다. 오른쪽 어깻죽지에서 공을 쥔 손이 나타나고, 공을 떼는 위치, 그 뒤에 공이 향하는 방향은 물론 어쩌면 공에 회전을 가하는지, 아닌지까지 보고 있을지도 모릅니다. 다케치는 처음부터 끝까지 다 보고 있다. 저는 그 사실을 이해했습니다. 그렇다면 커브는 전혀 통하지 않을 것입니다.

다케치 정도의 선구안이라면 아마도 오른손 투수는 전혀 두렵지 않겠지요. 전에 이토가 말한 적이 있습니다만, 다케치는 오른손 투수를 철저하게 두들기고 있습니다. 데이터가 그것을 증명하고 있습니다. 그러므로 제가 버리는 공은 자신 있게 그냥 내버려둡니다. 직구와 커브만으로는 다케치를 농락하는 것이 도저히 불가능하다고 깨달았습니다. 포크볼이라면 아마 다케치라도 읽을 수 없을 것입니다. 손목의 움직임은 직구와 같고, 제아무리 다케치라도 이쪽의 오른손이 어깻죽지에서 나타난 순간에 손가락이 벌어진 것까지는 보이지 않을 것이기 때문입니다. 그러나 커브라면 알 수 있을 것입니다. 손목을 비틀기 때문입니다. 직구가 아님은 손의 움직임을 보고 알 수 있습니다.

저는 점점 다케치에게 매료되는 동시에 위축되었습니다. 저 녀석에게는 옆으로 휘는 변화구가 전부 보인다. '부처님 손바닥 안'이라는 말처럼 던지기 전부터 이미 지고 있다는 기분이 들기 시작했습니다. 실제로 던질 공이 없었습니다. 위아래로 변하는 공 아니면 이 녀석의 눈은 속일 수 없다, 어떡할 것인가.

그때 직구다, 라고 이토가 사인을 보냈습니다. '바깥쪽 낮은 곳에 다시 한 번 힘껏 네가 던질 수 있는 최대한 빠른 공을 던져라. 그렇지만 이번에는 바깥쪽 꽉 차게 들어가는 스트라이크다.'

저도 이제 그것밖에 없다고 생각하고 세트 포지션에서 바깥쪽 낮은 곳을 향해 젖 먹던 힘까지 쥐어짜서 팔이 부러져라 강속구를 던졌습니다.

그 순간, 다케치의 배트가 사라진 듯한 느낌이 들었습니다. 흥분해 있던 제가 투구를 마친 뒤 고개를 들었을 때 보인 광경은 그랬습니다. 그리고 다음 순간에 보인 것은 홈플레이트 위, 끄트머리를 오른쪽 하단으로 향한 채 정지해 있는 다케치의 하얀 배트였습니다. 그리고 제가 던진 공은 어디에도 보이지 않았습니다.

맞은 건가? 그 순간 저는 충격을 받고 튀어 오르듯이 고개를 들어 머리 위를 올려다보았습니다. 공은 돔 구장의 천장 가까이에 떠올라 있었고, 환호성 속에 천천히 낙하하며 좌익수와 중견수 사이의 외야 펜스를 소리 없이 직격했습니다. 그 순간의 절망감이란 이루 말할 수 없었습니다.

땅이 흔들릴 듯한 크나큰 환호성 속에서는 게임이 소리 없이 진행됩니다. 두 외야수가 잡으려고 열심히 달려갔습니다만, 인조 잔디 위를 구르는 공과 두 사람 사이에는 상당한 거리가 있었습니다.

필사적으로 홈 커버에 들어가면서 3루 베이스 쪽을 돌아보니 쓰지모토는 벌써 잽싸게 3루 베이스를 돌고 있었습니다. 뭐야, 히트앤드런이었나! 저는 다시 한 번 놀랐고, 그 자신감 넘치는 모습에 완전히 압도되었습니다.

그리고 쓰지모토는 천천히 두 손을 들어 올리며 홈인했고, 환호성 속에서 오색 테이프가 튀어 오르듯이 공중을 날고 꽃가루가 폭발하듯이 흩날리며 관중석을 뒤덮었습니다. 그것은 시즌의 끝을 알리는 신호였습니다.

쓰지모토는 더그아웃을 뛰쳐나온 N자동차의 선수들과 얼싸안고 뛰어오르며 금세 모습이 보이지 않게 되었습니다. 저는 망연자실

한 채 다케치를 찾았지만, 이미 그의 모습은 볼 수 없었습니다.

3

더그아웃에서 대기실로 돌아와서 저는 팀 동료들에게 고개를 숙여 사과했습니다. 하지만 아무도 저를 나무라지 않았습니다. 괜찮아, 괜찮아, 승패는 운으로 결정되는 거야, 너는 할 만큼 했어, 라고 모두 말해주었습니다.

하지만 저의 패배감은 너무나도 컸습니다. 그런 중요한 상황에서, 그것도 다케치를 상대로 나 따위가 공을 던질 자격은 없다고 진지하게 생각했습니다. 기시모토가 던졌어야 했다, 그 사람이라면 아래로 떨어지는 변화구를 가지고 있다, 커브밖에 없는 나로 교체한 것은 실수였다, 라고 말입니다. 그 정도로 저의 패배감은 컸습니다.

누가 뭐래도 명백한 패배입니다. 나는 다케치에게 완패했다, 도저히 그 녀석은 당해낼 수가 없었다, 맞을 만해서 맞았다, 라고 생각했습니다. 오늘 밤 제 컨디션은 결코 나쁘지 않았습니다. 그런데도 저에게는 던질 수 있는 공이 없었습니다. 피로감 탓도 있었겠지만, 처음부터 그렇게 될 수밖에 없는 전개였다며 완전히 박살난 기분이 들었습니다. 무엇을 하더라도, 아무리 발버둥을 치더라도 나에겐 이길 수 있는 방법이 없었습니다. 왜냐하면 던질 수 있는 공이 없었으니까요. 그렇게 제 마음속에는 다케치에 대한 심한 열등감이 자리 잡고 말았습니다.

대기실에 잠시 앉아 있는데 가와부치 감독이 샤워를 하라고 해서 비틀비틀 일어나 통로로 걸어 나갔습니다. 샤워실 쪽으로 가는 도중에 검고 커다란 형체가 등에 역광을 받으며 철컥철컥 스파이크 소리를 내면서 이쪽을 향해 걸어왔습니다.

1미터 정도 거리에서 지나칠 때 그 얼굴을 보니, 바로 다케치였습니다. 그때 저쪽도 얼굴을 들어서 한순간 눈이 마주쳤습니다.

저는 그 시선에 압도되어서 자신도 모르게 꾸벅 고개를 숙이고 말았습니다. 그리고 그대로 지나쳐 가려고 했습니다. 명성이 자자한 천재 슬러거 다케치가 어떤 녀석인지 가까이에서 얼굴이나 한번 봤으면 했는데 막상 눈앞에 나타난 순간, 저는 그의 얼굴을 똑바로 쳐다볼 수 없었습니다. 몹시 낙심하고 있었던 탓에 도저히 그럴 자격이 없다고 느낀 것입니다. 그대로 몇 걸음 걷는데 "다케타니 군!" 하고 누군가가 제 이름을 불렀습니다. 깜짝 놀라 뒤를 돌아보자, 다케치가 이쪽을 보며 서 있었습니다. 그 위치는 역광이 아니라서 다케치의 단정한 얼굴이 저를 향해 웃고 있는 것이 잘 보였습니다.

그 미소는 분명 승자의 여유겠지요. 마운드에서 상대할 때 봤던 그 쏘아붙이는 듯한 시선이 아니라 완전히 다른 얼굴이었습니다.

"네."

저는 그렇게 대답하고서 무심코 또다시 꾸벅 인사를 했습니다. 고졸인 저는 K악기 사내에서 그렇게 행동하는 버릇이 들어 있었습니다.

다시 보니, 이때도 다케치는 스타로서의 아우라를 등에 지고 있어서 온몸이 밝게 빛나는 듯했습니다. 도저히 같은 나이라고도, 같은 인간이라고도 생각할 수 없었습니다.

"저기, 왜 그러시죠?"

저는 당황하면서 물었습니다. 실제로 저 같은 인간에게 무슨 볼일이 있을까, 하는 의문이 들었습니다. 그랬더니 다케치는 "고마워"라며 생각지도 못한 말을 했습니다.

"도쿄 돔에서 다시 만나자. 가능하면 또 결승전에서."

그는 그렇게 말하며 한 손을 살짝 들어 보이고는 떠나갔습니다.

저는 잠시 그 자리에 멈춰 서서 움직일 수 없었습니다. 왠지 감격에 겨워 발이 떨어지지 않았던 것입니다.

고등학교 시절부터 동경해왔던 다케치. 그에 비해 저는 밑바닥을 기는 듯한 생활을 하고, 몇 번이나 손톱이 깨지고, 대학에도 가지 못해 낙심하고, K악기에 입사해서도 처음에는 연습도 제대로 따라가지 못해 피를 토했습니다. 비가 오나 눈이 오나 운동장을 달렸고, 다른 투수의 세 배를 던지며 몇 년이나 걸려서 간신히 2선발까지 올라왔습니다.

그런 저의 공을, 타고난 선구안과 손목 힘으로 가볍게 외야 펜스까지 날려 보낸 이 남자는 제 이름을 정확히 기억하고 있었습니다.

그리고 거만한 기색도 없이 저를 격려해주었습니다. 그의 말은 팀 동료의 그 어떤 위로보다도 훨씬 더 저의 마음을 보듬어주었습니다.

상당히 오랫동안 멍하니 있다가 발길을 돌려 걷기 시작했습니다. 정말 멋진 녀석이라고 새삼 생각했습니다. 이렇게까지 실력 차이가 나면 이미 질투도, 부러움도 느껴지지 않습니다. 그리고 역시 소문은 잘못되었다고 생각했습니다. 재수 없는 녀석이 아니다, 그 소문은 다른 사람들의 시샘에서 비롯된 것이다, 라고 말입니다.

그 뒤에 야간 버스를 타고 하마마쓰로 돌아왔습니다만, 조금 전에 대기실에서 잠깐 쉬었기 때문에 피곤이 어느 정도 풀렸습니다. 그러고 나니 투지도 돌아왔습니다.

저는 옆에 있던 포수인 이토에게 무슨 일이 있어도 내년까지 포크볼을 익히겠다고 선언했습니다.

"왜 또 그런 소릴 해?"

아직 지쳐 보이는 이토는 말은 그렇게 했지만 이내 고개를 끄덕였습니다.

"그래, 그렇게 해."

"그리고 내년 7월에 다시 오자, 도쿄 돔에."

제가 그렇게 말하자 이토는 "결승전에?"라고 물어서 저는 힘차게 고개를 끄덕였습니다.

"그래, 내년에도 반드시 결승전에 진출하자. 그리고 N자동차와 또다시 맞붙는 거야."

"N자동차하고?"

이토가 의아하다는 듯한 표정을 지었습니다.

N자동차를 원망하는 거냐는 얼굴을 했지만 곧 "그래, 다시 N자동차가 결승전에 올라오겠지"라고 말했습니다.

"나는 그때까지 반드시 포크볼을 익히겠어. 그리고 다케치를 잡아낼 거야."

그렇게 말하자 이토는 깜짝 놀란 듯이 저를 쳐다보았습니다. 조금 전까지 그렇게나 풀이 죽어 있었는데 의외였겠죠.

그것은 사실입니다만, 조금 전에 통로에서 다케치와 만나고 나서 어쩐지 힘을 나눠 받은 듯한 기분이 들었습니다. 그런 일이 있었기에 저는 샤워를 하고서 금세 기운을 되찾았습니다. 역시 그 녀석은 굉장한 녀석이다, 라고 생각했습니다. 다케치는 적까지 기운이 나게 만드는 힘을 지니고 있구나, 하고 말입니다.

다케치의 웃는 눈이 저를 향해서 이렇게 말했던 것입니다.

"얼른 기운 내. 그리고 나를 쫓아와."

다케치는 내년에 다시 오라고 말해주었습니다, 이런 2류 선수인 나에게. 어떻게든 기술을 갈고닦아서 그의 말에 응해주고 싶다는 기분이 들었습니다. 그리고 딱 한 번만이라도 좋으니 다케치와 좋은 승부를 펼쳐보고 싶다, 이기지 못해도 좋다, 공 하나만이라도 그가 헛스윙하게 만들어보고 싶다, 그러면 그는 분명히 인정해줄 것이다, 라고 생각했습니다. 그가 헛스윙하게 만들 수 있는 공, 그것은 포크볼밖에 없습니다.

경기의 피로를 풀라는 의미에서 다음 날 연습은 없었습니다. 그러나 저는 혼자 운동장에 나와 달렸습니다. 땀을 흘리고, 대시를 몇 번이나 반복하고, 가상 피칭을 하며 폼을 확인하고, 그런 뒤에 공을 쥐고 콘크리트 벽을 향해 포크볼을 던져보았습니다.

컨트롤이 장점인 저이지만, 여전히 포크볼은 제구가 잘되지 않았습니다. 나랑은 상당히 안 맞는 것 같다며 실망했지만 괜찮아, 아직 1년이 남아 있잖아, 라고 스스로를 위로했습니다.

그런 뒤에 저는 또다시 다른 사람보다 두 배를 뛰고, 크게 소리를 지르고, 배팅에도 열정을 쏟았습니다. 토끼뜀으로 다이아몬드를 일주하고, 또다시 피를 토할 것 같은 기분으로 바닥에 쓰러져 코끝의 흙냄새를 맡다 보면 문득 다케치의 웃는 얼굴이 떠올랐습니다. 그 입술이 움직이며 이렇게 말했습니다.

"도쿄 돔에서 다시 만나자. 가능하면 또 결승전에서."

그러면 힘이 솟아나서 일어날 수 있었습니다.

그 녀석을 향해 가자! 그렇게 결심했습니다. 그 녀석과 다시 만나자, 그리고 사력을 다하자. 이번에는 그것이 저의 목표가 되었습니다. 그 녀석과 저는 타고난 자질이 전혀 다릅니다. 그 녀석은 천재, 이쪽은 뼛속부터 보통 사람입니다. 죽을힘을 다해 노력하지 않으면 도저히 그 녀석을 따라갈 수 없습니다.

프로라는 목표를 잃고 저는 왠지 모르게 허탈감에 빠져 있었습니다. 어쩌면 그것이 제 발전을 늦추고 있었는지도 모른다고 깨달았습니다. 하지만 지금은 다릅니다. 이미 떨쳐버렸습니다. 프로 따윈 깨끗이 잊었습니다.

그리하여 저는 드디어 죽을힘을 다하게 되었습니다. 이전에도 그랬던 적이 있지만 이번에는 전과 달랐습니다. 다케치라는 목표가 생겼기 때문입니다. 필사적으로 그 녀석을 향해 가자, 그리고 그 녀석과 멋진 승부를 하자, 그 녀석이라면 사력을 다하기에 부족함이 없는 상대다! 그렇게 생각하며 몸을 움직였습니다.

지금까지 받아본 적 없는 내야 노크볼도 야수들 사이에 섞여서 받았습니다. 이봐, 야수로 전향할 거야? 라고 모두가 놀렸지만 이런 훈련을 하면 몸이 날렵해집니다. 고교 시절에 체험한 일입니다. 이것과 투구를 같이하는 것은 너무 고되므로 이제까지 하지 않았을 뿐입니다.

회사 책상에서 업무를 보고 있어도, 외근을 나가서도 도쿄 돔에서의 투 볼 노 스트라이크 상황이 머릿속에 되살아납니다. 그 상황에서 떨어지는 공을 던지는 나 그리고 헛스윙을 하는 다케시. 그런 전개가 몇 번이고 눈앞에 펼쳐집니다. 어떻게 해서든지 다시 한 번 그와 승부를 겨룰 기회를 달라고 신에게 기도했습니다. 만약 그날이 오기만 한다면 그때까지 반드시 포크볼을 익히겠다, 무슨 고생을 해서라도 마스터하겠다, 몸도 만들겠다. 그렇게 마음속으로 맹세했습니다.

그런 나날이 넉 달 정도 지나고 11월이 되었습니다. 일요일에 아무도 없는 외야를 혼자 달리고 있는데 누군가가 저를 불렀습니다. 이토였습니다. 홈플레이트 위에 서서 이쪽을 향해 소리치고 있었습니다. 큰 동작으로 손짓을 해보이기에 그쪽을 향해 달려갔습니다.

"잠깐 부실로 모여. 긴급회의야."

그가 말했습니다.

"야구부실로? 일요일인데?"

제가 말했습니다. 사전에 아무 이야기도 듣지 못했기 때문입니다.

"다들 모여 있어?"

"응, 너만 연락이 안 되어서 부르러 왔어. 뭔가 큰일이 생긴 모양이야."

이토는 그렇게 말하고 나서 등을 돌리더니 부실을 향해 뛰기 시작했습니다. 유니폼은 입지 않고 있었습니다. 운동장에 나올 생각이 없었던 듯했습니다. 그를 따라가며 유니폼은 왜 입지 않았느냐고 물었습니다.

"그럴 상황이 아니야."

그가 대답했습니다. 그러고는 부실 앞에 오자 "유니폼은 이제 필요 없어질지도 몰라"라고 말했습니다.

"뭐? 무슨 소리야?"

"우선 안에 들어가자."

제 질문에 이토는 대답도 하지 않고 그렇게 말했습니다.

부실에는 이미 모든 선수가 모여 있었습니다. 아무래도 집합하라는 연락이 모두에게 간 듯했습니다. 저는 아침 일찍부터 방을 나와서 연락을 받지 못했던 거겠죠. 이토와 제가 부실에 들어가자 가와부치 감독이 일어섰습니다.

"다 모였군."

그가 말했습니다.

"이미 들은 사람들도 있겠지만, K악기 야구부는 아쉽게도 휴부休部가 결정되었다."

부실 안에 "에엑!" 하는 큰 소리가 울려 퍼졌습니다. 저도 깜짝 놀라 외쳤습니다. 귀를 의심하고, 머릿속은 새하얘졌습니다.

"얼마 전에 갑작스럽게 결정되었다."

"어째서요!"

누군가가 외쳤습니다. 아무래도 대부분 몰랐던 듯했습니다. 저도 전혀 몰랐습니다.

"회사의 실적 부진 때문이야. 회사에 야구부를 둘 여유가 없어졌다."

감독이 말했습니다.

"그러면 이곳은 폐쇄?"

"휴부한다. 이제 이 야구부는 없어진다."

감독이 말하자 모두가 한순간 할 말을 잃었습니다.

"준우승까지 했는데……."

"그랬지."

감독도 동의하며 말을 이었습니다.

"우승했더라면 이야기가 달라졌을지도 모르겠지만……."

"영원히 없어지는 건가요?"

"일단 휴부한다. 그다음 일은 알 수 없어."

"휴부라니……."

"하지만 뭐, 결국 해산되겠지."

그러자 깊은 침묵이 찾아왔습니다. 이 같은 분위기를 견디지 못하고 감독이 다시 입을 열었습니다.

"회사의 실적 부진은 모두가 알고 있었던 일이잖나?"

이 질문에 "아니요"라고 대답할 수 있는 사람은 아무도 없었습니다. 확실히 듣기는 했습니다. 하지만 설마 야구부를 없앨 것이라고는 생각지도 못했습니다.

"그런 상황에 마냥 우리만 봐달라고 할 수는 없어."

"이렇게 실력이 있는데……."

저도 모르게 그렇게 중얼거리고 있었습니다. 그렇게 큰 소리는 아니었는데도, 모두가 일제히 제 쪽을 쳐다보았습니다. 저는 고개를 숙였습니다. 패전투수가 입 밖에 낼 소리는 아니었기 때문입니다. 그러나 의외로 고개를 끄덕이는 모두의 얼굴이 보였습니다.

"감독님."

기시모토 투수가 말했습니다.

"그건 정말 마른하늘에 날벼락 같은 소립니다. 이 중에는 야구밖에 모르는 사람들도 많습니다. 이제껏 야구만 하며 살아온 사람도 있고 야구 특채로 이 회사에 들어온 사람, 앞으로 좋은 성적을 거둘 수 있는 사람도 있습니다. 그런 녀석들은……."

"맞아요, 야구를 빼앗기면 앞으로 어떻게 해야 할지 모르겠어요."

다른 누군가의 말에 저는 내심 깊이 고개를 끄덕였습니다. 그것은 저의 이야기였기 때문입니다. 어릴 적부터 야구 하나만 바라보며 살아왔습니다. 프로야구 선수가 되는 것 외에는 아무것도 생각하지 않았습니다. 그러다가 넉 달 전에야 간신히 프로를 향한 꿈을 접고 내년이다, 내년에야말로 사회인야구에서 뭔가 해내겠다, 라고 굳게 다짐했습니다. 그런데 그런 다짐을 하자마자 마른하늘에 날벼락 같은 일이 생긴 겁니다.

"갑자기 여기서 야구를 포기하라는 건 너무 심합니다. 가혹하다고요."

기시모토가 말했습니다. 그 말을 들으면서 저는 도쿄 돔의 눈부신 조명과 그 아래 서서 배트를 쥔 다케치의 모습이 점점 멀어져 가는 듯한 느낌을 받았습니다.

'기껏 프로를 포기했는데, 이제는 야구 자체를 포기하란 말인가.' 그것은 기시모토의 말대로 너무나 가혹한 일입니다. 이제부터 시작인데!

"이제 야구를 그만두라는 겁니까? 모든 것을 포기하고 그냥 장부 정리나 하라고요? 이 중에는 프로에서 통할 만한 녀석도 있습니다."

누군가가 말했습니다.

"프로를 포기하고 이곳에 들어온 사람도 있습니다. 그런데 회사의 재정 상황이 안 좋아졌다고 갑자기 야구를 그만두란 겁니까?"

또 다른 누군가가 울컥한 듯 외쳤습니다.

"그건 너무 제멋대로잖습니까! 우리는 열심히 했습니다. 영업하는 녀석들도 필사적이었고. 업무는 업무대로 하면서 그 뒤에서 야구도 해왔습니다! 모두 회사를 위해서요!"

"그래요, 우리는 대충 일하지 않았어요. 악기가 잘 팔리지 않은 건 우리 탓이 아니라고요!"

"맞아, 이미 피아노는 일본의 전 가정에 보급되었기 때문이라고."

"나도 안다. 우리는 모두 야구를 사랑하잖아?"

가와부치 감독이 말하자 모두가 고개를 끄덕였습니다.

"그건 나도 마찬가지야. 나도 야구를 사랑한다. 당연히 계속하고 싶지. 너희들 모두에게도 계속 야구를 하게 해주고 싶어. 그 문제로 매니저 쪽에서 발표할 것이 있다."

그렇게 말하며 감독은 벤치에 앉고, 대신 구마쿠라라는 매니저가 일어섰습니다.

"그 문제에 대해 회사 측에서는 여러분을 자유계약 선수로 만들어주겠다는 안을 내놓았습니다."

"자유계약 선수라니? 무슨 말입니까?"

질문하는 소리가 들렸습니다.

"계속 야구를 하고 싶은 사람은 다른 회사의 야구부로 옮겨도 된다는 것입니다. 다시 말해 회사에서 여러분에 대한 구속권을 포기한다는 이야기입니다."

무슨 소릴 하는 거야? 라는 목소리가 이쪽저쪽에서 터져 나왔습니다. 이것을 계기로 곧바로 부실 안이 시끌벅적해져서 제대로 알아듣기 어려웠습니다만, 구마쿠라 매니저는 주목을 끌 만한 말을 했습니다.

"다른 회사나 프로야구팀으로 옮겨가도 괜찮고……."

"그런 소리를 해봤자 말처럼 쉽게 옮길 수 있을 리 없잖습니까!"

누군가가 큰 소리로 말하자 모두가 제각기 동의했습니다.

"맞습니다. 다른 팀도 이미 멤버가 꽉 차서 우리가 끼어들 여지가 없습니다. 우리는 K악기 야구부가 좋습니다. 지금까지 몇 년이나 함께해왔으니까요. 이제 와서 다른 곳에 가고 싶을 리가 없잖습니까, 다들 안 그래?"

"그래, 맞아. 어디서 채용해주는데? 게다가 이제 와서 프로라니……."

모두가 자조 섞인 웃음을 터뜨렸습니다.

"세상은 그렇게 만만하지 않지. 한창 때가 지난 이런 아저씨들을 어느 프로 구단이 써주겠냐고. 우리는 고교야구부가 아니잖아! 안 그래?"

그리고 다들 저마다 그런 이야기로 웅성거렸습니다.

감독이 다시 일어섰습니다.

"이제 와서 그런 소리를 해봤자 소용없다."

그 말에 모두 다시 조용해졌습니다.

"야구부의 휴부는 회사의 결정 사항이다. 우리가 이러쿵저러쿵 해봤자 소용없어. 이건 이미 결정된 일이야. 우리는 따를 수밖에 없어. 하지만 너희는 아직 괜찮아. 계속할 생각이라면 분명 길이 있을 거야. 그러나 나는 이걸로 끝이다. 이 나이로는 야구에서 손을 떼는 수밖에 없어."

"그러면 해단식이라도 할까?"

누군가가 자포자기하듯 말하자 부실 안은 다시 시끌시끌해졌습니다.

감독은 손을 들고 제지했습니다.

"잠깐 기다려. 아직 이야기가 끝나지 않았다."

"뭡니까?"

"뉴스가 있다."

"뉴스?"

그 말에 다들 침을 삼키며 입을 다물었습니다.

"빅뉴스다. N자동차의 다케치가 요코하마 매리너스에 입단 의사를 표명했다."

"에엑!" 하고 다시 큰 소리가 나며 부실 안은 소란스러워졌습니다. 저도 엉겁결에 큰 소리를 질렀습니다.

"이번에 매리너스를 맡은 쓰카하라 감독은 정재계에 발이 넓은 사람이야. 특히 자동차 업계 쪽으로. 쓰카하라와 N자동차의 사장이 가까운 사이라서 고위급 회의에서 그렇게 결정된 모양이다. N자동차에서는 매리너스라면 다케치를 보내겠다고 결정했어. 계약금은 1억 엔이지만, 그 몇 배나 되는 돈이 매리너스에서 N자동차로 흘러들어갈 거라고 한다. 뭐, 소문일 뿐이겠지만. 새 감독은 우승하려면 반드시 다케치의 타력이 필요하다고 생각한 거지."

부실 안은 더욱 시끄러워졌습니다. 아직 신문에도 실리지 않은 말 그대로 빅뉴스였기 때문입니다.

"하지만 드래프트 회의가 있잖습니까?"

기시모토가 말했습니다.

"응. 그러니까 아마도 요코하마 이외의 팀은 지명을 자중해달라는 양해가 있었을 거야."

"그런 일이 가능할까요?"

"다케치 본인도 그곳 말고는 절대 가지 않겠다고 말하고 있으니, 다른 팀이 자중할 가능성은 있지."

"그럴까요?"

"일단 프로 구단에 들어가면 나머지는 트레이드라는 방법도 있어. 게다가 올해는 뛰어난 신인이 몇 사람인가 있지. 쓰카하라 감독이 교체되면 언젠가는 다른 곳도 데려갈 가능성이 있겠지."

"그야 요미우리 자이언츠뿐이겠죠."

"그러니까 요미우리는 자중할 거야. 오늘 석간신문이나 텔레비전 뉴스는 아주 볼 만할 거다."

그것이 사실이라면 틀림없이 언론이 난리법석을 피울 것입니다.

"다케치는 기뻐하고 있는 모양이야. 원래부터 프로에 가고 싶어했다고 하니까."

"하지만 그게 우리하고 무슨 관계가 있습니까?"

이토가 말하자 감독은 고개를 끄덕였습니다.

"관계가 있지. 본론은 여기서부터야. 매리너스는 올해 다케치를 영입하면서 철저한 팀 개선과 함께 선수 보강을 할 생각이라고 들었다. 그것의 일환으로 올해에 한해서 새로운 선수 입단에 테스트 케이스를 만든다고 한다."

"테스트 케이스? 그게 뭡니까?"

"계약금이 없는 선수를 노린다는군."

"계약금이 없는?"

"그래, 올해에 한정된 특례야. 계약금이 없더라도 하고 싶다는, 의욕 있는 선수를 채용한다는 거지."

부실 안이 다시 시끄러워졌습니다. 하지만 그 소란은 한숨이 섞인 술렁임이었습니다.

"계약금이 없다는 건, 들어가도 급료가 없다는 겁니까? 그러면 어떻게 생활합니까?"

"아니, 그야 급료는 나오지. 기본적인 생활을 할 수 있을 정도로만. 초기 입단 계약금이 없다는 것뿐이야. 하지만 1군으로 올라가면 그때는 특별 보상금이 가산되는 구조인 모양이더군."

"으흠."

솔깃해하는 목소리도 들렸습니다.

"그렇다면, 즉 그 급료란 2군의 급료인가요?"

"그렇겠지. 큰돈을 벌고 싶으면 1군으로 올라가서 따내라는 이야기지."

"확실히 파격적이군요."

"나는 쓰카하라 감독이 그런 제안을 한 것은 K악기를 염두에 두고 있었기 때문이 아닐까, 생각한다. 우리 회사의 야구부가 휴부한다는 정보는 이미 매리너스에도 들어가 있어. 전력 보강의 핵심인 다케치와 마지막으로 승부한 것은 우리 팀이니까."

부실 안은 찬물을 끼얹은 듯 조용해졌습니다. 그러나 작은 헛웃음 소리도 들렸습니다. 그것은 그저 희망 사항에 지나지 않는다고 말하고 싶은 거겠죠. 솔직히 저도 그렇게 생각했습니다. 천하의 요코하마 매리너스가 하마마쓰의 일개 사회인야구팀을 염두에 두고 특별히 테스트 케이스를 만든 거라고는 생각할 수 없었습니다.

"그 입단 테스트 케이스, 딱히 우리를 생각해서 만든 건 아니잖아요?"

누군가가 그렇게 말하자 모두 폭소를 터트렸습니다. 그러나 감독은 의외로 진지한 얼굴로 이렇게 말했습니다.

"계약금이 없는 이 테스트 채용이란 방법은 다케치 쪽의 의향도 작용했다고 한다. 다케치와 N자동차 사업부가 가지고 있던 생각에 쓰카하라 감독이 공감하면서 결정되었다고 들었어."

그러자 이 말에는 납득했는지 모두 고개를 끄덕였습니다. 확실히 기업이나 사회인야구계 사람이라면 할 수 있을 만한 발상이었습니다.

"그래서 우리 회사 수뇌부는 야구부원이 매리너스 같은 프로팀에 입단하는 것에 대해 관용적으로 대처하기로 했다고 한다. K악기 사원의 신분을 유지한 채로 매리너스의 입단 테스트를 받아도 좋다. 즉 안 되더라도 이곳으로 돌아올 수 있다는 거다."

"매리너스만요?"

"아니, 어디라도 괜찮다. 하지만 다른 곳은 어렵겠지. 매리너스만이 계약금을 주지 않는 대신에 노땅 선수도 시험 삼아 채용해주겠다고 말하고 있으니까."

선수들은 쓴웃음을 지으면서 가와부치 감독의 설명을 듣고 있었습니다. 저 역시 계속 어안이 벙벙한 상태였는데 문득 혹시 그렇다면…… 프로 입단의 꿈이 다시 눈앞에 와 있는 것이 아닌가, 하는 생각이 들었습니다. 회사가 사원의 신분을 유지한 채 프로 입단 테스트를 받게 해준다! 이것은 절호의 기회였습니다. 그렇다면 도전해보지 않을 수 없습니다.

K악기 야구부는 휴부하게 됩니다. 그래도 야구를 계속하고 싶다면 저에게는 이미 그 길밖에 없습니다. 다른 회사 야구부라고 해봤자, 인맥도 없는 저로서는 딱히 어떡해야 좋을지 짐작도 되지 않았습니다. 게다가 이제부터 전혀 새로운 일을 익히는 것은 아주 불안했습니다. 그렇지만 요코하마에 가서 매리너스의 입단 테스트를 받는 것 정도는 할 수 있을 것 같았습니다.

저는 벌써 스물다섯 살입니다. 야수라면 어떨지 몰라도 투수가 프로에 입단하기에는 이미 아슬아슬한 나이입니다. 하지만 고등학교를 졸업할 때보다 기량이 더 향상된 것은 아닐까, 하고 생각해봤습니다. 대단한 실적은 없지만 사회인야구 도시 대항 전국대회에서 준우승까지 했습니다. 이곳의 에이스는 아니지만 그래도 2선발입니다. 그리고 무엇보다 매리너스 팀 보강의 핵심 멤버인 다케치와 아마추어 최후의 승부를 했던 사람은 저입니다. 갑자기 1군으로 들어가는 것은 무리겠지만 2군이라면 크게 문제될 게 없다는 기분이 들었습니다.

투수 나이 스물다섯. 아무리 생각해도 이것이 마지막 기회였습니다. 팀 동료들은 어떻게 할지 알 수 없지만, 모처럼 프로로 가는 문이 열렸습니다. 여기서 도전하지 않으면 평생 후회할 것 같았습니다.

그렇게 생각하니 몸이 떨려서 멈출 수 없었습니다. 프로다! 뜻밖에 프로로 갈 수 있는 기회가 찾아왔다! 순간 포기했던 어릴 적의 꿈이 폭발하듯이 되살아나고, 눈앞이 어지러울 정도로 흥분되었습니다. 그리고 이 기회를·열어준 사람은 다름 아닌 다케치임을 깨달았습니다.

"계약금 없이 몇 년 계약입니까?"

이토가 물었습니다.

"그야 1년이겠지."

"1년 만에 잘릴 수도 있습니다. 그러면 이 회사로 돌아올 수 없는 거죠?"

"그야 당연하지."

감독이 말했습니다.

"사원 신분으로 테스트를 받을 수 있다는 것뿐이야. 입단 계약을 하면 그 시점에서 당연히 퇴사 처리가 되지."

부실 안은 다시 고요해졌습니다.

4

부실에서 해산한 뒤 선배인 기시모토, 단짝 포수인 이토와 이야기를 했습니다. 기시모토는 저보다 두 살 연상인 스물일곱이라서 이 나이로는 더 이상 모험은 할 수 없다, 프로 도전 같은 건 도저히 불가능하다, 라고 말했습니다. 그는 결혼해서 가정도 있습니다.

이토는 저와 동갑인 데다 마찬가지로 독신입니다. 그러나 이토 역시 이 나이로 프로에 도전하는 건 무리라고 말했습니다.

"프로 구단에는 포수들이 잔뜩 있어. 경쟁률이 몇 배는 돼. 그중에서 두각을 나타내려면 리드 능력만으로는 안 돼. 물론 리드에는 자신이 있고, 데이터만 있으면 그걸 분석해서 타자의 허점을 찌르는 것만큼은 절대 남에게 뒤지지 않는다고 생각하지만."

그의 말은 맞습니다. K악기가 사회인야구 도시 대항 전국대회에서 결승까지 올라가는 데는 이토의 리드 능력 덕이 컸습니다. 이것은 K악기의 야구부원 모두가 인정하는 부분입니다.

"하지만 프로라면 포수의 타율에도 신경을 써야 해. 나는 통산 3할대를 못 치고 있지. 내 어깨나 배팅, 주루 능력을 냉정하게 생각해보면 역시 꿈꾸고 있을 수는 없어. 이제 나이도 있으니 그만둘 때라고 봐. 설령 채용이 된다고 해도 1년 뒤에는 방출되어서 구직잡지나 뒤적이고 있을 거야. 이건 틀림없어. 주루 스피드나 어깨의 힘은 이 이상 키울 수 없으니까. 그렇다면 지금보다 상태가 나빠질 게 확실하지. 유감이지만 나는 이대로 회사에 남겠어."

이토는 상황 분석의 전문가답게 말했습니다.

"야구부가 없는 K악기에 말이야……?"

그렇게 말하자 이토는 쓴웃음을 지었습니다.

"그렇게 되네. 야구부가 없었다면 나는 니시 고등학교에도 가지 않았겠지."

그는 하마마쓰 니시 고등학교 출신입니다.

"그러면 이제 야구는 이걸로 끝낼 거야?"

그러자 이토는 천천히 고개를 끄덕였습니다.

"그래. 대신 조만간 유소년야구팀 코치라도 할 거야."

이토는 그렇게 말하며 웃었습니다.

"그래도 괜찮은 거야?"

"그야 물론 조금 더 하고 싶지. 하지만 앞으로는 텔레비전으로 즐길 거야. 너는 도전할 거야?"

그 말을 듣고 저는 말문이 막혔습니다. 속으로는 결심하고 있었지만, 괜히 이야기했다가 이런저런 충고를 하며 말리는 것을 바라지 않았기 때문입니다.

그래서 "나는 아직은 여기서 야구를 그만둘 수 없어"라고만 이야기했습니다.

"너는 아직도 미련이 남은 거야?"

이토의 말에 저는 말없이 고개를 한 번 끄덕였습니다.

"너, 웬일로 열정이 넘쳤지. 도쿄 돔 경기가 끝난 뒤에."

확실히 다케치와 대화를 하고 나서 저는 오랜만에 열정이 생겼습니다. 아니, 이제까지 열정이 없었던 것은 아니지만 그런 식으로 또렷하게 입 밖에 낸 것은 처음이었습니다. 바로 그때 생각지도 못한 야구부 휴부 소식이 날아든 것입니다. 그러니까 여기서 그만두면 넘치던 의욕이 갈 곳을 잃어 병이 날 것 같았습니다. 다른 때였다면 저도 어쩌면 이토처럼 상식적인 판단을 할 수 있었을지도 모릅니다. 어머니는 어떡하지? K악기를 그만두면 어머니는 돌아가실 때까지 좁은 공단주택에서 살아야 하는데, 그래도 괜찮을까? 냉정하게 생각하면 불안해할 만한 요소는 산더미처럼 있습니다. 여기서 이대로 근무하다가 나중에 퇴직금을 받으면 어머니와 둘이서 살 만한 집 정도는 지을 수 있을 것입니다. 안전한 선택을 해야 한다는 것은 제 경우에도 명백했습니다.

"혹시 도전할 거라면 응원할게. 텔레비전에 나오면 볼거리도 늘어나고 말이야. 다른 부원들도 같은 생각을 할 거야. 투수라면 가능성이 있어. 야수나 포수는 한 자리를 놓고 경쟁해야 하지만 투수는 자리가 여럿 있으니까. 파고들 수 있는 가능성은 있어, 힘내."

이토는 그렇게 말하며 격려해주었습니다.

요코하마 매리너스의 입단 테스트는 비교적 간단했습니다. 응시자가 많았기 때문입니다. 몇 사람씩 불펜에 들어가서 공을 던집니다. 2군 감독이나 투수 코치가 한 명씩 포수 주위나 타석에 들어서서 포수가 미트를 댄 곳으로 직구를 던지게 합니다. 그런 뒤 커브나 슈트를 던지라고 요구합니다. 세트 포지션에서 하는 투구도 봅니다.

이것이 꿈에 나오기까지 했던 프로 구단의 연습장인가, 하고 저는 생각했습니다. 구석구석이 깔끔했습니다. 라커룸도 새것처럼 깨끗했습니다.

저의 직구 컨트롤에는 상당히 감탄한 듯했습니다. 미트가 있는 위치에 정확히 꽂아 넣는 것은 고등학교 시절부터 제 특기였습니다. 감탄하는 소리를 내며 코치가 제 얼굴을 쳐다보았습니다. 공도 그럭저럭 잘 뻗었고, 스피드도 주위에서 테스트를 받는 다른 사람들보다 빨랐을 거라 생각합니다. 다만 변화구가 문제였습니다. 커브와 슬라이더는 좋았지만 슈트는 전혀 휘지 않았고 포크볼은 홈플레이트 위를 원 바운드로 통과하고 말았습니다.

투구가 끝나고 이제 돌아가도 좋다는 말을 듣고 라커룸으로 향하려고 할 때 다나카라는 코치가 저를 불러 세웠습니다. 코치는 테스트 응시자가 제출한 파일을 보드에 한데 고정해서 들고 있었습니다.

“당신, K악기 선수였습니까?”

그렇게 질문해서 저는 “네”라고 긴장하며 대답했습니다.

나이가 많기 때문인지 정중하게 대해주었습니다. 그런데 코치의 다음 말이 늦어져서 기다리고 있는데 다리가 떨리기 시작했습니다. 제게 상처 입히지 않고 불합격 소식을 전하기 위해 말을 고르고 있나, 하는 의심이 들었던 것입니다. 이 자리에서 벌써 떨어뜨리는 건가, 하고 생각했습니다. 하마마쓰의 시립 수영장 벽을 향해 빗속에서 혼자 투구 연습을 하고 신문 배달을 하던 하루하루가 떠올랐습니다. 그것들은 전부 이날을 위해 준비했던 것입니다.

"오늘은 컨디션이 어떻습니까?"

코치가 질문했습니다.

"그게……."

그렇게 말하고 저는 머뭇거렸습니다. 어떻게 대답해야 좋을지 한순간 고민했습니다. '별로 좋지 않았다, 평소에는 더 잘 던졌다, 라고 말해야 할까?' 그렇게 망설이고 있으려니 코치 쪽에서 다음 말을 던졌습니다.

"구종이 좀 적군요."

"네."

그 말에 폐부를 도려내는 듯한 아픔을 맛보았습니다. 저 자신도 자각하고 있던 점이었기 때문입니다.

"하지만 컨트롤은 좋습니다."

그 말에는 하늘로 날아오를 듯이 기분이 좋아졌습니다.

"감사합니다."

그렇게 말하고 저는 고개를 숙이고 말았습니다. 단지 그 한마디만으로도 감사의 마음이 가득 차올라 가슴이 찡해지고 말았습니다. 이제 이 말을 들은 것만으로도 충분하다, 프로야구 코치에게 이런 말을 들었다, 이걸로 포기해도 좋다, 라고 생각했습니다.

생각해보면 원래 이 자리는 K악기를 그만두지 않으면 올 수 없는 곳입니다. 이번 같은 기회가 없었다면 저는 고민 끝에 회사를 그만두고 이 자리에 도전했을지도 모릅니다. 그런데 뜻밖의 제안으로 회사를 그만두지 않고도 테스트를 받을 수 있었고, 실패하더라도 회사로 돌아갈 수 있게 된 것입니다. 그것만으로도 감사하자고 생각했습니다.

"프로야구 선수, 하고 싶습니까?"

코치가 물었습니다.

"물론이죠."

제가 대답했습니다.

"불합격은 아닙니다. 하지만 합격선에서 간당간당해요."

그가 말했습니다.

"네."

불합격은 아니라는 한마디를 해줘서 기분이 그리 나쁘지는 않았습니다.

"조금 기다려줬으면 좋겠군요. 다른 사람들의 실력과도 비교해봐야 하니까."

코치가 말했습니다.

"네, 감사합니다."

저는 그렇게 말하며 모자를 벗고 허리를 숙여 인사했습니다.

하마마쓰에 돌아와서 이토에게 보고를 하자 그는 "야, 그거 굉장한데!"라고 흥분해서 말했습니다.

"이게 굉장한 건가?"

"당연하지. 못 써먹겠다 싶었으면 그 자리에서 바로 통보했겠지. 그런 식으로 말했다면 희망이 있긴 있다는 뜻이야."

이토가 말했습니다.

"만약 이대로 불합격 통보가 오지 않는다면 드래프트 회의를 기다리라는 이야기잖아? 기자회견장에 가는 거라고, 다케치와 같은 자리에."

"만약 불합격 통보가 오지 않는다면 말이지."

저는 말은 그렇게 했습니다만, 기자회견이란 말을 들어도 전혀 현실감이 느껴지지 않았습니다.

다행히 두려워하던 불합격 통보는 오지 않았습니다. 대신 드래프트 회의장이 인쇄된 초대장이 날아왔습니다. 회의장은 도쿄에 있는 T호텔의 공작홀이었습니다. 어쩌면 채용될지도 모른다는 기대감에 가슴이 크게 부풀어 올랐습니다.

신칸센을 타고 T호텔까지 가보니 공작홀은 카펫이 깔린 아주 화려한 대형 홀로 선수 대기석과 기자회견장이 마련되어 있었습니다.

기자회견장을 둘러보니 벽 쪽에는 금색 병풍이 세워져 있고 그 앞에는 하얀 천이 덮인 넓은 테이블, 그 위에는 여러 개의 마이크가 놓여 있었습니다. 테이블은 한 단 높은 곳에 있었고 뒤편에는 열 개 정도의 의자가 준비되어 있었습니다. 이것과 마주하는 기자석에는 파이프 의자가 빽빽이 들어차 있었습니다.

앞으로 몇 시간 뒤에 내가 이 하얀 천이 덮인 테이블 앞에 앉을 수 있을까, 하고 생각해보았지만 아무리 노력해도 그런 이미지는 떠오르지 않았습니다. 그것은 불가능하겠다고 느끼고 있었습니다. 그래서 저는 이 자리에 오는 것을 K악기 야구부원 외에는 누구에게도 이야기하지 않았습니다. 이대로 얌전히 하마마쓰로 돌아가서 K악기에서 계속 근무할 마음의 준비를 하고 있었던 것입니다.

기자회견장이 보이는 홀 가장자리에는 대형 모니터가 있고 그 앞에도 무수한 파이프 의자가 놓여 있었습니다. 지명 후보 선수는 이 모니터를 통해 드래프트 회의가 진행되는 것을 보면서 자기 이름이 불리기를 기다리게 되어 있었습니다. 지명되면 기자회견장 단상에 올라가는 방식인 듯했습니다.

지명 후보 선수들이 속속 홀에 들어왔습니다. 모두 스포츠신문 같은 곳에서 얼굴을 본 적이 있는 젊은 선수들뿐입니다. 저보다 연상은 한 명도 없었습니다. 그들은 제가 앉아 있는 모니터 앞의 파이프 의자에 차례차례 앉았습니다. 그중에 K악기의 팀 동료는 한 명도 없었습니다. 대신에 N자동차의 선수는 몇 사람인가 보였습니다. 역시 가와부치 감독의 생각은 희망 사항에 지나지 않은 듯했습니다.

지명 후보 선수들의 숫자가 제 예상보다 훨씬 많아서 깜짝 놀랐습니다. 그렇다는 것은 이 드래프트 회의장에 오라는 이야기는 들었어도 지명받지 못하고 그대로 돌아가게 될 사람도 많다는 이야기겠지요. 저는 각오했습니다. 혹 이렇게 사람들이 많은 건 선수가 아닌 사람도 섞여 있기 때문일까요? 그렇지만 저에게 그런 것을 물어볼 만한 지인은 없습니다.

의자가 다 채워져서 저는 다케치의 얼굴을 찾아보았습니다. 잠깐 인사를 하고 싶었던 것입니다. 그러나 이 자리에는 보이지 않았습니다. 어딘가 다른 장소에서 대기하고 있는 것일까요? 그는 올해 드래프트 최고의 스타이므로 그런 게 당연하겠죠. 1라운드에서 지명될 것이 빤했으니 굳이 이런 곳에서 다른 사람들과 같이 모니터를 지켜볼 필요는 없습니다. 게다가 이곳에 나오면 카메라에 쫓겨 다니게 됩니다.

이윽고 기자단과 카메라맨, 방송사 직원들까지 대거 몰려와 대형 홀에 준비되어 있던 의자가 부족할 정도였습니다.

드래프트 회의가 시작된 모습이 모니터에 나오고, 요코하마 매리너스의 신임 감독이 자신이 뽑은 표를 기쁜 얼굴로 머리 위로 높이 들었습니다. 카메라가 이 장면을 줌인했습니다. 쓰카하라 감독이 1번 표를 뽑은 듯했습니다.

모니터가 보이는 제 주위에서는 웅성거림에 이어 한숨이 흘러나왔습니다. 이것으로 다케치의 요코하마 매리너스 입단이 순조롭게 결정된 것입니다. 정말 운이 좋은 양반이라고 모두 감탄하며 서로 그런 이야기를 속삭이고 있었습니다.

이윽고 "제1라운드, 선택 희망 선수, 요코하마 매리너스, 다케치 아키히데, 야수, N자동차"라는 장내 안내 방송이 흘러나왔습니다. 모니터에서도 신인선수 선택 회의, 제1라운드, 요코하마 매리너스, 다케치 아키히데, 야수, N자동차, 라는 글자가 보였습니다.

이어서 대학야구에서 활약한 젊은 선수들과 고교야구 선수들이 차례차례 지명되었습니다. 그들에 대해서도 각각 지명 구단과 본인의 이름, 포지션, 출신 학교를 적은 보드가 나왔습니다.

오른편에서 한층 성대한 박수가 끓어올랐습니다. 그쪽을 보니 기자회견 단상에 다케치의 모습이 있었습니다. 더블슈트에 화려한 은색 넥타이 차림으로 말입니다.

그는 사회자의 재촉을 받으며 단상의 테이블석 중앙에 앉았습니다. 방송 조명이 눈부시게 빛나고 카메라 플래시가 화려하게 번쩍입니다. 그러는 가운데서도 지명된 선수는 속속 이름이 불리고 다들 기쁨에 찬 얼굴로 단상으로 올라갑니다.

홀에 있는 파이프 의자도 완전히 기자단으로 메워지고 앞쪽에 있는 기자들은 이미 다케치를 향해 뭔가 질문을 시작하고 있었습니다. 단상의 테이블석도 점차 메워져 가던 중 갑자기 마이크를 통해 큰 목소리가 들렸습니다.

"네, 벌써 앞쪽의 기자분들이 인터뷰를 하시는 것 같은데 이대로는 불공평하죠. 기자회견을 슬슬 시작하도록 하겠습니다. 우선 당부드리고 싶은 말씀은 다케치 선수에게만 집중적으로 질문하지는 말아 달라는 것입니다. 장래가 유망한 다른 젊은 선수들에게도 공평하게 하나씩 부탁드립니다."

사회자의 목소리였습니다. 웃음소리가 터져 나왔습니다. 저를 내버려둔 채 기자회견이 시작된 듯했습니다. 손목시계를 보니 벌써 드래프트 회의가 시작된 지 한 시간 이상이 지나 있었습니다. 모니터 앞에서 드래프트 회의를 지켜보고 있던 기자들도 사회자의 목소리에 이끌려 속속 기자회견장으로 이동해갔습니다.

드래프트는 이미 제8라운드에 접어들고 있었습니다. 담담하게 선수의 이름이 불리고, 이어서 모니터에도 나오고, 지명된 선수는 일어서서 기자회견장으로 향합니다. 그런 식으로 또다시 한 시간이 지나갔습니다.

갑자기 요란한 박수 소리가 나서 그쪽을 보니 기자회견이 끝나 있었습니다. 기자들도 전부 일어서 있고 단상에 앉아 있던 선수들도 사회자의 안내를 받으면서 퇴장하고 있었습니다. 각오는 하고 있었지만 역시 저는 저 자리와 인연이 없다는 걸 깨달았습니다.

다케치도 매니저로 보이는 남자와 함께 공작홀에서 나가는 것을, 저는 멀리서 바라보았습니다. 눈부시게 빛나고 있던 방송 조명도 꺼지고 카메라도 철수하기 시작합니다. 기자들도, 카메라맨들도 묵묵히 돌아갈 채비를 하고 끝난 사람부터 순서대로 회견장을 나갔습니다.

이윽고 회견장은 텅 비고, 제가 있는 모니터 앞도 조용해졌습니다. 그래도 몇 사람인가는 남아서 모니터를 보고 있었습니다만, 그들도 한 사람씩 일어나더니 홀을 나갔습니다. 그것을 눈으로 좇으며 저도 일어서야 할지 말지 망설였습니다. 그러나 이곳에서 나가봤자 도쿄 역밖에는 갈 곳이 없으므로 발표가 완전히 끝날 때까지 있자는 생각으로 계속 그대로 앉아 있었습니다.

그런 뒤에 또 한 시간이 흘렀습니다. 드래프트 회의가 시작된 지 이미 세 시간 이상이 지난 것입니다. 의자에 앉아서 모니터를 보고 있는 사람은 저 한 사람뿐이었습니다. 그 무렵이 되자 청소부 아주머니들이 들어와서 기자회견장의 장식품이나 의자를 정리하기 시작했습니다. 저는 이제 제 이름이 불리길 기다리는 것을 포기하고 있었습니다.

그런데 뜻밖의 일이 일어났습니다.

"제14라운드, 선택 희망 선수, 요코하마 매리너스, 다케야 료지, 투수, K악기."

장내 아나운서의 발표에 저는 어안이 벙벙해졌습니다. 제 이름이 불릴 것이라고는 생각지도 못했던 것입니다. 하지만 모니터를 보니 노란색 보드에 저의 이름이 적혀 있었습니다. 드래프트 제14라운드였습니다. '다케타니'가 아니라 '다케야'라고 잘못 불려서 순간 저라고 생각하지 못했던 것입니다.

멍했습니다. 그것이 첫 느낌입니다. 감동도 흥분도 없고, 그저 머릿속이 새하얗게 되어서 제가 이곳에서 뭘 하고 있었는지도 알 수 없었습니다.

하지만 점차 상황이 이해되었습니다. 지금 나는 프로야구팀에 지명된 거다, 지금 막, 나는 프로야구팀에 들어간 거다, 라는 걸 깨달았습니다.

어릴 적부터 동경하고 있던 프로야구팀에 말입니다. 제14라운드라는 거의 덤으로 뽑힌 듯한 지명이었지만 프로에 간다는 점에서는 차이가 없습니다.

비가 오나 눈이 오나 매일 혼자 묵묵히 달리기를 했던 어린 시절, 졸리고 힘들었던 이른 아침의 신문 배달, 새끼고양이를 주워와서 어머니에게 혼난 뒤 울면서 먼 곳까지 버리러 갔던 일. 그런 것들이 머릿속에 천천히 떠올랐습니다.

'고시엔 본선 대회에서 탈락하고, 대학 진학과 프로행을 포기하고, 사회인야구팀에 들어가고, 피를 토하고, 손톱이 깨지고, 다른 사람보다 몇 배나 노력하고서야 간신히 2선발투수까지 올라갔다. 그렇지만 다케치에게 패배하고 다시 한 번 만나 승부하겠다고 마음속으로 맹세했는데 야구부가 해체되었다.'

천장을 올려다보며 멍하니 그런 생각을 하고 있으려니 결국 그런 수많은 절망이 저를 이곳까지 이끌어주었다는 것을 깨닫고 터질 듯한 기쁨과 함께 눈물이 넘쳐흘렀습니다. 한번 넘쳐흐른 눈물은 멈추지 않고 계속해서 뺨을 적셨습니다. 믿을 수 없다. 내가 프로 선수라니! 이게 꿈인가 생시인가, 프로 선수라니! 고개를 숙이고 손으로 뺨을 감싼 채 '프로다. 굉장해. 아주 오래 걸렸지만 끝내 해냈어!' 그렇게 마음속으로 외쳤습니다.

그런 뒤 아아, 이제 이것으로 족하다, 라고 생각했습니다. 계약금이 한 푼도 없다고 해도, 평생 2군의 벤치워머가 된다고 해도, 매리너스의 유니폼을 입고 있는 내내 배팅볼투수를 한다고 해도 좋다, 이것으로 만족하자, 앞으로 아무런 불평도 하지 않겠다, 왜냐하면 나는 프로 선수이기 때문이다, 어릴 적부터 단 한순간도 쉬지 않고 갈망해왔던 프로 선수다, 이 얼마나 행복한가! 더 이상 아무것도 바라지 말자. 그렇게 굳게 다짐했습니다.

5

요코하마 매리너스가 저에게 제시한 입단 조건은 연봉 4백60만 엔이었습니다. 물론 계약금은 없습니다. 다른 구단에서 제의가 있었던 것도 아니므로 저에게 망설일 여지는 없었습니다. 그 자리에서 입단하겠다고 대답했습니다.

다음 날 요코하마의 구단 사무소에서 입단식과 기자회견이 열렸고 저는 다케치 등과 함께 단상에 서서 텔레비전과 신문, 잡지의 카메라 세례를 받았습니다. 다케치는 맨 앞줄 한가운데, 저처럼 계약금이 없는 선수 여섯 명은 맨 뒷줄에 섰습니다. 자기소개를 요구하는 마이크가 돌아왔는데 "열심히 하겠습니다"라고밖에는 할 말이 없었습니다. 뭐, 이것저것 말할 수 있는 입장도 아니었습니다.

그런 뒤 모두가 스포츠 기자와 인터뷰를 했습니다만, 대부분의 질문은 다케치에게 향했고 나머지는 대학야구에서 활약했던 구도라는 투수에게 갔습니다. 우리는 아주 한가했습니다. 그런데 사회인야구 시절의 이야기가 나왔을 때 다케치가 결승에서 마지막 승부를 했던 투수와 또다시 명승부를 기대하고 있었는데 같은 팀이 되어버려서 아쉽다, 라는 의미의 이야기를 해서 모두가 기억났다는 듯이 저를 주목했습니다.

한 기자가 처음 알았다는 듯이 보도자료를 뒤적이면서 저에게 질문을 던졌습니다.

"저기, 다케야 씨였던가요? K악기죠? 마운드에서 다케치 씨를 상대했을 때의 인상은 어땠습니까?"

"굉장했습니다."

그런 대답을 기대하고 있을 거라고 생각해서, 저는 그렇게 말했습니다. 그러나 이것은 진심이기도 했습니다.

"어떤 식으로요?"

"배트가 안 보였습니다, 스윙 스피드가 엄청나서."

그러자 모두의 분위기가 후끈 달아올라서, 기자가 계속 물었습니다.

"그건 당신이 긴장했기 때문이 아닙니까?"

대답 대신 제가 머리를 긁적였더니 모두 웃었습니다.

다케치의 조역으로 광대 역할을 하자는 의식은 있었지만, 실제로 결승전을 마친 후 뭔가에 눈을 뜬 것 역시 분명한 사실입니다. 그때 비로소 저는 사회인야구에 대해 진지하게 생각하게 된 것입니다. 그리고 지금, 이곳에 서 있습니다.

"결과는 어땠습니까? 맞았습니까?"

"네."

"그야 당연하겠죠, 홈런이라든가."

"펜스를 맞히는 끝내기 2루타를 맞고 졌습니다."

이렇게 설명하자 장내 분위기가 다시 끓어올랐습니다.

"그렇다면 설욕하고 싶겠군."

그 이야기를 옆에서 듣고 있던 쓰카하라 감독이 마이크를 넘겨받더니 이렇게 말했습니다.

"우리는 시범경기 이전의 동계 캠프의 경우 한동안 1, 2군을 구분하지 않고 훈련하니까."

"우와" 하고 기자단에서 함성이 일었습니다.

"1군 대 2군의 홍백전도 할 예정이야. 그러니까 그때 설욕할 기회가 있을 걸세."

감독은 그렇게 덧붙였습니다.

입단식이 끝난 뒤 저는 다케치에게 단 한마디라도 감사 인사를 하고 싶어서 그가 시간이 나기를 가만히 기다렸습니다만, 그는 계속 기자단에게 둘러싸여 이야기를 하고 있어서 좀체 기회가 생기지 않았습니다. 결국 저는 혼자서 기자회견장을 나와서 신요코하마 역에서 신칸센을 타고 하마마쓰로 돌아왔습니다.

역에 도착해서 공중전화로 곧바로 이토에게 보고하자 그는 진심으로 축하해주었습니다. 밤에는 둘이서 꼬치구이집에 가서 건배를 했습니다. 그 자리에서 사직서 쓰는 법을 배워서 다음 날 인사부에 제출했습니다. 올해까지는 회사에 소속되어 있다가 다음 해 1월 퇴직하는 것으로 처리되었습니다.

어머니에게 이야기하자 말이 없어지며 한동안 불안해하셨지만 강하게 반대하지는 않으셨습니다. 생각해보면 어머니의 불안도 이해할 수 있습니다. 저는 어머니와 살 집을 마련하기 위해 프로에 가고 싶었던 것이지, 돈이 나오지 않아도 가고 싶다는 생각은 애초부터 하지 않았습니다. 계약금이 없더라도 프로에 간다는 것은 이미 당초의 목적이 전도되어 있는 것입니다. 그렇지만 어릴 적부터 간직했던 꿈을 마침내 이뤘다는 기쁨은 아주 컸습니다.

그해가 저물고 새해가 밝자 구단에서 연봉의 절반을 계약금 대신 일괄 지급해주어 세금을 제한 나머지 돈을 고스란히 어머니에게 드렸습니다. 연봉 액수가 우연히도 아버지가 지고 있던 부채와 같아서 뭐라 말할 수 없는 운명을 느꼈기 때문입니다. 아버지는 고작 이 정도의 돈 때문에 목숨을 버린 것입니다. 어머니는 이러면 생활하기가 곤란하지 않느냐고 말씀하셨습니다만, K악기 때 모아두었던 돈도 어느 정도 있고 구단 기숙사에 있으면 잠자리와 식사는 해결되니까 1년 정도는 그런대로 생활할 수 있습니다.

매리너스의 동계 캠프는 2월 1일부터 오키나와의 미야코 섬에서 시작되었습니다. 아직 새해 기분이 채 가시지 않았는데도 그곳은 따뜻해서 깜짝 놀랐습니다. 저는 등번호 49번, 다케치는 8번을 받았습니다.

동계 캠프 시작 후 일주일 정도는 야간 조명 시설이 있는 1군 운동장에서 1, 2군 구분 없이 기초 훈련을 했습니다. 그때 1, 2군을 합쳐서 63명의 선수가 있었습니다만, 그중에서 1군 선수 28명을 선발한다는 설명을 들었습니다. 그 판단을 하는 것은 1, 2군 각각의 감독과 코치입니다. 쓰카하라 감독이 기자회견장에서 했던 말은 1군 선수들에게 자극을 주기 위한 것이었겠죠.

1군과 2군은 당초에는 체력적으로도, 기술적으로도 별 차이가 없는 듯 보였습니다. 하지만 배팅이나 피칭 등의 실전 단계에 들어가자마자 그 차이를 확연히 느낄 수 있었습니다. 한 번은 에이스인

가네코 투수 옆에서 던진 적이 있는데, 그가 가볍게 던진 공과 제가 온 힘을 짜내서 던진 공의 속도가 비슷해서 상당히 낙심한 적도 있었습니다. 그리고 가네코의 변화구는 커브도, 슈트도 크게 휘는 것을 옆에서 봐도 또렷하게 알 수 있었습니다.

특히 놀란 것은 포수들인데, 이토와 비교하면 그보다 두 배 정도로 기민하게 움직였습니다. 마찬가지로 유격수나 3루수도 스피드가 달랐습니다. 다케치의 3루 수비도 봤는데, 그의 경우에는 움직임이 선배들과 비교해도 전혀 손색이 없었습니다. 이 일주일간의 기초 훈련은 오히려 K악기 시절 쪽이 힘들었을 정도였습니다만, 수비나 배팅 등의 실전 연습에서는 프로가 역시 몇 수는 위란 것을 명백히 알 수 있었을뿐더러 동작 하나하나가 멋있기도 해서 마치 텔레비전으로 경기를 보는 듯했습니다.

홍백전을 한 뒤에 1군을 선발할 계획이라 했지만, 제 눈에도 그럴 필요는 없는 듯 보였습니다. 같이 연습한 지 사흘이 지나자 1군에 갈 선수와 2군에 남을 선수를 대강 구분할 수 있을 정도로 실력 차이가 뚜렷해졌기 때문입니다. 그리고 1군 멤버에게 2군 멤버가 다가가기는 어려웠고, 따라서 연습할 때도 저는 다케치와 이야기를 나눌 수 없었습니다. 왠지 모르게 이야기해서는 안 된다는 분위기가 형성되어 있었습니다.

일주일이 지난 뒤 홍백전을 치르지 않고 최종 1군 멤버가 발표되었습니다. 인선 결과는 당초 예상했던 대로였습니다. 아주 크게 활약해서 1군으로 올라갈 만한 2군 선수는 나타나지 않았습니다.

그런 의미에서 쓰카하라 감독의 혁신적 방침은 별 성과가 없는 듯 보였습니다.

투수는 열 명까지 1군에 올라갔는데 저는 그 안에 들지 못했습니다. 따라서 저는 1군 운동장에서 쫓겨나고 2군 운동장에서 연습하게 되었습니다. 물론 다케치는 1군에 남았습니다.

2군 생활이 결정된 날의 다음 날 아침 7시, 2군은 숙소인 호텔 앞에 전원 집합했습니다. 2군 감독은 예전에 요코하마 매리너스와 주니치 드래건스에서 명포수로 이름을 날리던 핫토리 씨였습니다. 호텔 앞에 모두가 둥글게 늘어선 가운데 핫토리 감독이 이렇게 훈시했습니다.

"어쩌다 보니 이렇게 되었지만 2군으로 떨어졌다고 낙심만 하고 있을지, 이것을 분발의 계기로 삼을지에 따라 앞날이 완전히 변할 거다. 우리는 모든 선수를 유심히 보고 있다. 좋은 선수는 계속 위에 추천할 거야. 언젠가는 올라가겠다는 각오로 열심히 해라."

2군 운동장은 숙소인 호텔에서 까마득히 떨어진 구석진 곳에 있었습니다. 이동할 때는 비좁은 렌터카 미니밴을 이용했고 편도로 1시간 가까이 걸렸습니다. 그리고 그 뒤로 매일 이어지는 맹훈련은 정말 말로 표현할 수 없을 만큼 힘들었습니다.

하나하나의 훈련 매뉴얼은 K악기 시절과 비교해 큰 차이는 없습니다만, 시간이 깁니다. 아침 7시에 집합해서 이후 해가 질 때까지 훈련이 이어집니다. 2군 운동장에는 야간 조명 시설이 없기 때문에 그 이상은 할 수 없습니다. 그리고 호텔 근처까지 돌아와서 그 주변에서 저녁을 먹고, 감독과 코치의 평가와 함께 다음 날 지시 사항을 듣고 반성의 시간을 갖는 미팅을 한 시간 정도 합니다. 그 뒤에 호텔로 돌아가서 그곳 지하에 있는 공간을 빌려서 늦은 밤까지 배트를 휘두릅니다. 이것은 투수도 합니다. 방에 돌아가서 간신히 쉴 수 있는 시간은 밤 11시가 지나야 합니다.

야구 말고는 달리 무엇을 할 시간도 없고 친구조차도 좀처럼 만들 수 없었습니다. 그러나 투수는 포수와는 사이가 좋은 법이라 야타베라는 포수와 친해졌습니다. 그 역시 계약금이 없는 선수입니다.

오키나와 캠프가 시작되고 나서 2주 뒤인 2월 15일에 첫 홍백전이 열렸습니다. 이것이 감독이 약속한 1군 대 2군의 대항전입니다. 2군은 모두 기회다 싶었는지 분발했습니다만, 유감스럽게도 기회를 잡은 선수는 없었습니다. 홍백전에 나온 1군 팀은 주전급이 아니라 대부분 모르는 얼굴이었고 다케치도 없었습니다. 그래도 2군 팀은 1군 팀을 이길 수 없었습니다.

3월에 접어들어 드디어 다른 팀과의 시범경기가 시작되었습니다. 여기서는 저도 간신히 등판 기회를 얻었습니다만, 과연 프로의 타자는 사회인야구와는 스윙부터가 전혀 달라 상당히 얻어맞는 바람에 방어율은 좋지 못했습니다. 주전급이 나오지 않은 경기가 많은데도 이 모양이니, 역시나 프로는 굉장하다고 감탄한 동시에 납득도 했습니다. 일단 포크볼도 익혔지만 중요한 승부처에서는 주자가 없는 상태여도 무서워서 여전히 던질 수 없었습니다. 포수가 만약 공을 뒤로 빠뜨리기라도 했다간 저에 대한 평가가 치명적으로 나빠지기 때문입니다.

드디어 3월 30일 센트럴리그 개막전이 열렸습니다. 그 전에도 개막전 1군에 선발될 기회가 한 번 있었지만, 저는 이것도 얻어내지 못했습니다. 다나카 코치는 낙심하지 마라, 1군 투수진이 지치는 여름이 기회다, 그때까지 컨디션을 끌어올려서 반드시 위로 올라가라, 라고 말해주었습니다.

핫토리 2군 감독도 "너는 나이가 있으니까 올해가 승부처다. 반드시 한 번은 너를 위로 올려줄 거다. 그러니까 기회가 왔을 때 꼭 잡아라"라고 격려해주었습니다. 엄하다는 세간의 평과는 달리 매리너스의 감독과 코치진은 모두 인품이 좋은 사람들이었습니다.

다케치는 개막 이후로 매리너스의 3번 타자가 되어 안타를 무수히 때려대며 각종 스포츠신문의 1면을 내내 장식했습니다. 기대만큼 아니, 프로에서 통하는 것을 의심하는 목소리도 있었으므로 기대 이상의 활약이었다고 할 수 있습니다. 그는 용모도 빼어나서 여성 팬들에게 인기가 많았으며, 6월 들어서는 최근 수년간 4번을 꿰차고 있던 가토를 제치고 4번 타자가 되었습니다. 그때까지의 타율이 가토보다도 좋았기 때문입니다.

팀 성적도 2위로, 선두인 요미우리 자이언츠와는 한 게임 반 차이로 따라붙으며 1위 자리를 위협했습니다. 작년만 해도 매리너스가 B클래스4~6위의 팀이었던 것을 생각하면 역시 이것은 신문에서 말하는 대로 '다케치 효과'입니다. 팀 내에서는 어서 1위로 올라서자며 활기가 넘쳤고, 이런 기운은 다마가와에 있는 2군 운동장에까지 전해져 왔습니다.

매리너스는 2위인 채 8월 야간 경기에 돌입했고, 저의 1군 승격은 감독 이하 2군 코치진의 뜻이 되었습니다. 이에 부응하고자 저도 전력을 다했고 이 무렵에는 공도 속도가 붙었습니다. 포크볼은 여전히 못 써먹을 정도지만 슈트는 웬만큼 휘게 되어서 코치는 이제 쓸 만해졌다고 말했습니다.

1군 투수들이 지치기 시작한 것은 신문 기사로도 알 수 있었습니다. 저는 감독과 코치진의 추천으로 8월 4일에 1군 승격이 결정되었습니다. 그리고 곧바로 8월 6일 요코하마 구장에서 열린, 3대 2로 지고 있는 한신 타이거즈와의 경기 4회 초에 중간계투로 등판하게 되었습니다. 투수가 부족해지기 시작했던 것입니다. 기회가 찾아왔습니다.

장내 아나운서가 '투수 다케타니'라고 말했을 때 관중석은 의아하다는 듯 조용해졌습니다. 누구인지 알 수 없었겠죠. 불펜에 따라와줬던 코치는 "어쨌든 포수인 모리가 하라는 대로 던져. 공만 빠르면 잘 막을 수 있을 거야"라고 말하며 등을 두드리고 보내주었습니다.

어쨌든 관중의 우뢰와 같은 박수를 받으며 저는 처음으로 프로 공식전의 마운드에 섰습니다. 마치 발이 허공에 떠 있는 듯한 느낌이 들고, 지금이라도 무릎이 후들후들 떨릴 것만 같았습니다. 진정해라, 진정해라, 하고 몇 번이나 저 자신을 다독였지만 이미 잔뜩 흥분해 있다는 것을 잘 알 수 있었습니다. 사회인야구에서 딱 한 번 도쿄 돔의 흙을 밟았는데 그때와는 느낌이 전혀 달랐습니다.

우선 관중석입니다. 그때도 관중석은 대부분 차 있었습니다만, 그들은 K악기나 N자동차의 관계자들로 내부 사람들뿐이었습니다. 모든 이들이 응원단이며 사원들이므로 통제도 되어 있었고 무슨 생각을 하는지도 잘 알 수 있었습니다. K악기의 3루 측 스탠드에 앉아 있는 관중은 모두 아군이며 저의 건투를 기원해주었습니다.

그러나 프로 공식전은 이것과 완전히 달라서 저를 쳐다보는 시선이 왠지 심술궂고 비웃는 듯한 느낌이었습니다. 1루 측과 3루 측을 불문하고 모두의 마음이 제각각이라 무슨 생각을 하고, 무엇을 기대하는지 전혀 알 수 없었습니다. 어떤 관중은 껄껄 웃고, 어떤 관중은 계속 진지한 얼굴로 화를 내고 있었습니다. 그런 모습들이 마운드에서는 다 보입니다.

제각각인 관중의 감정과 어떤 종류의 악의로 구장 안에는 정체를 알 수 없는 기운이 소용돌이치고 있었습니다. 악의는 특히 투수를 향한 것처럼 여겨져 공포심마저 느껴졌습니다. 그들은 게임의 승패보다 제가 점수를 왕창 내줘서 프로 세계에서 매장되는, 그런 재미있는 볼거리라도 기대하는 듯해서 고대 로마 시대의 검투사가 된 것 같은 기분이 들었습니다.

경기가 재개되었습니다. 처음에는 오른손 타자라서 포수 모리가 바깥쪽 낮은 슬라이더를 요구했습니다만, 이것이 타자에게 간파당해 원 볼 상태가 되었습니다. 다음은 몸 쪽 낮은 곳에 슈트를 던지라는 사인을 보냈는데 제가 자신이 없는 상태로 슈트를 던졌다가

실투가 되어 좌익수 앞 안타를 맞고 말았습니다. 컨트롤이 특기이면서도 휘어지지 않는다고 생각하면서 던졌기 때문에 한가운데로 쏠려버렸던 것입니다.

다음 타자는 정석대로 번트를 대서 원 아웃 주자 2루가 되었지만, 다음 타자는 중견수 플라이 아웃으로 잘 틀어막았습니다. 큰 타구가 홈런이 되지 않아서 다행이라고 안심하고 있었는데 바로 3번 타자에게 안타를 맞아 간단하게 1점을 내주고 말았습니다. 상대팀의 교과서적인 작전에 맥없이 점수를 빼앗겼다는 기분이 들어서 저는 의기소침해졌습니다.

그러나 이어서 나온 4번 타자가 좌익수 앞 뜬공을 날려버리는 바람에 다행히 공수 교대를 하고 1루 측 벤치로 물러났습니다.

자리에 앉은 뒤 잠시 있는데 "괜찮아, 잘했어"라는 힘찬 목소리가 들려서 돌아보니 다케치가 서 있었습니다. 그는 내 옆에 앉더니 "2점 차라면 충분히 따라잡을 수 있어. 걱정하지 마. 오늘 밤 마키타는 별로 컨디션이 안 좋으니까"라고 위로해주었습니다.

저는 그 말이 정말로 고마워서 머리를 숙였습니다. 그리고 1군으로 올라오지 않았더라면 다케치와는 이야기를 나눌 수 없었다는 것을 깨달았습니다.

"다음 회인 5회 초에 5번인 야스다는 왼손 타자니까 기습번트를 할 수 있어. 염두에 넣어둬. 슬슬 시도할 거야. 그 녀석, 신인투수를 상대할 때는 자주 그러거든. 그러니까 얕보이지 마. 우선 3루선상으로 굴릴 테니까. 6번인 다무라는 아마도 초구를 노리며 힘껏 휘두를 거야. 오늘 밤 그 녀석은 그럴 생각일 거야. 신인이 나오면 더욱 그런 마음을 갖겠지. 조심해서 초구는 바깥쪽으로 빼."

다케치는 그런 충고도 해주었습니다.

그의 예상은 5회 초에 깜짝 놀랄 정도로 잘 들어맞았습니다. 야스다는 투 볼 투 스트라이크인 상황에서 3루선상의 기습번트를 시도했습니다. 재빨리 잡아서 어떻게든 아웃시킬 수 있었습니다만, 다케치에게 미리 듣지 못했더라면 아마도 몹시 당황했겠죠.

다무라는 초구부터 적극적으로 나올 거라고 해서 빠른 공을 높게 뺐는데, 그 공에 배트가 따라 나오다가 배트 윗부분에 맞아서 손쉽게 포수 플라이 아웃으로 막았습니다.

이어서 7번 타자에게는 안타를 맞았지만, 다음 타자는 3루 땅볼로 다케치가 아웃시켜주었습니다. 저는 다케치의 귀신같은 예측에 혀를 내둘렀습니다. 높은 타율을 유지하기 위해서는 선구안과 타격력뿐만 아니라 상대의 마음을 읽을 줄 아는 통찰력도 중요하다는 것을 뼈저리게 깨달았습니다. 아직 프로 1년 차인데 그는 이 정도로 상대를 분석하고 파악하고 있다, 머리 나쁜 사람은 야구도 잘할 수 없겠구나, 라는 걸 절절이 느꼈습니다.

이어서 5회 말에 다케치의 예측대로 우리 타자들이 상대 팀 투수인 마키타를 두들겨서 4 대 4 동점을 만들었습니다. 생각지도 못한 승리투수의 기회가 찾아왔습니다. 중요한 기회가 굴러들어왔습니다만, 그러나 저는 이 절호의 기회를 맞이하고도 제대로 버텨내지 못한 채 다시 2점을 내주고 교체되고 말았습니다.

그날 밤 이토가 텔레비전으로 봤다며 기숙사로 전화를 걸어주었습니다. 굉장했어, 앞으로 조금만 더 하면 돼, 라고 말하며 축하해주었지만 저는 기뻐할 수 없었습니다. 가와부치 감독도, 기시모토 선배도 기뻐하며 전화해주었습니다만, 저는 아주 낙심했습니다. 그런 천금 같은 기회가 눈앞에 있었는데 어째서 버텨내지 못했을까, 하고 저의 약한 근성에 절망했습니다. 기대해주고 있는 모두에게 좋은 모습을 전혀 보이지 못하다니 정말로 고개를 들 수가 없다, 라고 생각했습니다. K악기에서 함께 뛴 선수들은 더 이상 좋아하는 야구를 할 수 없게 되어서 제가 대신 꿈을 이뤄주길 바랄 텐데, 어째서 나는 성과를 내지 못하는가, 하고 말입니다. 물론 그만큼 프로가 뛰어났던 것이겠지요.

그로부터 사흘 뒤 다시 중간계투로 등판할 기회를 얻었습니다만, 이날은 상황이 더 안 좋아 4실점 하고, 그 이후에 다시 2군으로 떨어지고 말았습니다.

돌아온 다마가와의 2군에서는 핫토리 감독에게서도, 다나카 코치에게서도 더 이상 위로의 말은 한마디도 없었습니다. 그들은 제가 천재일우의 기회를 놓쳐버렸음을 무언으로 전한 것입니다. 그리고 그것은 이번 시즌 중 기회는 이것으로 끝이며 두 번 다시 없을 것이란 선고이기도 했습니다. 동시에 테스트 채용은 올해로 끝이며 내년에는 해고될 가능성이 높아졌다는 의미이기도 했습니다.

확실히 한신전의 투구 내용은 너무나도 나빴습니다. 점수를 빼앗긴 것도 그랬지만 버텨야 할 곳, 버텨낼 수 있는 곳에서 저는 전혀 해내지 못했습니다. 이래서는 앞으로 마운드를 믿고 맡길 수 없습니다. 감독도, 코치도 실망했겠지만 누구보다도 저 자신이 가장 실망했습니다. 저의 성격은 역시 프로에는 적합하지 않았던 것입니다. 더 이상 옛 동료의 전화도 없었습니다.

6

9월 중순 요미우리 자이언츠는 다른 팀과의 승점을 벌리며 일찌감치 리그 우승을 확정지었습니다. 요코하마 매리너스는 2위가 거의 확실했지만 아직 몇 경기가 남아 있었습니다.

원정 경기가 있던 날 낮, 다마가와의 2군 운동장에 다케치가 불쑥 모습을 드러냈습니다. 청바지에 스웨터, 블루종의 가벼운 차림으로 나타나서는 야다베를 상대로 투구 연습을 하고 있던 저에게 다가와서 잘 지냈냐고 말을 걸어주었습니다.

저는 깜짝 놀라서 자신도 모르게 주위를 둘러보았습니다. 텔레비전이나 신문 기자가 따라와 있나, 하고 경계했던 것입니다. 그러나 다행히 그런 사람은 없었고 그는 혼자였습니다.

"오늘은 무슨 일로?"

그렇게 묻는 저에게 그는 "아니, 너를 좀 만나러 왔어"라고 말했습니다. 그러고는 "어깨는 이제 좀 데워졌어?"라고 물었습니다.

제가 고개를 끄덕이자 다케치는 포수인 야다베가 있는 곳까지 가서 미트를 빌려달라고 말했습니다. 야다베가 미트를 벗어서 건네자 우투좌타인 다케치는 그것을 왼손에 끼었습니다. 그리고 천천히 쭈그려 앉아서 한가운데로 미트를 댔습니다.

그는 "여기야, 여기로 한 번 던져봐!"라고 외쳤습니다.

그래서 저는 와인드업을 하고 다케치의 미트를 목표로 던졌습니다. 공은 실로 잡아당긴 것처럼 스트라이크 존 한가운데, 다케치의 미트 속으로 빨려 들어갔습니다. 다케치의 미트는 미동도 하지 않았습니다.

"좋았어, 이번에는 여기야. 더 빠른 걸 부탁해."

이쪽으로 공을 던지면서 다케치는 오른손 타자의 바깥쪽 낮은 곳, 스트라이크 존의 아슬아슬한 곳에 미트를 댔습니다.

저는 다시 와인드업을 하고 그곳을 향해 던졌습니다. 다케치의 미트는 '팡!' 소리를 냈고, 이번에도 전혀 움직이지 않았습니다.

"좋았어, 이번에는 여기야."

그러면서 몸 쪽 낮은 스트라이크 존에 미트를 댔습니다. 저는 다시 그 위치에 정확하게 던졌습니다.

"좋았어, 이젠 여기야."

이번에는 바깥쪽 높은, 스트라이크 존에서 공 하나 정도 빠진 위치에 미트를 댔습니다. 저는 다시 그곳에 던졌습니다.

"그러면 여기에 빠른 슬라이더를 부탁해!"

다케치는 이번에는 바깥쪽 낮은, 공 하나 정도 빠지는 위치에 미트를 댔습니다. 저는 와인드업을 하고 시키는 곳에 던졌습니다. 이번에도 다케치의 미트는 미동도 하지 않았습니다.

"좋아. 이번에는 커브야, 여기에."

그리고 그는 미트를 공 두 개 정도 바깥쪽으로 뺐습니다. 이번에도 저는 그 위치에 정확하게 공이 꽂히도록 던졌습니다. 포물선을 그린 공이 다케치의 미트에 정확하게 빨려 들어갔습니다.

"그러면 이번에는 타석에 서볼게. 당신, 교대해줘."

다케치는 그렇게 말하며 옆에서 보고 있던 야다베에게 손에서 뺀 미트를 던졌습니다. 야다베가 그것을 받아들고 쭈그려 앉자 다케치는 타석의 왼쪽에 섰습니다. 그리고 야다베를 돌아보며 "몸 쪽 낮게 잡아줘"라고 지시하고는 자기가 생각한 위치에 미트를 댄 것을 본 뒤 "좋아, 그러면 여기에 던져줘. 최대한 빠른 걸로"라고 말했습니다.

그래서 저는 천천히 팔을 휘두르며 투구 모션에 들어갔습니다. 다케치는 배트를 들지 않았습니다만, 꼭 쥔 두 주먹을 얼굴 높이까지 들어 올리고 투구를 기다리는 평소의 자세가 되었습니다. 움찔했습니다. 그 빈틈없는 자세, 날카로운 눈. 사회인야구 최후의 결승전이 되살아났기 때문입니다.

승부를 겨루는 것 같은 마음가짐으로 저는 온몸의 힘을 짜낸 빠른 공을 몸 쪽 낮은 곳을 향해 던졌습니다. 야다베의 미트가 다케치의 다리 근처에서 '빽!' 하는 소리를 냈습니다. 그것은 아슬아슬하게 걸치는 스트라이크였습니다. 다케치는 그냥 보냈습니다. 물론 배트가 없으니까 당연한 일입니다만, 그 순간 저는 그에게서 스트라이크 하나를 빼앗은 듯한 기이한 충족감을 느꼈습니다.

제가 야다베에게 공을 돌려받자 다케치가 말했습니다.

"그러면 다음에는 슬라이더야, 빠른 걸로!"

그러고는 야다베의 미트를 공 하나 정도 자신의 몸 쪽, 볼이 되는 위치까지 움직였습니다.

저는 그 가까이에 있는 힘껏 빠른 공을 던졌습니다. 공은 날카롭게 휘어지며 야다베의 미트 속으로 파고들었습니다. 슬라이더라면 구속이 떨어지지 않습니다. 다케치는 미동도 하지 않는 평소의 자세로 이것을 지나쳐 보냈습니다.

볼이겠지만 아주 아슬아슬한 코스입니다. 주심에 따라서는 스트라이크로 판정할 수도 있습니다.

"이제 됐어, 고마워."

다케치가 말했습니다. 그리고 타석을 벗어나 저를 향해 천천히 걸어왔습니다. 바로 옆까지 오더니 등에 팔을 두르며 운동장 구석의 철망 쪽으로 저를 이끌었습니다.

"바늘구멍도 꿰뚫을 것 같은 컨트롤이더라."

그렇게 다케치는 제가 생각지도 못한 말을 했습니다.

"어, 그건……."

조금 당황하면서 "그렇게 말씀해주시니 감사합니다"라고 말하자 다케치는 웃음을 터뜨렸습니다.

"이봐, 그렇게 말하지 마. 나는 코치가 아니야, 친구잖아."

그리고 말을 이었습니다.

"대단해. 이만한 컨트롤을 가진 사람은 좀처럼 없어. 자신감을 가져."

그렇게 말해도 저는 "으음" 하고 어정쩡하게 반응할 수밖에 없었습니다. 정말 그런가? 하는 기분이었습니다. 갑자기 다케치가 저에게 찾아와서 왜 이런 소리를 하는지 이해할 수 없었습니다.

"다케타니, 넌 다음 시즌에 어떻게 할 생각이야?"

갑자기 다케치가 물어봐서 그쪽을 보니 저의 얼굴을 빤히 쳐다보고 있었습니다.

그것은 타석에서의 그 날카로운 시선과는 달랐습니다만, 역시 사람의 마음속까지 꿰뚫어보는 듯한 강한 시선이었습니다. 아무래도 이 질문이 오늘 이곳을 찾은 이유인 듯했습니다.

"다음 시즌……?"

"그래, 다음 시즌."

다케치의 말을 듣고 저는 생각에 잠겼습니다. 이제까지 이 문제에 대해 고민한 적이 없지는 않습니다. 그러나 아주 막연한 상상이었습니다. 실제로 구체적인 생각은 아무것도 하지 않았습니다. 지금 있는 프로야구야말로 저 자신의 최종 목표였으므로 여기서 나가게 되더라도 다른 목표는 하나도 없었습니다.

"역시 해고당하게 되려나……."

제가 말했습니다.

"해고당하면 어떡할 건데?"

다케치는 바로 제 말의 뒤를 이으며 밀어붙이듯 물었습니다.

"그러면…… 그렇게 되면 하마마쓰로 돌아가서 다시 일자리를 찾아보는 수밖에 없겠지."

"1년 만에 해고당하기는 싫잖아?"

"그건…… 싫지. 부끄러워. 예전 팀 동료들에게도 그렇고."

"흐음, 그런가?"

그렇게 말한 뒤 다케치는 주머니에 넣고 있던 손을 천천히 빼서 철망을 쥐고 밖을 보았습니다. 그곳에 가끔씩 팬들이 모이는 경우가 있습니다. 2군이니까 대단한 숫자는 아닙니다만, 주말에는 꽤 많은 팬들이 모입니다. 오늘은 월요일이라서 아무도 보이지 않습니다. 만약 다케치가 온다는 걸 알았더라면 지금쯤 팬들로 인산인해를 이루고 있었겠지요.

"계약금 한 푼 없는 신인선수를 채용한 올해의 테스트 케이스에는 내 의견도 반영되어 있어."

다케치가 말했습니다.

"하지만 채용된 여섯 명 전부, 이렇다 할 활약을 하지 못했어. 1군 공식전에 두 번이나 출전한 선수는 너뿐이야."

그 말을 듣고 저는 부끄러워서 아무 말도 하지 못했습니다. 그런 것은 출전한 것으로 칠 수도 없습니다. 그냥 창피를 당하러 나간 것이나 다를 바 없습니다.

"이대로는 여섯 명 전부 해고당하게 돼. 그렇게 되면 구단에 이것을 제안한 감독의 입장도 난처해져. 우승이라도 했다면 이야기가 달라지겠지만, 놓쳤으니까."

다케치는 '빙글' 하고 몸을 돌리더니 철망에 등을 기댔습니다.

"그러니까 너는 남아주지 않겠어?"

그리고 다케치는 제가 생각지도 못했던 말을 꺼냈습니다. 저는 말문이 막혔습니다.

"뭐? 그건……."

저는 깜짝 놀라며 말했습니다. 당연히 남아 있고 싶지 않겠는가, 라고 생각했습니다. 대체 해고되고 싶은 선수가 이 세상 어디에 있을까요?

"남아 있을 수만 있다면 그러고 싶지만 전에 한신전에서 보인 모습으로는 좀……."

한신 타자들에게 신나게 얻어맞고 3실점. 그것은 몹시 부끄러운 일이었습니다. 교체되지 않았다면 몇 점을 더 잃었을지 모릅니다.

"너는 배팅볼투수는 싫어?"

다케치가 갑자기 물었습니다.

"내 배팅볼투수를 하면서까지 구단에 남고 싶지는 않아?"

그는 거기서 말을 끊고 잠시 저의 얼굴을 보고 난 뒤 말을 이었습니다.

"강요하는 건 아냐. 만약 싫다면 거절해도 괜찮아. 네가 그렇게 생각하는 것도 당연하니까."

그리고 다시 빤히 저를 쳐다보았습니다.

"하지만 네가 만약 그래도 괜찮다면 내가 구단에 말해볼게. 다음 시즌에도 네가 계약할 수 있도록 말이야. 조건은 현상 유지 정도밖에 안 되겠지만."

저는 다마 강에서 불어오는 미풍 속에 가만히 서 있었습니다. 그렇구나, 그런 것이었구나, 하고 생각했습니다. 그래서 다케치는 내 컨트롤을 체크한 것입니다. 자기가 요구하는 곳에 얼마나 정확하게 던질 수 있는가를 알기 위해. 아무래도 저는 이것에는 합격한 듯했습니다.

"그래서 너는 내 컨트롤을……."

"혹시 기분 나빴다면 사과하겠어."

그는 신사적으로 말했습니다.

"아니, 그렇지는 않지만……."

저는 곧바로 말했습니다. 그런 건방진 소리를 할 자격이 저에게는 없습니다.

"너는 우리 팀이니까 말하는 건데, 나는 몸 쪽 낮은 곳을 파고드는 변화구가 약점이야."

"어, 그래?"

도저히 그렇게는 보이지 않는데 그는 그런 말을 했습니다.

"다행히 아직 들키진 않았어. 하지만 그곳으로 날카롭게 떨어지는 변화구가 들어오면 대처하기가 쉽지 않아. 나 자신이 알고 있어. 유일하게 눈이 따라가지 못하는 코스야. 변화가 좋고 공이 빠른 경우에 한해서이지만. 뭐, 나에게도 약점이 몇 가지 있어. 다음 시즌에는 그걸 극복하고 싶어."

"그걸 내가?"

그렇게 말하자 다케치는 고개를 끄덕였습니다.

"네가 괜찮다면 도와줬으면 좋겠어. 그 코스는 너에게는 슬라이더고, 오른쪽이니까 날카롭게 휘어들어오지. 나에게는 딱 좋아. 컨트롤은 더 바랄 것도 없고."

그리고 또 빤히 관찰하듯이 저를 쳐다보았습니다. 저는 뭐라 말할 수 없는 기분이 들었습니다. 어릴 적부터 동경해왔던 프로야구. 하지만 정작 뛰어들어보니 내부의 벽이 너무나 두껍고 높아서 배팅볼투수로밖에 잔류할 길이 남아 있지 않았던 것입니다.

"그 제안을 받아들이면 더 이상 공식전에는……."

그러자 다케치는 바로 고개를 저었습니다.

"그렇지는 않아. 추천해달라고 이야기해볼게. 너의 컨디션만 올라온다면."

"응."

저는 힘없이 고개를 끄덕였습니다. 컨디션만 올라온다면……. 그러나 이것은 있을 수 없는 이야기였습니다. 배팅볼투수는 투수의 무덤입니다.

"너의 컨트롤은 정말 대단해. 하지만 공이 가벼워. 그런데다 자신 없는 공을 던질 때는 타자 입장에서 특히나 맞히기 쉬워져. 휘어지지 않을 것을 가정하고 공을 던져오기 때문이야."

그 말은 제 마음속 깊이 박혔습니다. 그 말 그대로여서 더 이상 할 말이 없었습니다. 안 그래도 공이 빠르지 않은데 슈트를 요구받으면 더더욱 구위가 떨어지는 것은 그것 때문입니다. 이 순간 저는 그의 제안을 받아들이자는 쪽으로 마음이 크게 기울었습니다.

"비행기 탈 시간이 다 되어서 오늘은 이만하고 가야 할 것 같은데, 잘 생각해봐. 이게 내 아파트 전화번호니까 마음이 정해지면 언제든지 전화해. 하지만 이 번호는 누구에게도 가르쳐주지 말고. 특히 매스컴에는."

그렇게 말하고 다케치는 자신의 전화번호를 직접 적은 명함을 저에게 건넨 뒤 손을 흔들며 떠나갔습니다.

7

배팅볼투수를 하면서 1군 공식전에도 등판한 투수가 있다는 이야기는 한 번도 들어본 적이 없습니다. 어떻게 하면 상대에게 맞지 않을까를 생각하고 투구하는 것과, 어떻게 하면 맞히게 할까를 생각하고 투구하는 것은 마음가짐이 전혀 다릅니다. 이 둘은 골프와 축구만큼이나 큰 차이가 있습니다. 다케치는 컨디션만 올라온다면 공식전에 등판할 수 있다고 말해주었습니다만, 이 제안을 받아들여 배팅볼투수가 된다는 것은 투수로서는 은퇴한다는 의미였습니다. 투수로서 1군에 합류하고 팀의 전력이 되어 싸우는 것은 완전히 포기해야만 했습니다.

저는 그 뒤로 이틀간 더 고민하다가 그다음다음 날, 다케치가 원정 경기에서 돌아오기만을 기다려 그의 아파트에 전화를 해서 제안을 받아들이겠다는 뜻을 전했습니다. 그 밖에 어떤 선택지가 있었을까요? 저에게는 야구밖에 없습니다. 유니폼을 벗으면 그냥 이런저런 아르바이트를 전전하는 세상이 기다리고 있을 뿐입니다. 이 제안을 받아들이지 않으면 확실히 그렇게 됩니다. 이토가 말한 대로입니다.

요코하마 매리너스는 2위로 시즌을 마쳐서 신임 감독은 일단 체면치레를 했습니다만, 다음 시즌에는 우승할 필요가 있었습니다.

다케치 덕분에 저는 다음 시즌도 계약을 연장할 수 있었습니다. 물론 1년 계약이지만 어쨌든 1년간 다시 수명이 연장된 것입니다. 저 이외의 다섯 명은 전부 해고되었습니다. 그래서 야다베와도 이것으로 작별이었습니다. 구단은 이후로는 두 번 다시 계약금 없는 선수를 채용하지 않았습니다.

또다시 오키나와의 미야코 섬에서 동계 캠프가 시작되었습니다. 그해 저는 2군 운동장으로 가지 않고 1군 운동장에 머물며 다케치 전속 배팅볼투수로 뛰었습니다.

다케치가 요구하는 곳으로 계속 공을 던지며 그가 까다로워하는 코스를 극복하도록 돕는 것입니다. 커브를 던지라고 하면 커브를 던지고, 슬라이더를 던지라고 하면 슬라이더를 던집니다. 와인드업을 하라고 하면 와인드업을 하고, 세트 포지션에서 던지라고 하면 세트 포지션에서 던집니다.

완전히 로봇 같은 나날이었습니다만, 이 일이라면 하루가 그렇게 고되지 않았으며 "너 덕분에 몸 쪽 낮은 공도 잘 칠 수 있게 되었어. 고마워"라며 다케치가 웃는 얼굴로 말해주니 보람도 있었습니다. 구단의 입장에서도 연봉 4백60만 엔을 낭비하지 않는 셈입니다. 흔히 포수는 투수의 마누라라고 말합니다만, 저는 투수이면서도 매리너스 중심 타자의 마누라가 된 것입니다.

실제로 저는 다케치와 상성이 좋은지, 다케치는 제가 던지는 공이라면 어떤 코스여도 이쪽의 기분이 좋아질 정도로 배트 중심에 잘 맞힙니다. 다케치는 한 번뿐이었던 승부에서 이것을 간파한 것이겠죠. 공을 얻어맞고 기분이 좋다고 느끼게 되면 이미 투수로서는 끝장입니다.

다케치는 몸 쪽 낮은 코스에 대처하기가 어렵다고 했습니다. 실제로 초반에는 그 코스로 던지면 가끔씩 헛스윙을 하거나 1루선상으로 데굴데굴 굴러가는 땅볼을 치곤 했습니다만, 얼마 안 가 팔을 몸에 바짝 붙이며 잘 때려내게 되었습니다. 시범경기가 시작될 무렵에는 오히려 몸 쪽 공을 기다린다는 이야기까지 했고, 실제로 4할5푼이나 되는 고타율을 기록했습니다. 물론 투수가 2선급이라는 점도 있겠습니다만, 지난 시즌에 비하면 훨씬 안정적이었습니다. 이렇게 되는 데 제가 다소나마 공헌했다고 생각하니 기분이 나쁘지는 않았습니다.

시즌 개막부터 다케치는 4번 타자로서 수많은 안타를 때려냈고 5월 무렵에는 팀이 1위로 뛰어올라서 요코하마의 거리가 야구 열기로 끓어올랐습니다. 그러나 그 뒤로 다케치의 안타 행진이 잠잠해지자 팀은 다시 2위로 내려앉았고, 제가 나설 차례가 되었습니다. 실내연습장에서 매일 저녁 다케치만을 위한 공을 던졌습니다. 그런 보람이 있어서 여름에 들어서며 상대 투수들이 지치는 것과 동시에 다케치의 배트는 경쾌한 소리를 냈고, 팀은 선두자리를 되찾았습니다.

그 무렵 다케치는 저에게 몹시 고마워했고, 요코하마의 단골 회원제 바에 저를 데리고 가서 술을 사주면서 "괜찮다면 다음 시즌에도 팀에 남아서 나를 도와줬으면 해. 너는 성격적으로도 나하고 상성이 아주 좋아"라고 말했습니다. 확실히 기가 센 프로의 세계에서 저처럼 기가 약한 사람은 또 없겠지요. 다음 시즌에도 구단이 저와 계약해줄 것 같냐고 묻자, 우승하면 분명히 해줄 거다, 내가 확실히 장담하겠다, 라고 말했습니다. 그러면 우승을 놓치면 어떻게 되느냐고 묻자, 상황에 따라 다르겠지만 그 경우에는 어쩌면 어려워질지도 모른다, 라고 답했습니다.

날마다 우리는 조금씩 가까워지며 좋은 친구가 되었습니다. 그것 자체로 아주 기쁜 일이었습니다. 저는 어릴 적부터 친한 친구가 없었기 때문에 다케치 같은 사람이 친구가 되어준 것은 정말 꿈만 같은 일이었습니다. 다케치 역시 친구가 없었는지 이런 관계를 기뻐하는 듯 보였습니다. 리더는 동격의 친구를 좀처럼 만들 수 없는 법입니다.

다케치는 바다가 보이는 야마시타초의 넓은 아파트에도 저를 불러서 점차 개인적인 문제, 예를 들어 여자친구 문제라든가 집안 문제 같은 것도 조금씩 이야기해주었습니다. 둘이 함께 있으면 그가 정말로 저한테 의지하고 있음을 느낄 수 있었습니다. 다케치는 외아들이라서 유년기를 응석받이로 보냈는지 리더로 보이는 평소의 모습과는 달리 의외로 상당히 의존적인 면도 가지고 있었습니다. 특히 술에 취하면 그런 모습이 생생하게 이쪽에 전해져 왔습니다.

다음 시즌에도 배팅볼투수를 해달라는 말을 들었을 때, 다른 타자였다면 어쩌면 주저했을지도 모릅니다. 그러나 상대가 팀의 대들보이자 오랫동안 동경해왔던 다케치이므로 저는 망설이지 않고 고개를 끄덕였습니다. 다케치에게 도움을 주는 것은 팀에도 직접적으로 도움을 주는 것입니다. 저는 무대 뒤에서 다케치를 철저히 돕기로 결심했습니다. 팀에서 나가게 되면 저는 야구와는 안녕을 고할 수밖에 없으므로 여기까지 오면 선택의 여지 따윈 없습니다.

다케치는 여름이 끝나갈 무렵부터 아버지가 경영하는 회사 사정이 좋지 않다며 몇 번인가 투덜거렸습니다. 어릴 적부터 아버지가 없었던 저로서는 다케치의 기분을 정확히 파악할 수는 없었습니다. 다케치는 아버지도 스포츠맨이었고 존경하고 있으므로 아버지를 돕고 싶다는 이야기도 몇 번인가 했습니다. 그러나 그것이 어떤 의미인지, 아버지가 처한 곤경이 어느 정도인지는 설명해주지 않아서 저로서는 알 수 없었습니다.

페넌트레이스도 종반에 접어든 9월, 요코하마 매리너스는 요미우리 자이언츠와 우승을 건 맞대결을 벌이게 되었습니다. 다케치는 쾌조의 타격감을 유지하고 있어서 타율은 3할3푼2리에 홈런은 32개로, 둘 다 9월 현재 1위로 2관왕이었습니다. 타점은 95점으로 3위였지만, 잘만 하면 3관왕도 무리는 아니었습니다. 매리너스의 우승은 다케치의 배트 하나에 달려 있었습니다.

이때의 다케치는 스물일곱 살로 경험도 충분히 쌓았고 아직 젊은 데다 한창 물이 오른, 실력의 절정기에 있었다고 생각합니다. 그가 운동장에서 보이는 자신감 넘치는 태도는 남자인 제가 봐도 반할 정도의 품격이 있었습니다.

한편 같은 나이인 저는 이미 투수로서의 생명이 완전히 끝났습니다. 배팅볼투수가 되었다는 점도 그 원인이기는 합니다만, 투지가 날마다 사라져 가는 것 또한 또렷하게 깨닫고 있었습니다. 원래부터 저에게는 그런 부분이 희박했는데, 배팅볼투수가 되면서 더더욱 사라져버렸던 것입니다. 다케치와 승부를 겨뤘던 사회인 야구 마지막 해가 오히려 공에 더 힘이 있었다고 스스로도 느꼈습니다.

그 일이 일어난 것은 9월 12일 요코하마 구장, 선두인 요미우리 자이언츠와의 3연전 마지막 경기에서였습니다. 1승 1패, 2위 요코하마와 1위인 요미우리는 반게임 차. 만약 매리너스가 이기면 선두가 바뀌게 됩니다. 반대로 지면 1.5게임 차로 벌어지는데 이후 요미우리는 만만한 히로시마와의 3연전, 요코하마는 까다로운 한신과의 3연전이 기다리고 있으므로 우승이 상당히 어려워집니다. 만약 이 경기를 이긴다면 요코하마는 10년 만에 우승할 가능성이 높아집니다. 구장은 연일 초만원을 이루고 수많은 관중은 절규하듯 목이 터져라 응원하고 있었습니다.

어느덧 9회 말에 스코어는 5 대 3, 요미우리가 리드하고 있었습니다. 요미우리가 이대로 달아날 것으로 보였습니다만, 8회 들어 중간계투인 야마다가 무너지고 그의 뒤를 이어 등판한 도미타도 얻어맞아서 투 아웃에 만루, 그때 타석에 들어선 타자가 요미우리로서는 최악의 상대인 4번 타자 다케치였습니다.

아마도 온 일본이 침을 삼키고 있었을 거라 생각합니다. 저 역시 기숙사 식당 텔레비전 앞에 달라붙어 있었습니다. 안타 하나면 동점, 장타라면 역전 끝내기가 나올 순간이었습니다. 그리고 8월 이후 다케치의 타율은 4할이 넘습니다. 다케치라면 어떻게든 끝장을 볼 거라고 누구나 그렇게 생각했습니다. 그의 타격감을 누구보다도 잘 알고 있는 저도 그렇게 기대했고 또한 확신하고 있기도 했습니다.

요미우리의 벤치도 바짝 긴장해서 왼손 투수 도미타가 투 볼 노 스트라이크로 카운트가 몰리자 또 다른 왼손 투수인 다카토오로 바꿨습니다. 여기가 우승으로 가는 갈림길이라고 생각한 것이겠지요. 장내는 흥분의 도가니가 되어 양 팀 벤치는 전부 일어나서 손으로 나팔을 만들어서 목이 터져라 응원했습니다.

그런데 다케치의 눈치가 어쩐지 이상했습니다. 어쩌면 저만이 알 수 있었던 것인지도 모릅니다. 그는 몸 쪽 낮게 들어오는 스트라이크를 두 번 다 그대로 보냈습니다. 이것이 왜 이상하냐면, 지난 시즌이라면 몰라도 제가 배팅볼투수를 맡게 된 올해부터 그 코스는 제가 신물 나게 던지며 연습해서 다케치가 잘 치는 코스가 되었기 때문입니다.

그 코스로 공이 들어온다면 떨어지는 변화구가 아닌 한, 어떤 공이라도 다케치는 잘 때려낼 수 있게 되었습니다. 그는 오히려 그런 공을 기다리고 있었을 것입니다. 힘들어하는 코스는 극복한 뒤 오히려 더 잘 칠 수 있게 됩니다.

첫 번째 공은 슈트인 듯했습니다만, 다케치라면 손쉽게 칠 수 있는 것입니다. 노리던 공이었다면 홈런도 될 수 있는 것입니다. 다른 공을 노리고 있었던 걸까, 하고 저는 의아해했습니다. 그러나 도미타도, 다카토오도 왼손 투수라고 해도 다케치가 잘 알고 있는 투수입니다. 다카토오는 베테랑이지만 선수로서의 격은 다케치 쪽이 훨씬 위였습니다. 다케치 정도 되는 선수라면 다카토오가 무슨 공을 던질지는 충분히 읽어낼 수 있을 것입니다.

투 볼 투 스트라이크인 상황에서 무엇을 던질까, 보고 있으려니 바깥쪽으로 도망가는 커브였습니다. 한복판에서 바깥쪽으로 달아나는, 그러나 다케치라면 쳐내는 데 아무런 문제가 없는 공입니다. 이 공에 다케치는 크게 헛스윙을 했습니다. 요미우리의 승리, 다카토오는 마운드에서 펄쩍 뛰어올랐습니다. 3루 측에서 더 무시무시한 환호성이 터져 나오며 금세 꽃가루가 뿌려졌습니다. 이것으로 요미우리는 우승을 향해 크게 한 걸음 내디뎠기 때문입니다.

기숙사 식당의 텔레비전 주위에서도 이게 뭐냐며 큰 소리가 터져 나왔습니다. 저도 소리를 질렀습니다. 완전히 악몽과도 같은 상황이었습니다. 다른 사람들은 몰라도 타자가 교타자인 다케치입니다. 그런데도 배트와 공과의 차이가 20센티미터 가까이 난 듯 보였기 때문입니다. 눈을 의심했습니다. 이 중요한 경기에서 가장 큰 승부처라고 할 수 있는 순간, 여기서 페넌트레이스의 향방은 천국과 지옥으로 갈립니다. 다케치라면 그런 것은 충분히 알고도 남았을 것입니다. 대체 무슨 일이 일어났는가, 이것은 뭔가 잘못된 게 아닌가, 하는 생각밖에 들지 않았습니다.

모두가 방으로 돌아간 뒤에도 저는 식당 의자에 앉아서 잠시 생각했습니다. 만일 오늘 밤 경기에서 이기면 요코하마가 10년 만에 우승하는 것이 8할 이상 확정된다고 다들 이야기했습니다. 만약 지면 그 반대로 우승 확률은 2할 정도로 낮아진다는 것이 모두의 견해입니다. 그렇다는 것은 패배한 지금, 저의 내년 시즌 계약 가능성은 8할 정도 사라졌다는 이야기가 됩니다. 매리너스의 유니폼을 입고 공을 던질 수 있는 것도 앞으로 한 달 남짓 남았다는 뜻입니다. 저는 내년 2월에 오키나와의 미야코 섬에 갈 수 없게 되겠죠.

그날 밤이 늦기를 기다려서 다케치의 아파트에 전화를 걸어보았습니다. 다케치가 받았습니다. 기운이 없는 듯해서 다음 날 낮에 다마가와의 2군 운동장에 오지 않겠냐고 권해보았습니다. 다케치는 별로 내키지 않는 듯 떨떠름한 반응을 보여서, 너와 마지막 승부를 하고 싶은데 받아주지 않겠냐고 말했더니, 그제야 웃으면서 알겠다고 대답했습니다. 다케치 같은 실력자는 승부라는 말에 민감합니다.

이번 시즌을 끝으로 프로 팀을 떠나게 되면 그 이후에 다케치와 승부하는 것은 영원히 불가능해집니다. 그는 야구계의 톱스타이고 이쪽은 야구인조차도 아닌 평범한 사람이 됩니다. 승부는 고사하고 만나는 것도 불가능해지겠죠. 타석에서 맥없이 물러난 다케치를 본 지금, 저는 그와 마지막 승부를 하고 싶다고 생각했습니다. 잘만 되면 그의 기운을 북돋울 수 있습니다. 팀에 공헌도 할 수 있습니다.

도쿄 돔에서 N자동차의 4번 타자인 다케치와 마주 선 이래 저는 그를 목표로 달려왔습니다. 그러나 뜻밖에 같은 팀이 되는 바람에 꿈에 나오기까지 했던 대결을 할 수 없게 되었던 것입니다. 이대로라면 저는 그저 그의 배팅볼투수만 하다가 진짜 승부를 한 번 겨뤄보지도 못하고 야구계를 떠나게 되는 것을 피할 수 없습니다.

저는 어릴 적부터 20여 년간 야구 하나만 보고 살아왔습니다. 이 시간을 돌아보면 야구 말고는 아무것도 머릿속에 떠오르지 않습니다. 그 정도로 모든 것을 바쳤던 스포츠와 헤어지기 위해 나름대로 의미가 있는 추억을 갖고 싶었던 것입니다. 그것을 마지막으로 2류는 2류인 채 조용히 유니폼을 벗고 싶다, 그런 생각을 했을 때 그것은 이미 다케치와의 승부 이외에는 없었습니다.

어젯밤에 보인 다케치의 무딘 타격감이라면 지금은 그를 이길 수 있을 거라고 짐작했던 것은 아닙니다. 구단에서 급료를 받고 있는 이상 마지막까지 구단에 헌신하고 싶다, 그러니까 오히려 내가 혼신의 힘을 담아 던진 공을 그가 때려냈으면 좋겠다, 라고 바랐던 것입니다. 제 쪽은 그것을 마음속에 간직하고 조용히 야구계를 떠납니다. 다케치 정도의 타자입니다. 그렇다면 저에게 후회란 전혀 없습니다. 제가 던지는 공 따위로 효과가 있을지는 의문입니다만, 멋지게 때려내서 자신감을 되찾고 어제처럼 맥없이 물러나는 일은 두 번 다시 없기를 바랐습니다. 다케치는 언제까지나 멋지고 화려한 주인공으로 있어주기를 원했습니다.

그것을 위해 저는 1년간 묵묵히 무대 뒤에서 일했던 것입니다. 결코 자학적으로 말하는 것이 아니라 드러나지 않는 곳에서 그를 위해 일하는 것은 저의 기쁨이었습니다.

그런 다케치에게 만약 공 하나라도 헛스윙을 하게 만들 수 있다면, 나아가 만에 하나 그를 잡아낼 수 있다면 그것은 더 이상 바랄 게 없는 최고의 추억이 되겠지요. 나의 20여 년은 매리너스에 들어가서 그 4번 타자를 삼진으로 잡아내기 위해 존재했다면 최고의 훈장이라고 할 수 있었습니다.

다케치의 등번호인 8번 유니폼은 오후 1시 반에 다마가와 운동장에 나타났습니다.

아쿠네라는 고졸 출신 포수를 앉히고 2군 내외야수들에게 수비를 부탁한 다음 방어 네트는 세우지 않은 채 저는 잠시 그의 배팅볼투수로서 공을 던졌습니다.

다케치와 이런 일을 하는 것은 2군 감독과 코치진, 다른 선수들에게도 미리 이야기해두었습니다. 치기 쉬운 공을 던지며, 다케치에게도 마음껏 기분 좋게 쳐달라고 했습니다. 이것은 팀을 위한 것이므로 감독도, 코치진도 찬성했습니다. 2군 선수들은 1군 4번 타자의 배팅을 가까이에서 볼 수 있으니 불만이 있으려야 있을 수 없습니다.

그러나 공을 던지면서 저는 고개를 갸웃거렸습니다. 그의 컨디션은 나쁘기는커녕 최고조라고 할 수 있을 정도로 좋았기 때문입니다. 낮이니까 특히 공이 잘 보이는 것이겠지요. 전부 배트 중심에 가볍게 맞히며 힘이 실린 타구를 외야로 쭉쭉 날려 보냈습니다. 과연 초일류 타자의 실력이 배어나는 타격이었습니다.

저는 이 훈련으로 평소의 타격감을 되찾게 할 생각이었습니다만, 그럴 필요가 전혀 없었습니다. 이렇게 잘 칠 수 있는데 어젯밤의 그 어설픈 스윙은 무엇 때문이었을까, 하고 저는 고개를 갸웃거렸습니다.

다케치는 오늘 밤에도 경기가 있습니다. 그러니까 그리 오래 붙잡아둘 수는 없습니다. 다케치에게 적당한 타이밍에 한 타석만이라도 좋으니까 진짜 승부를 겨뤄줬으면 좋겠다고 말했습니다. 이것으로 현역 최후라는 이쪽의 마음이 다케치에게 충분히 전해졌을 것입니다. 그래서인지 다케치는 묵묵히 고개를 끄덕였습니다.

그가 최고의 컨디션이라면 이쪽도 최후의 승부에 도전하는 것에 불만은 없었습니다. 컨디션이 나쁘다면 잡아내도 훈장이 되지 않습니다. 또한 이왕 승부에 도전할 거라면 몸이 식은 오프 시즌이 아니라 엔진이 데워져서 한창 달리고 있는 시즌 중이 좋습니다. 그의 힘이 절정일 때 2류는 2류 나름대로 후회가 없도록 전력을 다해 도전해보자고 생각했던 것입니다.

저는 내외야로 굴러간 공을 전부 정리하고서 다케치가 준비되는 것을 기다렸습니다. 다나카 코치가 주심을 맡아준다고 해서 그의 준비도 기다렸습니다.

다나카 코치가 다가왔습니다. 다케치는 일단 타석에서 벗어나 유니폼을 고쳐 입고, 머리카락을 뒤로 쓸어 넘기며 모자를 고쳐 쓴 뒤에 다시 왼쪽 타석에 들어와서 섰습니다. 배트를 한 번 가볍게 휘두르고 딱 자세를 잡고 나서 “자, 던져!”라고 이쪽을 향해 외쳤습니다.

그 순간, 저의 뇌리에 사회인야구 최후의 승부처였던 도쿄 돔이 선명하게 되살아났습니다. 몇 번이나 다시 생각했던 장면이었습니다. 프로 공식전에서 언젠가 이런 식으로 그와 대결해보고 싶다고 꿈꿨습니다. 그러나 그것은 이룰 수 없는 꿈이었습니다. 2군 운동장에서 이런 연습 경기 같은 것이 되었지만 저는 만족했습니다.

이것이 제가 은퇴하기 전의 마지막 무대라고 생각했습니다. 완전한 무명이고 공식전은 고작 몇 이닝밖에 던질 수 없었다, 그래서 은퇴라고 해도 화려한 세리머니는 물론 2군 동료들의 송별회조차 없지만 1군 4번 타자의 전별을 받을 수 있다, 무상한 영광이다, 라고 생각했습니다. 그의 온몸은 그날 밤처럼 희미하게 빛나 보였습니다.

포수 아쿠네에게는 리드가 필요 없다고 일러두었습니다. 이제 마지막이니까 제 마음대로 던질 생각이었습니다.

저는 와인드업을 하고 온몸의 힘을 짜내서 바깥쪽으로 꽉 차게, 공 하나 정도 빠지는 직구를 던졌습니다. 혼신의 일구. 평소에 배팅볼투수로서 던지는 공과는 구위가 달랐습니다.

그러나 다케치는 미동도 하지 않고 이것을 지나쳐 보냈습니다.

"볼!"

그렇게 다나카 코치가 외쳤습니다.

멋진 선구안이었습니다. 전혀 끌려 나올 기색이 없었습니다. 아쿠네가 이쪽으로 던진 공을 받고, 저는 곧바로 두 번째 와인드업에 들어갔습니다.

다음 공은 정해두고 있었습니다. 한가운데 부근부터 몸 쪽으로 크게 꺾여 들어가며 볼이 되는 공. 한껏 회전을 준 혼신의 커브였습니다. 공은 회심의 변화를 보이며 다케치의 몸 쪽으로 크게 꺾이며 파고들었습니다. 그는 가볍게 허리를 빼며 이것도 지나쳐 보냈습니다.

아쿠네가 던진 공을 받으면서 저는 생각하고 있었습니다.

'다케치, 기억하고 있냐? 아마도 너는 기억하지 못할 거야. 너는 그 뒤로도 큰 경기를 무수히 경험해왔잖아. 하지만 나는 하루도 잊은 적이 없어. 이건 그날 밤의 재현이야. 나에게는 잊으려고 해도 잊히지 않는 밤이었어. 이때의 내 공 배합을 잠 못 이루는 잠자리에서, 근무 중인 책상머리에서 대체 몇 번이나 생각했는지 몰라. 그날 밤의 투구를 처음부터 다시 한 번 해봤으면 좋겠다고 몇 번이

나 신에게 기도했는지 몰라. 지금 간신히 그 소원이 이루어졌어.'

그날 밤, 여기까지는 괜찮았습니다. 이토의 사인은 옳았습니다. 좌우로 최대한 공의 변화를 주었지만 여기서부터 던질 승부구가 없었습니다. 저에게는 결정구가 없었으니까요.

글러브 안에서 검지와 중지 사이에 공을 끼워 넣었습니다.

'다케치, 내가 너에게 감추고 있던 것이 딱 하나 있어. 그건 포크볼을 익혔다는 사실이야. 큰 낙차만 주지 않는다면 컨트롤도 거의 마음대로야. 꼴사나운 원 바운드는 이제 없어. 지금 이걸, 한가운데서 뚝 떨어뜨려주겠어. 너는 나에게 아래로 떨어지는 변화구는 전혀 없다고 생각하고 있을 거야. 1년간 배팅볼투수를 하면서 나는 한 번도 이 공을 보여주지 않았어. 오로지 너를 속이기 위한 일념에서였어. 지금 이걸 던지면 너는 분명히 헛스윙을 하겠지. 단 한 번이라도 네가 헛스윙을 하게 만들 수 있다면 그걸로 나는 만족하겠어. 그리고 기쁜 마음으로 유니폼을 벗을 수 있어. 새로운, 조촐한 인생에도 발을 내딛을 수 있을 거야.'

다케치를 너무 기다리게 하지 않기 위해 저는 빠르게 와인드업을 하고 크게 팔을 휘둘렀습니다. 그리고 한가운데로 포크볼을 던졌습니다. 승부구. 그것은 제가 20여 년간 몸과 마음을 바쳐 살아왔던 야구계를 떠나기 위해, 오로지 그것만을 위해 준비한 최후의 일구였습니다.

제대로 던졌다! 손에서 공을 놓는 순간 그렇게 생각했습니다. 딱 좋게 손가락에서 공이 떨어지며 회전을 죽인 공이 스트라이크 존

한복판으로 날아갔습니다.

'깡!' 하는 듣기 좋은 마른 소리가 울렸습니다. 뭐지? 저는 마음 속으로 그렇게 외쳤습니다. 다케치의 배트는 마치 홈플레이트를 쓰다듬듯이 화려한 골프 스윙을 하며 제가 던진 공을 하늘 높이 쳐 올리고 있었습니다.

퉁겨지듯이 고개를 들자 공은 저 멀리 새파란 하늘 위로 떠올라 외야를 향해 날아갔습니다. 그리고 공을 쫓아 달리는 야수의 머리를 크게 넘고 외야 펜스도 넘어 강변의 수풀 속에 떨어졌습니다.

대형 홈런이었습니다. 저는 망연히 운동장에 서 있었습니다.

"포크볼을 익혔구나."

다케치의 목소리가 들렸습니다.

"다음에 포크볼을 던질 거라는 걸 알고 있었어."

그가 말했습니다.

"어떻게?"

제가 물었습니다. 그런 걸 알 리가 없다고 생각했기 때문입니다.

"그날 밤과 같은 공 배합이었기 때문이야. 그날 밤에는 너도, 포수도 떨어지는 변화구를 몹시 던지고 싶어 했어. 그래서 너는 승부구를 최대한 바깥쪽 낮은 곳에 던졌지. 그걸 보고 나는 너희가 떨어지는 공을 원하고 있다는 걸 알았어. 그리고 오늘, 네가 나와 다시 한 번 승부를 겨루고 싶어 했어. 가만히 보니까 그날 밤하고 공 배합이 같았어. 그렇다면 마지막 결정구는 당연히 떨어지는 공이겠지."

저는 망연자실하며 그의 설명을 듣고 있었습니다.

"나는 그렇게 짐작했어. 왜냐하면 너의 이것은, 즉 그날 밤의 패배를 설욕하고 싶다는 뜻일 테니까."

한마디도 할 말이 없었습니다. 그렇다고 해도 이런 스윙으로 포크볼을 펜스 밖으로 날려 보낼 수 있는 타자는 다케치나 예전의 왕정치 선수 정도일 겁니다.

다케치는 그런 뒤에 마지막으로 이런 말을 했습니다.

"하지만 다케타니, 주의해. 너는 포크볼을 던질 때 손이 머리 근처에 조금 붙어서 나오거든."

그것 역시 고개를 끄덕일 수밖에 없는 말이었습니다. 아래로 뚝 떨어뜨리고 싶은 마음에 저 자신도 모르게 그런 폼으로 던지게 되는 것입니다.

저는 납득하고 고개를 끄덕였습니다. 완패였습니다. 역시 저와는 완전히 격이 다릅니다. 다케치는 천재였습니다.

"완패야. 넌 역시 굉장해."

저는 진심으로 그렇게 말했습니다. 패배자의 대사가 입에서 솔직하게 흘러나왔습니다.

"너는 하나부터 열까지, 전부 굉장해. 머리도 기술도 인격도. 도저히 나 같은 사람이 당해낼 수 있는 상대가 아니었어. 아주 잠깐이었지만 너와 함께 야구를 할 수 있었던 것을 나는 자랑스럽게 생각할 거야. 고마워."

그러자 다케치는 의외의 태도를 보였습니다. 천천히 고개를 저었던 것입니다.

"그렇지 않아. 나는 네가 생각하는 그런 인간이 아니야."

고개를 옆으로 돌리고 저의 얼굴을 보지 않으면서 그렇게 말했던 것입니다.

8

기숙사를 나가는 날이 가까워져서 방에서 미리 짐 정리를 하고 있는데 갑자기 누군가가 문을 세차게 두드렸습니다. 들어오세요, 라고 이야기하자 잔뜩 흥분한 얼굴로 아쿠네가 문을 열었습니다.

"다케타니 씨!"

그가 외쳤습니다.

"무슨 일이야? 그렇게 헐떡거리면서."

"다케치 씨가 체포됐어요!"

그 순간 저는 어안이 벙벙해졌습니다. 그 말의 의미를 이해할 수 없었기 때문입니다.

"어, 뭐라고?"

"체포요."

"체포?"

"네."

"농담이겠지?"

"아뇨."

"뭐? 그게 정말이야?"

"아마 지금 9시 뉴스에 나올 거예요. 거기서 자세한 내용이 나오지 않을까요?"

곧바로 일어나서 방을 뛰쳐나갔습니다. 그리고 계단을 내려가면서 아쿠네에게 질문했습니다.

"왜 체포된 거야?"

"야구 도박이래요."

"야구 도박?!"

저는 얼빠진 목소리로 외쳤습니다.

"하지만 어쩐지 그것뿐만이 아닌 것 같아요. 마약 밀매나 살인 사건 관련 이야기도 있는 모양이에요. 야쿠자하고 얽혀서."

저는 또다시 말문이 막혔습니다. 마약, 살인 사건, 야쿠자. 완전히 다른 세상의 단어가 나열되고 있었습니다. 이해의 영역 밖에 있는 말도 안 되는 이야기라서 뭔가 착각한 것이라고 확신했습니다. 청렴결백한 데다 범죄나 체포 같은 단어와는 가장 거리가 먼 인물이 다케치라고, 저는 그런 인상을 갖고 있었기 때문입니다. 대체 어디가 잘못되어서 그런 말도 안 되는 이야기가 나온 것일까? 이것은 누명이 틀림없다, 라고 생각했습니다.

"오늘 밤 경기는?"

"그러니까, 다케치 씨 없이 하겠죠."

중심 타자가 없는 요코하마 타선, 그것도 상대는 버거운 한신 3연전. 선두인 요미우리 자이언츠와는 1.5게임 차, 페넌트레이스의 고비에서 이런 엄청난 사건이 생기다니, 요코하마 매리너스의 우승은 이것으로 이미 절망적이 되었다고 생각했습니다.

텔레비전 앞에는 벌써 수많은 2군 선수가 모여 있었습니다. 뉴스가 시작되자 역시 처음부터 다케치의 소식이 흘러나왔습니다. 이세자키 경찰서 앞의 돌계단을 올라가는 다케치가 비칩니다. 수갑도 채워져 있지 않고 얼굴도 가려져 있지 않습니다만, 형사로 보이는 양복 차림의 남자 몇 명이 둘러싼 삼엄한 분위기입니다. 다케치는 표정이 굳어 있었습니다.

"이 시점에서는 아직 체포되지 않았고 이후에 조사를 받고 긴급체포된 모양이에요."

아쿠네가 설명했습니다.

뉴스에 따르면 사건의 개요는 다음과 같습니다. 폭력단 Y연합의 주도로 암암리에 대대적인 불법 야구 도박이 이루어지고 있었으며, 이것은 현재 전국적인 조직이 되어서 매일 밤 억 단위의 돈이 움직이고 있었다고 합니다. 그런데 어젯밤의 요코하마 대 요미우리 3연전의 최종전은 페넌트레이스 우승의 향방을 결정짓는 큰 경기였기 때문에 이제까지와는 단위가 다른 거액이 움직였고, 9회 말에서 다케치가 범타로 물러나면 Y연합은 거액의 이득을 챙길 수 있게 되어 있었다고 합니다.

뉴스에서는 사건을 상세하게 설명하지 않았으므로 지금부터는 제가 정황을 짜맞춘 것입니다.

요코하마가 10년 만의 우승을 눈앞에 두고 있었기 때문에 팀도 시민들도 몹시 흥분했고, 선수들은 모두 잔뜩 기합이 들어가 있었습니다. 적당히 봐주는 플레이는 상상도 할 수 없는 상황에서 그것도 9회 말의 만루. 타자는 여름에 들어선 이래 4할대를 치고 있는 다케치. 안타 하나면 역전, 최소한 동점입니다. 모두가 그렇게 생각하고 있었습니다. 또 다케치는 충분히 그럴 만한 능력이 있는 선수입니다.

통렬한 타구가 야수 정면으로 날아가는 것은 있을 수도 있겠지만 범타는 생각하기 어렵고, 하물며 헛스윙 삼진이란 장면은 모두가 꿈에서조차 예상하지 못했을 것입니다. 그렇다면 이것은 확실히 초대박이 날 상황이었겠지요. 최근 치렀던 몇 경기 동안 다케치는 헛스윙 삼진이 한 번도 없었습니다. 다케치는 어떤 공이라도 반드시 배트로 때려낼 수 있는 타격의 천재였습니다.

이것은 그를 위해 1년간 공을 던져왔던 제가 확실히 말할 수 있는 부분입니다. 그가 헛스윙을 하게 만드는 것이 얼마나 어려운가. 그 상황은 어쨌든 공이 배트에 맞지 않으면 이야기가 되지 않는 장면입니다. 최악인 헛스윙만은 피하기 위해 다케치는 아마도 홈런 욕심은 버리고 있었을 것입니다. 4점을 딸 필요는 없다, 3점만 따도 족하다. 적어도 평소의 다케치라면 반드시 그렇게 생각했을 것입니다. 다들 그렇게 생각했기 때문에 저 정도의 다케치 신봉자가 아니더라도 어젯밤의 그 모습은 확실히 의혹을 품지 않을 수 없는 장면이었습니다.

이 같은 경찰의 추궁에 대해 다케치는 대체로 혐의를 인정하고 있는 듯했습니다. 즉 다케치는 Y연합이 돈을 벌도록 하기 위해 9회 말 타석에서 의도적으로 삼진을 당했음을 인정한 것입니다. 만약 이것이 사실이라면 정말 큰일이라고 생각했습니다. 이것은 스포츠맨이라면 절대 해서는 안 되는 짓입니다. 다케치가 순수한 야구팬의 마음을 짓밟았다는 점도 물론 있습니다만, 무엇보다 다케치는 요코하마 시민들이 꿈꾸던 10년 만의 우승이라는 염원을 망쳐버린 것입니다. 이후로 어떠한 일이 있더라도 야구팬은 그를 용서하지 않겠지요. 다케치의 야구 선수로서의 생명이 절체절명의 위기에 빠진 것입니다.

뉴스는 이어서 이 불법 야구 도박으로 올리는 막대한 이득에 눈독을 들인 다른 폭력단이 가세하면서 두 조직원 간에 싸움이 붙었고 그 와중에 사망자가 발생했다는 소식도 전했습니다. Y연합 조직원이 중간에 끼어든 K협회 조직원 한 사람을 살해했다고 합니다. 이 살인 사건을 조사하는 과정에서 대규모 불법 야구 도박 조직이 노출된 모양입니다. 이것은 다케치와는 아무런 상관도 없는 장소에서 일어난 사건입니다만, 세상 사람들은 그렇게 보지 않겠지요. 이 살인 사건만 일어나지 않았더라면 어쩌면 사태는 조금 달라졌을지도 모릅니다. 그러나 다케치는 이 일로 인해 이미지가 치명적으로 나빠졌습니다.

이어서 이 불법 야구 도박 조직이 각성제나 마리화나 같은 금지 약물 거래도 하고 있었으며 이 거래를 하다가 잡힌 사람 중 한 명이 다케치의 이름을 댔다고 합니다. 이 사람은 예전에 고교야구연맹의 관계자로 확실히 다케치가 아는 인물이었는데 그리 중요한 인물은 아닌 듯했습니다. 그는 다케치에게 금지 약물 중개를 의뢰받았다고 진술했다고 합니다만, 다케치는 이 혐의점을 부인하고 있는 듯했습니다. 어쨌든 다케치의 혐의점은 여러 개가 되었고 또 혐의도 짙어서 그는 이세자키 경찰서에 구류되어 조사를 받게 되었습니다.

뉴스가 다른 화제로 옮겨가도 모두가 침묵한 상태였습니다. 2군 기숙사 식당의 모든 이가 허탈한 심경이었습니다. 구단, 나아가 프로야구계 전체가 앞으로 어떻게 될지 짐작도 되지 않았습니다. 저는 이런 일을 자세히 알지는 못합니다만, 전대미문의 불상사임은 확실합니다. 적어도 과거 요코하마 매리너스가 이런 불법행위에 관련된 역사는 없었을 것입니다. 앞으로 얼마나 파장이 커질지 예상도 되지 않아서 그 자리의 분위기는 무겁게 가라앉았습니다. 지금쯤이면 아마 구단 사무소도 마찬가지겠지요. 자칫 일이 잘못 진행되다가는 어쩌면 돌이킬 수 없는 사태로까지 악화될지도 모릅니다. 다케치 한 사람의 해고 정도로 끝나지 않을 가능성도 생깁니다.

다만 한 가지, 확실해진 것이 있습니다. 이것으로 이미 저는 다음 시즌에 이 팀에 남아 있을 가능성은 전무해졌다는 것입니다. 요코하마 매리너스는 이것으로 암운에 감싸이게 되고 애타게 바라던 우승을 놓치겠지요. 그러나 그 이전에 다케치가 없어지면 그의 전속 배팅볼투수는 쓸모없어집니다.

예상했던 대로 그 뒤로 요코하마 매리너스는 구단이 창단된 이래 최대의 시련기를 맞이하여 지옥 같은 나날을 보내게 되었습니다. 한신 3연전에서 3연패했고 이어서 주니치에도 연패해서 순식간에 3위로 추락하며 팬들의 열기가 급속히 식어버려서 누구 한 명도 예상하지 못했던 형태로 쓸쓸하게 시즌을 끝내게 되었습니다.

페넌트레이스가 끝나도 다케치는 아직 이세자키 경찰서에 구류되어 있는 듯했습니다. 앞으로 재판을 받게 될 듯한데 만약 불법 야구 도박 가담 이외의 의혹, 요컨대 금지 약물 거래나 폭력단 간의 살인 사건에도 관련되어 있는 것으로 밝혀진다면 구류가 풀리지 않고 이대로 구치소에 수감되게 됩니다. 다케치를 비난하는 요코하마 팬들의 목소리는 아주 거세어 그에 대해 품었던 애정이나 동경이 그만큼의 증오로 바뀌어 버린 듯했습니다. 그 마음도 일단 이해는 되었지만 저는 그렇게 되지 않았습니다.

어쨌든 그런 다케치를 비난하는 목소리는 점차 일본 전국으로 퍼지고 그의 프로야구계 복귀는 절망적이 되었습니다. 천재라고 불리던 강타자 다케치는 이렇게 세상 사람들에 의해 강제로 배트를 빼앗기는 모습으로 야구 인생을 끝마치게 된 것입니다. 그의 재능을 안타까워하는 목소리는 거의 들리지 않았습니다.

구단은 다케치를 해고하기로 결정했고 쓰카하라 감독은 책임을 지고 퇴임했으며 코치진도 총사퇴했습니다. 제 쪽도 해고가 결정되어 얄궂게도 야구계의 톱스타였던 다케치와 밑바닥 수준이었던 제가 함께 야구계를 떠나게 되었습니다.

변변한 활약 한 번 하지 못했던 저입니다만, 퇴단 인사를 해야만 하는 사람이 몇 명 있었고 업무 인수인계 등 이런저런 사정으로 시즌이 끝난 뒤에도 2주 정도 2군 기숙사에 머물러 있게 되었습니다. 아마도 그러는 것이 저의 체면을 살려주는 것이라고 생각한 2군 윗선의 배려였으리라 짐작합니다.

그런 와중에 또 한 가지 충격적인 뉴스가 날아들었습니다. 다케치의 아버지가 하와이의 한 호텔 옥상에서 투신자살을 했다는 소식이었습니다. 그가 경영하던 회사는 파산해서 막대한 빚도 있었다고 합니다. 자택은 이미 저당 잡혔고 남은 재산도 없었다고 합니다. 아들이 일으킨 불상사를 괴로워했기 때문이라고 분석한 이 뉴스가 세간에 알려지자 다케치의 이미지는 더욱 악화되었습니다. 세상은 다케치 때리기에 본격적으로 돌입해 어떻게 해야 다케치를 더욱 나쁘게 만드는 기사를 쓸 수 있을지 서로 경쟁하는 듯 보였습니다. 이 사건도 그 뒤로 한동안 신문과 텔레비전에 오르내렸습니다.

다케치가 저에게 전화를 건 것은 그 무렵입니다. 점심시간보다 이른 시간에 아쿠네가 저를 찾아와서 전화가 왔다고 알려주었습니다. 어머니나 하마마쓰의 아는 사람일 거라고 생각하고 받아보니 다케치였습니다. 아쿠네는 다케치와 거의 말한 적이 없어서 목소리를 몰랐던 것입니다. 다만 목소리를 알았더라도 설마 다케치일 것이라고는 짐작하지 못했을 것입니다. 아주 가라앉은 목소리라서 전혀 다른 사람 같았습니다. 너도 나와의 관계를 끊을 거냐? 라고 물어서 아니, 라고 대답하자 어두운 목소리로 잠깐 만나고 싶다고 했습니다.

나를? 이라고 물었더니 그래, 너와 만나고 싶어, 라고 말했습니다. 이제 내가 만날 수 있는 사람은 너밖에 없어, 물론 네가 싫어하지 않을 경우지만, 이라고 다케치는 힘없이 덧붙였습니다. 물론 싫지는 않았고, 제 쪽에서도 묻고 싶은 것과 하고 싶은 이야기가 산더미처럼 쌓여 있었습니다. 경찰서에서 거는 전화냐고 물어보니, 어제 내보내주었는데 불법 야구 도박 가담 이외의 혐의는 풀렸기 때문이라고 설명했습니다.

지금 어디에 있는 거냐고 묻자, 그는 폐를 끼치고 싶지 않으니 누구에게도 알리지 말라고 부탁한 뒤 "기타가마쿠라의 풍수장이라는 작은 여관이야. 아버지의 지인이라서 어릴 적부터 여기 경영자와 안면이 있어. 지금 이곳에 숨어 지내고 있어"라고 말했습니다. 야마시타초의 아파트는 어떻게 했느냐고 묻자, 다른 사람에게 처분해달라고 부탁해두었다고 했습니다.

너는 언제까지 그 기숙사에 있느냐고 묻기에, 모레까지라고 대답하고 글피 아침에는 이곳에서 나가기로 되어 있다, 지금은 짐을 싸고 있는 중이다, 라고 설명했습니다. 그리고 짐이라고 해봤자 얼마 되지 않고 구단이 하마마쓰까지 보내는 비용을 대준다고 해서 내일 보낼 생각이다, 라고 덧붙였습니다.

그러자 다케치는 지금 나에게 친구라곤 너밖에 없다, 그곳까지 가고 싶지만 도저히 매리너스의 시설에는 갈 수 없다, 요코하마 시내도 걸을 수 없다, 괜찮다면 지금 기타가마쿠라까지 와주지 않겠느냐, 라고 부탁했습니다. 물론 네가 싫지 않다면, 이라는 단서도 달았습니다. 나에게 무슨 볼일이라도 있냐고 묻자, 너에게만은 해두고 싶은 말이 있다고 했습니다. 그러고는 "여관에서 만나는 건 곤란하니까 근처에 있는 수국사에서 만나지 않을래? 수국이 피는 계절은 아니니까 주말이 아니면 찾는 사람은 적어. 안은 넓으니까 분명히 느긋하게 이야기할 수 있을 거야"라고 제안했습니다.

특별히 예정된 일도 없어서 승낙하자, 수국사를 아느냐고 물어왔습니다. 이름은 들어본 적이 있다고 말하자, 다케치는 기타가마쿠라 역에서 내려서 수국사까지 가는 길을 자세히 설명해주었습니다. 그리고 대문 안으로 들어오면 왼쪽 방향의 벤치에 앉아 있을 거다, 미안하지만 입장료를 내고 들어와주지 않겠느냐, 미리 표를 사서 기다리고 있고 싶지만 밖에 서 있으면 사람들의 눈이 있어서 곤란하다, 라고 말했습니다.

9

수국사의 정식 명칭은 '묘게쓰인'이라고 했습니다. 다케치가 알려줄 것도 없이 묘게쓰인으로 가는 길을 안내하는 표지판은 기타가마쿠라의 이곳저곳에 있었습니다. 철로 옆길을 벗어나 개천을 따라 나 있는 길을 걸어가니 그 정면 막다른 곳에 재력가의 대저택과 비슷한 외관을 한 수국사 대문이 있었습니다.

입장료를 내고 들어가서 잠시 가다가 왼쪽을 보니 돌로 된 벤치에 한 남자가 앞쪽으로 몸을 굽히듯 수그리고 앉아 있었습니다. 아무리 사람이 적은 경내라 하더라도 사람들이 혹시라도 다케치를 알아보는 건 아닐까, 하고 걱정했습니다만, 그런 낌새는 전혀 없었습니다. 부랑자나 입을 법한 지저분한 점퍼에 까슬까슬하게 나 있는 수염, 등산모자를 눌러쓰고 투박한 안경을 낀 채 등을 구부리고 앉아 있는 그가 다케치라고는 생각할 수 없었습니다.

"안녕."

다케치는 저를 보자마자 힘없이 말을 걸어왔습니다.

"다케치."

저는 그렇게 말한 뒤 잠시 할 말을 잃고 그 자리에 멈춰 서 있었습니다. 도회지에서 자란 다케치이니 평소 같으면 제가 그렇게 서 있는 것을 보고 뭔가 센스 있는 농담이라도 했겠습니다만, 제가 말없이 서서 잠시 그를 내려다봐도 다케치는 아무 말도 하지 않았습니다.

"조금 야위었구나."

제가 말했습니다.

이때 머릿속에 든 생각은 대체 무엇이 그의 인상을 이렇게나 바꿔놓았는가, 하는 것이었습니다. 그리고 깨달았습니다. 그 눈부신 아우라가 사라져 있었던 것입니다. 경내 벤치에 등을 구부리고 앉아 있는 그는 평범한 사람 이상으로 평범했습니다. 아니, 그 이하일지도 모릅니다. 구겨지고 날짜 지난 신문처럼 그는 어느 누구의 주목도 끌지 못했습니다.

조금 야위었다고 말했습니다만, 조금 더 정확하게 말하자면 완전히 초췌해져 있었습니다. 고작 한 달 반 정도 지났을 뿐인데 윤이 나는 강철 같았던 그의 육체는 사라지고 몸집이 한층 작아진 듯했습니다. 영락零落이라는 말이 있습니다만, 이때의 다케치만큼 이 말에 잘 어울리는 사람은 없을 것입니다.

저를 보아도 그는 앉으라는 말도 하지 않았습니다. 그래서 저는 어떡해야 좋을지 모른 채 가만히 그 자리에 서 있었습니다. 그를 위해 일했던 저는 무엇을 하든 그의 지시를 받고 나서 움직이는 버릇이 들었던 것입니다. 육체를 혹사하는 스포츠의 세계에서는 자기도 모르는 사이에 군대하고 비슷한 그런 상하 관계가 생겨납니다.

그러나 다케치는 이쪽에 뭔가를 명령하지도 않았으며 제가 그것을 기다리고 있다고도 전혀 깨닫지 못했습니다.

"놀랐지?"

다케치가 말했습니다. 이쪽을 올려다보는 그의 안경 너머로 보이는 눈은 흰자위가 조금 누렇게 되어 있었습니다. 혹시 약물 때문인가? 그런 가능성을 생각했더니 등골이 오싹해졌습니다.

"응, 깜짝 놀랐어."

그렇게 말하고는 그의 얼굴을 되도록 보지 않으며 말을 이었습니다. 왜냐하면 바싹 말라 푸석푸석해진 그의 피부를 보고 싶지 않았기 때문입니다.

"도저히 믿을 수 없었어. 다른 사람도 아닌 너니까. 분명히 누명일 거라고 생각했어."

그러자 다케치는 고개를 숙인 채 크게 좌우로 저었습니다. 그는 완전히 지칠 대로 지쳐 있는 듯 보였습니다. 그런 상태의 다케치는 한창 훈련할 때도 본 적이 없습니다.

"누명이 아니야. 내가 했어. 요미우리와의 경기 때 9회 말에 일부러 헛스윙을 했어."

그 순간 저는 소름이 돋았습니다. 그것만큼은 절대로 듣고 싶지 않은 말이었습니다. 뉴스에서 무슨 소리를 지껄이든, 세상 사람들이 어떤 비난을 하든 저만은 그를 믿고 싶었던 것입니다.

저는 다케치라는 남자의 재능과 인격을 믿었고 스포츠맨으로서 거의 신성시하고 있었습니다. 오랫동안 다케치는 저의 우상이었습니다. 그가 이런 모습을 보일 것이라고는 전혀 생각지 못했습니다. 어디까지나 그는 스타로서 화려한 야구 인생을 보내고, 기록도 남기고, 명예의 전당에 입성하고, 스타 감독도 될 수 있다고 생각했습니다. 저와는 전혀 다른 세상에서 살아갈 천재라고 생각하며 숭배하고 있었습니다.

벤치에 구부정하게 몸을 숙이고 앉은 다케치는 너무나도 작고 비참하게 보였습니다. 아직 스물일곱 살인데도 어디에서나 만날 수 있는 초라한 중년 남자처럼 보일 정도였습니다. 대학야구계를 석권하며 가뿐하게 신기록을 작성하고, 사회인야구팀에 들어가 팀을 우승으로 이끌고, 프로야구 선수가 되어서는 곧바로 그 팀을 우승권으로 끌어올린, 10년에 한 번 나올까 말까 한 그런 인재로는 도저히 보이지 않았습니다.

"놀랐지? 나는 원래 그런 녀석이야."

"하지만 뭔가 이유가 있었을 거 아냐?"

그렇게 저는 곧바로 물었습니다. 저 자신만은 다케치가 결백하다고 믿고 싶었던 것입니다. 그것은 성의나 배려 같은 그런 아름다운 마음에서가 아니라 그저 저 자신을 위한 행동이었습니다. 그를 계속 동경해온 저 자신의 야구 인생이 잘못되었다고는 생각하고 싶지 않았던 것입니다.

"이유라……, 물론 있었지."

그가 말했습니다.

그래서 저는 "그걸 나에게 말하려고 불렀어?"라고 물었습니다.

"응."

그는 천천히 고개를 끄덕였습니다.

"너에게 들려주려고 생각했어, 지금까지는. 하지만 이제는 어떻게 되든 상관없어. 나는 승부 조작에 가담했어. 그것만으로도 이미 변명의 여지가 없다는 기분이 들었어."

저는 다시 할 말을 잃었습니다.

"이런저런 핑계를 대봤자 소용없다는 생각이 들더라고."

"잠깐 걷지 않을래?"

제가 말했습니다. 그곳은 화단을 등지고 있는 작은 광장으로 주위에 벤치가 몇 개 더 있었는데 몇 사람이 그곳에 앉아 있었기 때문입니다. 경내에는 좀 더 인적이 드문 장소가 있을 거라고 생각했습니다.

"응? 아, 그렇지. 걸을까?"

다케치는 고개를 들고는 어디라도 괜찮다고 하듯이 천천히 일어났습니다.

우리는 나란히 정원의 후미진 곳을 향해 갔습니다. 경내는 생각보다 훨씬 넓었습니다. 수국은 없었지만 여기저기에 단풍이 들어서 멋진 풍경을 연출하고 있었습니다.

나무로 된 계단이 나타났고 그것을 따라 올라가자 수국으로 보이는 식물 군락지 위에 걸쳐 있는 나무다리가 나왔습니다.

"Y연합 사람이랑 아는 사이야?"

나무다리 위를 걸으면서 저는 계속 신경 쓰이던 것을 물었습니다. 그것을 도저히 이해할 수 없었던 것입니다. 우리처럼 야구밖에 모르는 사람들이 어떻게 폭력단 관계자와 알게 되었는지 납득할 수 없었습니다.

"응."

다케치는 고개를 끄덕였습니다.

"아버지의 지인이야. 그곳의 보스는 아주 좋은 사람이야. 너는 이런 이야기 자체를 믿을 수 없겠지만 그 사람의 아들은 호놀룰루 대학 경제학과를 나온 인텔리야. 싹싹한 남자라서 도저히 야쿠자로는 보이지 않아."

그 말을 듣고 저는 점점 더 실망감이 더해졌습니다. 폭력단에 속한 사람을 조금이라도 칭찬하는 듯한 태도는 역시 용납할 수 없었습니다. 그것은 그들과 동료가 되었다는 이야기가 아닌가, 하는 생각이 들었습니다.

"너는 야쿠자를 부정하고. 경멸하겠지. 하지만 말이야, 폭주족도 그렇지만 그 사람들에게는 그런 삶밖에 없어. 성실하게 사회 속에서 살면 그 녀석들은 남에게 경멸받게 될 뿐이니까. 사회 밑바닥에서 바보 취급을 받으며 살아가게 될 뿐이라고. 그 사람들 중에는 피차별 부락천민들의 집단 거주지–옮긴이 출신이나 재일한국인도 있어."

아무리 그렇다고 해도 타인을 위협하거나 폭력을 휘두르는 것은 용납할 수 없습니다. 하물며 금지 약물 거래나 살인이라면…….

"이제 됐어, 다케치."

제가 말했습니다.

"저 벤치에 앉자."

고작 그 정도뿐이었지만 그런 식으로 뭔가를 다케치에게 명령한 적은 처음이었습니다. 우리는 산책로의 조금 구석진 장소에서 따로 떨어져, 세 면이 식물로 둘러싸여 있는 벤치로 향했습니다. 벤치가 하나뿐이므로 여기라면 주위에 사람이 앉을 염려는 없습니다.

저는 먼저 벤치 앞에 도착했지만 다케치가 앉는 것을 기다린 뒤에 옆에 앉았습니다. 그러고 나니 산들바람이 불어와서 식물에서 좋은 향기가 났습니다. 시선을 들자 멀리 있는 키 큰 나무들이 조금 기운 오후의 햇살을 받으며 갈색으로 빛나고 있었습니다.

잎이 누렇게 변하거나 붉게 단풍이 든 나무들. 그런 선명한 가을의 색채에서 저는 또다시 예전의 다케치를 떠올렸습니다. 그를 처음 봤던 도쿄 돔, 화려한 조명 아래 왼쪽 타석에 우뚝 선 다케치의 늠름한 모습을 저는 평생 잊지 못할 겁니다.

"너, 야구는 어떡할 거야?"

그렇게 묻자 다케치는 '훗' 하고 웃더니 "당연히 그만둬야지"라며 대수롭지 않은 듯 대답했습니다.

"할 수 있을 리가 없잖아, 일이 이렇게 되었는데."

자포자기하는 듯한 말투였습니다.

"그렇게 실력이 있는데?"

저는 자신도 모르게 그런 말을 했습니다. 그리고 K악기 야구부의 휴부 소식을 들었을 때도 같은 말을 했었던 것을 기억해냈습니다. 안녕만이 인생이다당나라 문징명의 한시에 나오는 인생족별리人生足別離, 즉 '인생에는 이별이 많구나'를 일본의 작가 이부세 마스지가 이렇게 번역해 유명해짐-옮긴이, 라고 누군가가 말했습니다만, 저에게는 야구가 그런 느낌이었습니다.

"지금이니까 말하는 건데 나는 줄곧 너를 동경하고 있었어. 너와 같이 야구를 하고 싶은 마음에 여기까지 왔어. 다른 사람의 두 배를 뛰고, 세 배의 공을 던지면서 어떻게든 너에게 가까이 다가갈 수 있기를 바라고 있었어. 그래서 너의 배팅볼투수가 되었을 때도 너는 미안해했지만 사실 나는 기뻤어. 너의 재능을 더욱 발전시키는 데 공헌할 수만 있다면 더 바랄 게 없다고 생각했어."

그렇게 말하자 다케치는 흘끗 나를 보았습니다. 그의 눈은 조금 젖어 있는 듯 보였습니다. 그런 뒤에 그는 시선을 앞으로 돌리고 "고마워"라며 말을 이었습니다.

"너에게 그런 말을 들어서 정말로 기뻐, 이런 나에게. 과거의 나는 분명히 그렇게 굉장한 녀석이었겠지."

"과거가 아니야!"

저는 저 자신도 모르게 소리쳤습니다.

"지금도야. 고작 한 달 반 전이잖아."

"한 달 반 전인가……."

다케치가 말했습니다.

"하지만 이 한 달 반은 나에게는 마치 10년 같았어. 유치장에 계속 있으면서 매일매일 형사에게 취조당하고, 트레이닝도 못 하고, 공도 못 치고……. 이제는 배트 쥐는 법도 모르겠어. 지금은 내가 야구를 할 수 있다는 생각이 도저히 들지 않아. 유니폼을 입고 있던 시절은 이미 멀고 먼 옛날이야. 야구라……."

그리고 다케치가 말을 멈췄습니다. 저는 기다렸습니다.

"이젠 잊었어. 어떻게 해야 좋을지 이젠 완전히 잊어버리고 말았어."

저는 한숨을 내쉬었습니다.

"너는 천재였어. 프로 수준에서 봐도 10년에 한 번 나올까 말까 했어. 그렇게 생각해서 나는 나 자신을 완전히 버리고 무대 뒤에 서서 너만을 도와왔어. 너는 그러기에 부족함이 없는 사람이었으니까. 지금의 나에게는 아무것도 없어. 20여 년간 노력하고 또 노력하고, 비가 오나 눈이 오나 달리고, 이를 악물고 공을 던졌지. 하지만 아무것도 남지 않았어. 지위도, 명성도 아무것도 없어. 뭐, 그런 것은 필요 없지만. 지금 나에게는 살 집도, 직업도 없어. 내년부터는 어떻게 살아가야 할지 지금도 진지하게 고민하고 있어. 정말 기가 막힐 정도로 남은 게 아무것도 없어. 하지만 그래도 괜찮다고 생각해. 전혀 후회하지 않아. 왜냐하면 너를 프로야구계에 남겼으니까."

제가 말을 멈추자, 그는 가만히 먼 산을 보고 있었습니다.

"그렇다고 누굴 원망하는 건 아니야. 나에겐 재능이 없었을 뿐이니까. 그러니까 이건 불평하는 게 아니야. 나는 너에게 공을 던질 수 있어서 충분히 행복했어. 그도 그럴 것이 너를 남길 수 있었잖아. 나는 못 했지만 네가 대신 매리너스에 남아 내 몫까지 활약해줄 테니까. 나는 그것을 하마마쓰에 돌아가서 텔레비전으로 보자고 생각하고 있었어. 그랬기에 나는 행복했고 만족했다고."

그렇게 말하면서 저는 조금 눈물이 솟아나는 것을 느꼈습니다. 2류는 참 슬프구나, 하고 생각했던 것입니다.

"그것을…… 그런데도 너는 그만두겠다는 거야? 그러면 대체 나는 뭐였어? 나는 너를 위해 그렇게나 노력했다고. 기껏해야 배팅볼투수일 뿐이라고 다들 말하겠지. 하지만 나는 너를 위해, 감기에 걸리지 않도록 매일 신경 쓰면서 언제라도, 네가 요구하면 언제라도 공을 던질 수 있도록 매일매일 노력해왔어. 그걸 완전히……."

"너에게는 감사하고 있어."

다케치가 제 말을 막으며 말했습니다.

"정말로 고맙게 생각하고 있다고. 빈말이 아니야. 그러니까 감사 인사도 할 겸 너와 만나고 싶었어."

"감사 인사 따윈 필요 없어. 다시 야구를 해달라고! 나는 너의 야구에 반했다고. 옛날부터, 옛날부터 계속! 그 섬광 같은 스윙. 그렇게 배트를 휘두를 수 있는 인간은 어디에도 없어. 너뿐이라고. 너밖에 못해. 다시 한 번 일어서!"

그러나 다케치는 고개를 저으며 낮은 목소리로 말했습니다.

"내가 아무리 하고 싶다 해도 이젠 불가능해."

"뭐?"

"야구계는 나를 영구 추방하기로 결정했어."

저는 말문이 막혔습니다. 그 이야기는 듣지 못했기 때문입니다.

"채용하고 싶어도, 그 어떤 구단에서도 나를 채용할 수 없어."

저는 심하게 낙담했습니다. 깊은 한숨이 나왔습니다.

"그런 건가……."

"응."

"사회인야구도?"

"사회인야구는 더 힘들어. 기업 이미지가 있어서."

"승부 조작에 가담했기 때문인가……."

"그것뿐만이 아니야. 금지 약물이나 살인 사건에도 관여되어 있다고 생각하니까."

"하지만 아니지?"

"천지신명께 맹세하건대 그런 일은 결코 없었어. 그런 것에는 전혀 관여하지 않았어. 하지만 세상은 그렇게 생각해주지 않아. 설령 사실과 다르다고 법정에서 입증되더라도 세상 사람들이 그렇게 생각하고 있으면 그걸로 끝이야. 이건 사실 운운하는 이야기가 아니야. 사람들이 어떻게 생각하는가의 문제야. 사람들이 그렇게 생각하고 있으면 기업은 이미지 손상을 각오해야 돼."

"그러면 야구를 할 수 있는 길은……."

"없지. 외국에서도 못 해."

다케치가 말했습니다.

"그 대단한 재능을 이대로 썩혀야 하는 거야? 그렇게나 실력이 뛰어난데도? 게다가 너는 앞으로 더욱 발전할 수 있어. 다음 시즌에는 분명히 3관왕도 할 수 있을 거야."

"네가 있어준다면 할 수 있을지도 모르지."

다케치가 조용히 말했습니다.

"응, 물론이지."

"그렇게 말해주니 기뻐. 하지만 너뿐이야."

"나뿐이라니?"

"다들 나와 만나주지 않아. 전화를 해도 제대로 듣지도 않고 끊어버려."

"팬들은 다들 너에게 열광하고 있었어."

"그냥 다들 시끄럽게 떠들고 있었을 뿐이야. 다들 아무것도 모르고 있어. 내 타격이 어떤 것인지 전혀 이해하지 못하고 있어."

저는 잠시 침묵했습니다. 그리고 곰곰이 생각하고 나서 다시 입을 열었습니다.

"그래서 승부 조작에 가담한 거야? 아무도 이해해주지 않으니까?"

"그럴 리가!"

다케치는 곧바로 부정했습니다.

"하고 싶어서 한 게 아니야."

"그렇다면 설명해줘. 왜 그런 짓을 한 거야? 그렇게나 재능이 있는데 야구 인생을 한 방에 날려버리는 짓을."

그러자 다케치는 잠시 입을 다물고 다시 가만히 먼 산을 바라봤습니다.

"너의 재능은 너만의 것이 아니었는데, 너무하다고."

"아버지가 돌아가셨어."

그가 갑자기 입을 열었습니다.

"응, 그렇다고 들었어."

제가 말했습니다.

"어머니는 충격으로 지금 병원에 입원하셨어. 아마도 오래 버티지 못하실 거야. 집은 이미 빼앗겼어."

"응, 정말 가슴 아픈 일이야."

"아버지는 유서에서 나에게 사과했어. 사과하고 또 사과하고……. 편지지 열 장 분량 내내 사과하고 있었어."

다케치의 얼굴을 보고 저는 할 말을 잃었습니다. 제가 겪은 일이 떠올랐기 때문입니다. 다케치도 그랬구나, 하고 생각했습니다.

"가슴이 아파서 도저히 읽을 수 없었어. 나는 아버지에게 큰 신세를 졌으니까."

그래, 나도 마찬가지야, 이런 동병상련이 우리를 알게 모르게 가까워지게 만들었던 걸까? 하고 생각했습니다.

"내 아버지는 왜 돌아가신 거라고 생각해?"

다케치는 고개를 돌려 제 얼굴을 바라보았습니다. 질문을 듣고 저는 잠시 생각했습니다.

"너와 관련된 소동과 회사의 도산으로……."

그렇게 모두가 이야기하는 내용을 말해보았습니다.

"그렇지 않아."

다케치는 나의 말을 가로막으며 말했습니다.

"아니, 물론 그것도 있지만 주된 이유는 그게 아니야. 도토쿠론 때문이야."

"뭐라고?"

저는 무심결에 큰 소리로 말했습니다. 다케치가 의아하다는 듯 쳐다보아서 저는 아버지가 돌아가신 이유를 설명했습니다.

"그랬구나."

다케치는 그렇게 말하며 고개를 끄덕였습니다.

"우리는 같은 처지였구나."

저 역시 이 같은 우연의 일치에 깜짝 놀랐습니다.

다케치가 말했습니다.

"아버지는 도토쿠론을 상대로 계속 재판을 하고 있었어. 초과지급반환청구 소송. 네 아버지도 그랬어?"

저는 고개를 저었습니다.

"그건 몰라. 어릴 적 일이라서."

"그래. 하지만 판사가 아주 지독해서 전혀 참작하지 않았어."

"초과지급이라니…… 그게 뭐야?"

"아버지의 경우 회사의 자금 상황이 나빠지자 은행이 갑자기 융자금을 조기 상환하라는 요구를 해왔어. 나도 남아 있던 계약금을 보탰지만 그걸로는 모자라 어쩔 수 없이 도토쿠론에서 돈을 빌렸지. 그런데 빌린 돈의 이자가 40퍼센트라서 순식간에 불어나더니 4억 엔 가까이 되었어. 예정된 거래도 잘되지 않고, 은행은 아무리 부탁해도 도무지 융자를 해주지 않았어. 세상 일이 안 풀리기 시작하면 그렇게 꼬이는 법이지. 불황이니까 은행은 쉽사리 대출해주지 않고 비정하게 자금 회수를 하지. 피도 눈물도 없는 지독한 놈들이야."

저는 잘 이해할 수 없는 세계였습니다.

"아버지 회사처럼 성실하고 정직하게 일하는 회사에는 가차 없이 자금 회수를 하고 융자는 거부하지. 그러면 은행은 어디에 돈을 빌려줄 거라고 생각해? 바로 도토쿠론이라고. 회사라고도 할 수 없는 그 악덕 고리대금업자 놈들에게. 그런 도토쿠론에는 꾸준히 거액을 융자해주고 있어. 미친 거지. 요즘에는 은행 자체가 아주 필사적이야. 불황의 여파로 도산할 위기에 놓여 있는 은행들은 찬밥 더운밥 가리며 체면 차릴 때가 아니지. 덕분에 이 악덕 고리대금업자는 쭉쭉 성장해서 지금은 번듯한 상장기업이 되었어. 이런 말도 안 되는 일이 어디 있냐고!"

"내 아버지도 자주 그런 말씀을 하셨다고 어머니에게 들은 적이 있어."

"네 아버지도 회사를?"

다케치가 물었습니다.

"아니, 내 아버지의 경우에는 단순히 보증을 잘못 서서……."

"그거라면 근보증 계약이 날조된 게 아닐까?"

"응, 뭔가 비슷한 이야기를 어머니가 했었어."

"도토쿠론은 자주 그런 짓을 해. 얼마로 불어나 있었어?"

"4백60만 엔."

"그렇다면 아마도 5백만 엔이 한도인 근보증 계약에 서명했다고 사기를 친 거겠지."

"으음, 그런 걸까?"

"응. 그런 일로 지금 많은 사람들이 재판을 통해 도토쿠론과 싸우고 있어. 전부 지고 있지만. 채무자에게 대출거래약정서란 서류에 서명날인을 하게 하는데, 응접실로 불러들여서는 재촉하면서 열 몇 장이나 되는 서류에 계속 서명하도록 만들어. 그 사이에 근보증 계약이 설명된 문장이 섞여 있어도 대부분 못 보고 지나치게 돼. 그렇다기보다, 그 회사 사원들은 채무자가 못 보고 넘어가도록 일부러 그런 수를 쓰는 거지."

"흐음."

"재판을 걸면 곤란합니다, 이 서류에는 근보증이란 단어 뜻까지 이렇게 자세하게 설명되어 있지 않습니까, 라고 둘러대는 것이 도토쿠론 측의 전형적 수법이야. 이것에 판사는 백이면 백, 반드시 속아 넘어가."

"그런 거야?"

"그래. 서로 서류 처리의 전문가라는 우월감을 자극하는 거야. 아마추어는 이래서 못 쓴다, 하는 암묵적 연대감이지. 그러면 판사는 반드시 도토쿠론의 손을 들어주게 돼. 서명날인하게 할 때 상대에게 '근보증이란 보증액의 범위에서 채무를 보증하는 것이다'라는 문장 한 줄을 못 보고 넘어가게 만드는 거야. 그리고 이 숫자는 편의상 적혀 있는 것이니까 전혀 걱정할 것 없다고 말하며 5백만 엔이라고 적혀 있는 서류에 서명과 도장을 찍게 하지. 그렇게 하면 판사는 서명날인한 채무자가 잘못한 거라고 생각하게 돼. 그런 뒤 갑자기 4백 몇십만 엔이라는 금액을 연대보증인에게 청구하지. 게다가 이 계약은 사전에 전화로 확인했으며 당사자에게 팩스도 보내 확인했다고 법정에서 말하면서 날조한 팩스 송부 용지를 증거물로 제출하는 거야. 실제로 그런 팩스는 보낸 적이 없는데도 말이야."

"정말 악랄한 놈들이군."

"정말 악랄한 놈들이지. 게다가 회사 내부에서 확인 전화 기록까지 날조해. 실제로는 건 적도 없으면서. 법원은 서류 지상주의니까 아마추어는 서류를 잘 모른다는 시나리오를 강조해둔 다음에 이 날조된 증거들을 보여주면 판사의 우월감을 자극하는 효과도 있어서 100퍼센트 이길 수 있어. 이제까지 재판에서 도토쿠론의 승률은 100퍼센트야. 이건 앞으로도 변하지 않을 거야. 판사는 도토쿠론은 상장기업이라는 신뢰감을 가지고 있어."

"판사는 다들 그런가?"

"다들 그래."

"넌 대학에서 경제학과 나왔어?"

제가 물었습니다. 저는 전혀 모르던 지식이었기 때문입니다. 그러자 다케치는 조금 놀란 듯한 얼굴을 하고 말했습니다.

"어? 응. 경영학과였어. 강의는 별로 듣지 않았지만."

"흐음."

역시 대학을 나오면 다르긴 다른 건가, 하고 저는 생각했습니다.

"그럼 네 아버지도 연대보증 때문에?"

제가 물었습니다.

다케치는 고개를 좌우로 저었습니다.

"내 아버지의 경우는 좀 달라. 연대보증이 아니라 아버지가 직접 빌렸어. 은행에서 버림받았으니 고리대금업자라는 걸 알면서도 도토쿠론에 갈 수밖에 없었지. 아버지는 일단 그 회사의 나쁜 소문을 알고 있었기 때문에 돈을 빌릴 때 사유사항확인서를 꼼꼼히 봤다고 했어. 그런데 나중에 보니 이 서류에는 '변제에 관해서는 이자제한법의 적용을 주장하지 않을 것을 확인했습니다'라는 한 줄이 조그맣게 들어가 있었어."

"이자제한법이라니?"

"돈을 빌릴 때 원금이 1백만 엔 이상일 경우에는 이자를 최대 15퍼센트로 제한한다는 법률이야. 뭐, 앞으로 이 숫자가 바뀔지도 모르겠지만 지금은 그래. 하지만 도토쿠론은 이자를 40퍼센트로 잡고 있어. 명백한 위법이지만 이 한 문장만 있으면 알면서도 빌렸다는 이야기가 되어버려."

"역시 못 보고 넘어간 건가?"

"그런데 그렇지 않아. 아버지는 그런 문장은 절대 없었다고 주장했어. 서류가 날조되어 있다고 했어. 하지만 법원은 번듯한 상장기업이 그런 서류 날조를 할 이유가 없다고 판단하고 아버지가 낸 소송을 간단히 패소 처리해버렸어."

"잔인하군."

"이자제한법 운운하는 한 줄은 서명날인이 된 뒤에 인쇄한 모양이야."

"뭐라고!"

"날조의 극치지. 그것뿐만이 아니야. 이 나라는 도토쿠론의 호소를 받아들여 지금 국회에서는 제때 못 갚는 대출금의 벌칙 금리 상한선을 15퍼센트에서 30퍼센트로 늘리도록 심의하고 있어. 나라가 이런 짓을 하고 있다고. 정말 나라꼴이 말이 아닌 거지."

"으음……."

"게다가 아버지의 경우에는 아버지가 이자수취증서라는 것을 받았다고 도토쿠론 측은 주장하고 있어. 그리고 사내 증인을 내세우고 이 서류의 복사본을 법정에 증거로 제출했어."

"이자수취증서라니?"

"아버지가 지불한 이자를 확실히 받았다는, 도토쿠론 측의 수취증서야. 채무자가 대부회사로부터 이 증서를 받으면 법적으로 '채무자가 이 이자율을 인정했다'라고 보거든."

"흐음."

"하지만 아버지는 이 이자수취증서도 결코 받은 적이 없다고 말했어. 도토쿠론 측에 있는 이 서류도 날조된 것이라고 주장했고. 그러나 판사는 이것도 전혀 인정하지 않아. 도토쿠론의 수법에 완전히 속아 넘어가서 이 모든 것은 변제할 능력이 없는 채무자의 빤히 보이는 연극이라고 보고 매번 간단히 도토쿠론의 손을 들어주는 거야."

"허어, 그렇구나."

"그래서 아버지가 소송 건 것과 같은 초과지급반환청구 소송에서 도토쿠론의 승률은 이제까지 100퍼센트였어."

"으음."

"도토쿠론은 사원들에게 법정에서 당당하게 거짓말을 하고 와라, 상대의 눈을 빤히 응시하며 거짓말을 해라, 라고 교육하고 있고, 사원들에게 실제로 연기 지도까지 하고 있는 모양이야."

"그거 참……."

"악을 알고 악을 행하라, 라는 것이 도토쿠론이란 회사의 분위기야."

"그게 정말이야? 그거 참 몹쓸 회사네."

"하지만 뭐라고 해야 할까……. 다들 너무해. 판사도 너무하고. 아버지의 변호사에 따르면 판사도 어렴풋이 이 사실을 깨닫고 있다는 거지."

"어? 그런 거야?"

"형사가 나를 전화번호부로 때린 적이 있어. 내가 변호사에게 폭행을 호소했더니 그 형사는 폭행은 일절 없었다, 의심되면 내 눈을 봐라, 이게 거짓말하는 눈이냐! 라고 당당히 지껄였어. 그리고 어디 증거라도 있으면 대보라는 소리도 하더라고. 전화번호부로 때리면 흔적이 남지 않아. 그놈들은 그런 걸 정말 잘 알고 있어. 그래, 어디나 다 같은 바닥이야. 도토쿠론과 완전히 똑같아. 이 사회는 거짓말로 덩어리져 있어."

다케치는 지긋지긋하다는 듯이 말했습니다.

"재판에서 진 아버지는 본인 앞으로 생명보험을 들고 자살하는 것 외에는 달리 방법이 없는 상황으로 내몰리고 말았어. 법원이 죽인 것이나 다를 바 없어."

"자살해도 보험금이 나오는 거야?"

"외국에서 죽은 경우에는 나와. 그런 생명보험이 있어."

"그래서 외국에서?"

"응. 하지만 설령 아버지가 자살해서 생명보험금이 나온다고 해도 1억 몇천만 엔 정도가 모자라. 하지만 내가 헛스윙만 한 번 하면 아버지의 남은 빚을 Y연합이 전부 갚아주기로 약속이 되어 있었어.”

“아하…….”

저는 그렇게 중얼거렸습니다. 그런 것이었구나, 하고 간신히 알아차렸던 것입니다.

“그렇지만 어째서 도토쿠론 같은 그런 악덕 고리대금업자를 상장시키는 거냐고. 어째서 은행에 그렇게 피도 눈물도 없는 자금 회수나 대출 거부를 허락하는 거냐고. 이자제한법이란 나라의 법이 엄연히 있는데 이걸 태연히 무너뜨리는 상법을 나라가 왜 용인하고, 왜 재판에서 이기게 만드는 거냐고.”

저는 천천히 고개를 끄덕였습니다. 그럴지도 모르겠다고 생각했던 것입니다.

“그렇지만 누군가의 탓으로 돌리고 싶진 않아. 아버지처럼 나라 탓이라고 말하고 싶지도 않고. 하지만 나는 이미 그 일을 할 수밖에 없는 상황에까지 내몰려 있었어. 이미 그것 말고는 아버지를 구할 수 있는 방법이 없었어. 내가 한 번 헛스윙을 하면 그 증오스러운 도토쿠론과 영원히 손을 끊을 수 있어. 이건 어쩔 수 없는 선택이었어.”

다케치는 고개를 숙이고 한숨을 내쉬었습니다. 그리고 마지막에 이렇게 말했습니다.

“나는 세상에 변명 같은 걸 할 생각은 없어. 하지만 언젠가 도토쿠론에 복수할 거야. 내부에 협력해주는 사람도 생겼으니까."

그런 뒤에 다케치는 고개를 들고 저를 쳐다보았습니다.

"너는 내 친구였어. 그리고 내 배팅을 진심으로 인정해줬어. 나를 지지해주기도 했고. 너만큼은 진실을 알아주기를 원했어."

다케치가 마지막으로 그렇게 말했습니다.

10

하마마쓰로 짐을 부치고 구단 사무소에 가서 몇 사람에겐가 퇴단 인사를 했습니다. 그 뒤에 다시 기숙사로 돌아왔는데, 그날 저녁에는 맥주가 평소보다 많이 나와서 퇴단하는 저를 위한 작은 송별회가 열렸습니다. 모두 건배하고 아쿠네가 두세 송이의 꽃을 엮은 꽃다발을 주었는데, 이것은 아쿠네가 재치 있게 식당의 꽃병에 있던 꽃을 빼내서 만든 것이었습니다.

"어이, 그거 가지고 가지 마. 나중에 다시 꽃병에 잘 꽂아놓으라고."

핫토리 감독이 그렇게 말해서 모두 웃음을 터뜨렸습니다. 뭔가 한마디 인사를 하라기에 "2년간 많은 신세를 졌습니다. 이 팀 그리고 여러분을 앞으로도 잊지 않겠습니다"라고 말하고 앉으려고 했더니 그것뿐이냐며 다들 투덜거려 다시 일어섰습니다.

"저는 실력이 부족했지만 후회는 하지 않습니다. 다른 분들은 열심히 노력해서 저 대신 1군에 올라갔으면 좋겠습니다."

그렇게 말했더니 이번에는 모두 분위기가 가라앉아서 "그건 그렇고, 하마마쓰에 한 번 놀러 오세요!"라고 말했습니다. 그랬더니 다들 장어를 먹으러 가겠다는 둥, 어쩌겠다는 둥 하며 시끌벅적해졌습니다.

후회는 하지 않습니다. 이 말은 사실입니다. 어쨌든 오랫동안 동경하던 프로 구단에 들어갈 수 있었으니까요. 하지만 사실 저의 마음은 후련하지 않았습니다. 저는 괜찮습니다. 실력이 이 정도밖에 안 되니까요. 하지만 대신 다케치를 남기고 싶다고 생각했습니다. 그랬다면 팀에 조금이나마 공헌했다고 위안 삼을 수 있으니까요. 하지만 다케치가 사라진 지금 저에게는 무엇 하나 남길 것이 없습니다. 2년간 저는 이곳에 있든 없든 상관없는 공기 같은 인간이었습니다. 저란 존재는 매리너스에 가치도, 의미도 없었구나 하고 낙담했습니다. 저 자신에게도 별다른 이득은 없었습니다. 팀에 기여도 못했을 뿐만 아니라 명예도 못 얻고 돈도 전혀 못 모았습니다. 냉정히 말하자면 그냥 K악기의 사원이라는 직업을 잃었을 뿐입니다.

그렇지만 이 2군 팀의 모든 이는 정말로 기분 좋은, 즐거운 사람들이었습니다. 이곳을 떠나며 언젠가 저를 대신해 1군에 올라가고 매리너스를 위해 활약해줬으면 좋겠다고 진심으로 생각했습니다. 저는 그것을 기다리고 있을 것입니다, 언제까지나.

"야구는 이제 관두는 거야?"

한 사람이 물었습니다. 저는 웃고서 고개를 한 번 끄덕였습니다.

"앞으로도 열심히 살아."

그러자 다른 사람이 말했습니다.

"이젠 얻어맞지 마!"

또 누군가가 그렇게 말해서 다시 폭소가 터졌습니다.

그때 식당 구석에 있던 텔레비전에서 나오던 뉴스에 문득 눈길이 머물렀습니다. '도토쿠론'이라는 글자가 떠올라 있었기 때문입니다. 아주 짧은 뉴스였고 식당 안이 시끌벅적해서 정확한 내용은 알 수 없었습니다만, 처음으로 도토쿠론에 패소 판결을 내렸다는 뉴스였습니다. 도토쿠론 측은 판결에 불복하고 곧바로 항소하기로 결정했다는 이야기도 하고 있었습니다. 모두 야단법석을 떠는 가운데 요코하마 매리너스 2군 생활의 마지막 밤이 끝났습니다.

다음 날 아침 식사 후에 텔레비전을 보고 있는데 뉴스가 시작되더니 유괴 사건과 한 남성의 빌딩 점거 소식에 이어 도토쿠론 관련 뉴스가 나왔습니다. 도토쿠론 사장의 자택을 검찰이 압수수색했다는 내용이었습니다. 그리고 그의 대저택에서 상자에 들어 있는 서류 뭉치를 운반해서 승합차에 싣는 남자들의 모습이 찍혀 있었습니다.

이어서 나이 든 남성이 화면에 비치더니 검찰의 조사는 너무 늦었다고 생각한다고 이야기했습니다. 이제부터 구제할 수 있는 사람이 어느 정도나 될지는 알 수 없지만, 이미 무수한 희생자가 나왔으며 이 사람들은 법정투쟁에서 패했으므로 그들이 지게 된 부당한 채무는 법에 의해 확정되어버린 꼴이 되고 말았다, 도토쿠론 측이 스스로 채무를 포기하지 않는 한 그들의 괴로움은 영원히 이어질 것이다, 라는 요지의 말을 했습니다. 그 화면 아래쪽에는 '피해자 모임 대표'라는 하얀 글자가 떠올라 있었습니다.

그리고 다른 뉴스가 몇 개 더 이어지고, 마지막에는 일기예보가 나오면서 오늘은 오후부터 비가 올 확률이 높다는 이야기를 아나운서가 했습니다.

마지막 아침 식사를 마친 뒤 저는 식당 아주머니들에게 잘 먹었다고 말하고 작별 인사를 했습니다. 그리고 그 자리에 있던 동료 선수들, 후배 선수들과도 악수를 하고 기숙사를 뒤로했습니다. 짐은 전부 배송해서 빈손이었습니다.

매리너스 2군의 바람막이점퍼를 스웨터 위에 걸치고 오랜만에 가죽구두를 신고서 밖으로 나왔습니다. 찌푸린 날씨에 바람도 조금 불어서 바깥은 꽤 쌀쌀했습니다. 확실히 비가 올 듯한 날씨입니다.

2군에 지급된 이 바람막이점퍼는 수수한 감색에 요코하마라는 글자도, 매리너스란 글자도, 등번호도 없습니다. 그냥 '파이어리츠'라는 글자가 작게 박혀 있을 뿐입니다. 파이어리츠는 2군의 명칭입니다. 옷을 사입을 돈이 없어서 입을 거라곤 이것밖에 없었습니다. 그렇지만 이것은 바람을 잘 막아줘서 마음에 들었고 수수해서 평상복으로 입어도 괜찮습니다. 1군 물건이었다면 디자인이 세상에 알려져 있으므로 평상복으로 입을 수 없겠지요.

2년간 신세를 졌던 기숙사를 돌아보고 가볍게 고개를 숙인 뒤 저는 등을 돌렸습니다. 아직 이른 시간이라 바로 신칸센 역으로 가기에는 좀 뭣해서 잠시 주위를 걷자고 생각했습니다. 그랬더니 발길이 자연스럽게 다마가와의 2군 운동장으로 향하고 말았습니다. 이제까지 기숙사에서 나오면 매일 그쪽으로 갔기 때문입니다. 저도 모르는 사이에 몸이 기억해서 습관이 되어 있었던 것입니다.

2년간 땀 흘렸던 운동장은 인적이라곤 없었습니다. 오프 시즌이라 고향에 돌아간 사람도 있겠습니다만, 남아서 운동하는 이들도 지금은 어딘가 다른 곳에서 훈련하고 있는 것이겠지요. 그리고 얼마 안 있으면 이곳에 올 것입니다.

마운드에 올라가보았습니다. 홈플레이트 너머에는 아무도 없었습니다. 흙에 반쯤 묻혀 있는 하얀 플레이트를 발끝으로 파내서 밟아보니 K악기 시절의 포수였던 이토, 이곳에 와서 알게 된 야다베 그리고 젊은 아쿠네의 얼굴이 떠올랐습니다.

K악기 시절부터 저는 강속구 투수가 아니었습니다. 그래서 스피드건으로 속도를 잴 때 140킬로미터를 넘은 적은 거의 없었습니다. 그렇지만 저는 컨트롤만큼은 절대적으로 자신이 있었습니다. 지금도 마찬가지입니다. 포수들이 어디에 미트를 대더라도 혹은 전혀 움직이지 않더라도 정확하게 그 위치에 던질 수 있습니다. 필요하다면 140킬로미터도 내보일 수 있습니다. 왜냐하면 이제는 공 하나로 어깨가 망가지더라도 상관없으니까요.

하지만 두 번 다시 던질 일은 없겠지요. 20여 년간의 야구 인생을, 저는 이미 완전히 끝냈으니까요.

그 순간 "앗!" 하고 깨달았습니다. 제가 최후의 일구라고 생각했던 포크볼, 그것을 멋지게 홈런으로 쳐낸 다케치. 그때 그의 멋진 스윙 역시 다케치 최후의 스윙이었음을 깨달은 것입니다. 그것으로 배팅을 마친 다케치는 이곳을 떠난 뒤 이세자키 경찰서에 체포되었던 것입니다.

오히려 저는 하마마쓰의 K악기에 놀러 가면 연습 경기 정도는 나가볼 수 있을지도 모릅니다. 그러나 지금의 다케치에게는 그것도 허락되지 않습니다. 글자 그대로 그것이 그의 마지막 스윙이 되었습니다.

저는 몸을 돌려서 외야를 보았습니다. 이쪽저쪽에 잔디가 벗겨진 조잡한 외야, 그 너머에 낮은 철망이 있습니다. 그 가운데 부근, 관목과 잡초가 약간 우거진 곳에 다케치가 친 공이 떨어져 있을 것입니다.

공이 낙하하고 수풀 속으로 사라진 곳, 맞은 충격이 커서 그 순간을 저는 똑똑히 기억하고 있습니다. 공이 사라진 그 장소가 뇌리에 또렷하게 새겨져 있습니다. 마운드를 내려와서 저는 그곳을 향해 걷기 시작했습니다.

내야를 일직선으로 가로지르고 외야도 지나 철망 앞까지 갔습니다. 그곳에서 자세를 낮춰 관목 아래, 수풀 안을 들여다보았습니다만 공은 보이지 않았습니다. 그래서 낮은 철망을 타고 넘어 수풀 안으로 들어가서 잠시 공을 찾았습니다.

그리고 별로 고생하지 않고 공을 찾을 수 있었습니다. 손에 들고 보니 그것은 별로 더러워지지도 않았고 왠지 낯이 익었습니다.

2군이 사용하는 공은 대부분 흙으로 더러워져 있습니다만, 그날은 1군의 4번 타자가 오기 때문에 몇 개인가 새 공을 썼던 것입니다. 이것도 그중 하나였습니다. 그래서 새것입니다. 이 공이 틀림없었습니다.

검지와 중지 사이에 '꾹' 하고 공을 끼워보았습니다. 그 뒤에 커브그립, 슬라이더그립 등 각각의 감촉을 확인했습니다. 틀림없습니다. 그때의 공입니다.

저에게 최후의 일구 그리고 다케치에게도 최후의 일구. 저는 이것을 바람막이점퍼 주머니에 넣고 매리너스 2군 운동장을 뒤로했습니다.

전철로 유라쿠초까지 가서 큰길로 나오자 구름이 걷히고 햇살이 비치기 시작했습니다. 바람도 멎고 기온도 올라갔습니다. 의외였습니다. 아무래도 일기예보는 빗나간 듯했습니다.

유라쿠초에 간 것은 그곳에 K악기의 도쿄 지사가 있기 때문이었습니다. 이곳에 하마마쓰 시절의 상사였던 야노 씨가 근무하고 있을 것입니다. 신칸센은 도쿄 역에서 타기로 하고, 타기 전에 그에게 한마디 인사라도 할까 생각했습니다. 야노 씨가 마음만 있다면 혹시 복직의 길을 열어줄지도 모릅니다. 그런 뻔뻔스러운 기대도 약간 했습니다.

K악기 도쿄 지점은 유라쿠초 일각의 낡고 큰 빌딩 1층과 2층에 입주해 있는데, 이곳은 쇼룸도 겸하고 있었습니다. 각종 악기는 큰길에 접한 커다란 유리창 너머에 진열되어 있었습니다.

현관의 오래된 유리문을 밀고 들어가자 상당히 넓은 로비 중앙에 전시대가 있고 그 위에 K악기가 만든 그랜드피아노가 한 대 놓여 있었습니다. 주위에는 소파도 있었습니다. 이곳에서는 가끔씩 피아노 콘서트도 열린다고 합니다. 그러나 K악기의 공간은 오른편 절반뿐이고 왼편에는 유명 슈퍼마켓이 들어서 있었습니다. 이 로비는 두 곳이 공동으로 사용하고 있습니다. 슈퍼마켓에 드나드는 손님이 많으므로 로비는 사람들로 넘쳐나고 있었습니다.

오른편의 K악기 측 구석에는 K악기가 경영하는 임대 스튜디오가 있고, 2층은 사무소로 쓰고 있었습니다. 안내데스크에 제 이름과 면회 상대의 이름, 직책을 말하자 소파에 앉아서 기다리라고 했습니다. 꽤 오랜 시간이 지난 뒤에야 2층에 올라가라는 말을 들었습니다.

야노 씨는 아주 바빠 보여서 업무를 보고 있는 책상 옆에서 단 5분간 이야기를 나눌 수 있었습니다. 하마마쓰 시절에 느꼈던 동료애는 온데간데없고 "나도 내년에는 하마마쓰로 돌아갈 거야. 너도 앞으로 고향에서 일자리를 찾아봐. 네가 선택한 길이잖아"라고 형식적인 대화를 건넸습니다.

딱히 기대한 것은 아닙니다만, 복직은 역시 어렵겠다는 느낌이 들었습니다. 야노 씨도 저에게 그런 이야기를 듣는 것을 경계하는 듯한 눈치였고, 그것 때문에 바쁜 척했는지도 모릅니다. 정확히 말하자면 경솔하게 프로에 도전한 것을 반성하게 만들고 싶어서, 주위의 사원에게 본보기 효과를 노려서 저를 오랫동안 기다리게 했고 이어서 책상 옆에 계속 세워두고 가볍게 대하는 모습을 보였는지도 모릅니다. 회사 안에서 오랫동안 묵묵히 조직에 맞추는 것을 강요받고 있는 야노 씨 본인의 불쾌감이 작용했는지도 모릅니다.

그러나 생각해보면 당연한 일입니다. 간단히 복직을 허락하면 그것이 선례가 되고, 혹시나 나중에 야구부를 부활시킬 때 프로에 도전했다가 실패한 사람들이 너도나도 복직을 요구할지도 모릅니다. 그래서는 다른 사원들에게 위화감을 조성할 터이니 이러한 태도는 당연한 것이겠지요. 저는 앞으로의 생활이 쉽지 않으리라는 것을 새삼 통감하게 되었습니다.

엘리베이터를 타고 1층으로 내려와서 어슬렁어슬렁 그랜드피아노 앞으로 돌아왔습니다. 이 피아노는 하마마쓰의 본사 로비에도 있는 모델이라 낯이 익습니다. 그러나 이것도 더 이상 가까이에서 볼 일은 없을 듯했습니다. 어머니는 피아노를 약간 칠 수 있다고 합니다만, 앞으로 평생 업라이트피아노라도 들여놓을 만한 넓은 집에 살 일은 없겠지요.

피아노를 바라보면서 천천히 주위를 한 바퀴 돌았습니다. 그러고 나서 신칸센 역으로 갈 참이었습니다. 그때였습니다.

“어이, 멈춰!”

이상할 정도로 커다란 목소리와 함께 누군가가 로비 바닥에 세차게 넘어지는 소리가 났습니다. 여자들의 찢어지는 듯한 비명이 여기저기서 들렸습니다. 다투는 소리, 거친 숨소리, 옷이 마찰하는 소리, 뭔가가 찢어지는 파열음이 났습니다.

"기다려, 야, 인마!"

다시 고함 소리. 피아노 뒤편에서 황급히 나와 보니 바닥에 쓰러져 있던 남자가 세 남자의 손을 잽싸게 피하며 필사적으로 일어나서 도망치고 있었습니다. 세 사람도 뒤따라 쫓고 있었습니다. 추격하는 남자들은 힘이 세 보였지만 덩치가 작고, 도망치는 남자 쪽은 그들보다도 훨씬 장신이었습니다.

도망치는 남자는 움직임이 기민해서 세 사람이라도 감당하기 힘들어 보였습니다. 그러나 그는 등에 뭔가를 메고 있었고 이것을 놓치지 않으려고 하는 탓에 한 남자에게 뒤쪽에서 붙들렸습니다.

"얌전히 있어, 이 자식!"

그렇게 붙잡으려고 안간힘을 쓰던 남자는 짜증스럽게 외쳤습니다.

"이거 놔!"

장신의 남자가 외쳤습니다.

그 사이에 두 사람이 쫓아와서 달려들고, 다시 네 사람은 큰 소리를 내며 바닥에 나뒹굴었습니다.

그러나 장신의 남자는 체력도 있었고 도주하려는 의지도 강했습니다. 위에 올라탄 사람을 걷어차고, 다른 한 사람은 밀쳐냈습니다. 일어섰을 때 달려든 나머지 한 사람은 다리후리기로 바닥에 넘어뜨렸습니다.

어느 누가 봐도 장신의 남자는 보통내기가 아니어서 저는 폭력단 간의 다툼인가, 하고 생각했습니다. 아니면 장신의 남자는 강도범이나 도주 중인 살인범이고 세 사람은 형사인가, 하는 생각도 했습니다. 보통 사람이라면 이렇게까지 심하게 날뛰지 않습니다. 그 남자는 체력도 강인했습니다만, 그의 태도에서 목숨을 건 듯한 결의가 넘쳐서 의지가 보통이 아니라는 것을 금세 알아차릴 수 있었습니다. 몸 쓰는 일을 하고 있노라면 남자의 폭발적인 근육이 말하는 결의를 읽을 수 있습니다. 붙잡히면 죽는다고 생각하지 않는 이상 인간은 이렇게까지 필사적이 되지 않습니다.

그렇다면 저 남자는 도망칠 수 있을 거라고 예상할 수 있었습니다. 세 남자도 유도나 뭔가 다른 격투기를 익힌 듯했습니다만, 체력과 기술은 물론 무엇보다 행동의 결의가 장신의 남자 쪽이 몇 단계 위였습니다. 그러나 그 남자는 어떻게든 가방을 놓치지 않으려 해서 그것 때문에 세 사람에게 달려들 기회를 몇 번이나 주고 있었습니다.

그 남자는 다가온 한 사람을 다시 한 번 걷어찬 뒤 제가 서 있는 방향으로 가방을 끌어안고 달려왔습니다. 그때 다른 남자가 태클을 걸어서 두 사람은 제 앞으로 세차게 나동그라졌습니다. 그 남자의 손에서 가방이 떨어지며 제 발치까지 쭉 미끄러져왔습니다. 저는 그것을 발끝으로 밟아서 멈추게 했습니다.

가방은 가늘고 긴, 낯익은 물건이었습니다. 골프 가방처럼 보이기도 했지만 훨씬 길쭉했습니다. 그리고 바닥에는 8이라는 숫자가 적혀 있었습니다.

배트 가방이다, 하고 저는 깨달았습니다. 그리고 이 8이라는 숫자는……! 저는 고개를 돌려 바닥에 깔린 남자를 보았습니다. 나머지 두 사람도 합세해서 그를 억누르고 있었습니다. 그러고 나서 두 사람은 등을 밟고 두 팔을 등 뒤로 꺾어서 곧바로 수갑을 채웠습니다.

그리고 한 사람이 그의 머리카락을 움켜쥐고 고개를 들게 했습니다. 그의 일그러진 입가에서 큰 외침이 울려 퍼졌습니다.

"젠장!"

저는 망연히 그 자리에 서 있었습니다. 영문을 알 수 없었기 때문입니다. 이건 대체 어떻게 된 일이지? 왜 이런 일이 일어났지?

장신의 남자는 끼고 있던 안경이 코까지 흘러내리고 표정은 완전히 일그러져 있었습니다. 이어서 두 남자의 손에 얼굴이 바닥에 짓눌려서 신음 소리를 냈습니다. 저는 그 순간, 고통에 일그러진 그의 표정을 또렷하게 보았습니다.

"다케치……."

저 자신도 모르게 말했습니다. 어째서 이런 곳에 다케치가 있는 거지? 형사로 보이는 한 사람이 사납게 일어서서는 제가 있는 곳까지 달려와서 발치의 가방을 들고 거칠게 지퍼를 열었습니다. 그러자 배트가 아닌 낯선, 가늘고 검은 금속 대롱 같은 것이 보였습니다.

"엽총이군, 좋았어!"

그는 굵은 목소리로 말했습니다. 그리고 지퍼를 닫고서 "일으켜 세워!"라고 동료들에게 명령했습니다.

두 남자는 양쪽 겨드랑이를 잡고 들어 올리듯 다케치를 일으켜 세웠습니다.

"젠장!"

다케치는 그렇게 다시 외쳤습니다. 억지로 일으켜 세워진 그는 참으로 비참한 모습이었습니다.

"다케치!"

다시 한 번 저는 크게 외쳤습니다. 그러자 다케치가 제 목소리를 알아듣고 고개를 들어 저를 쳐다보았습니다. 그 얼굴은 완전히 눈물에 젖어 있었습니다. 그리고 믿을 수 없다는 듯한 표정을 지었습니다. 그는 그때 처음으로 저를 알아봤던 것입니다.

"다케타니!"

그가 큰 소리로 외쳤습니다.

"어떻게 된 거야? 대체 무슨 일이야?"

제가 외쳤습니다.

"다케타니, 쏴줘!"

그는 의미를 알 수 없는 말을 했습니다. 저는 다시 할 말을 잃었습니다. 의미를 이해할 수 없었기 때문입니다. 쏴? 쏘라니? 무엇을? 뭘로?

"카빈을!"

이어서 그가 외쳤습니다. 확실히 그렇게 외쳤습니다. 그러나 저는 더욱 어리둥절할 뿐이었습니다.

"뭘 말이야? 카빈? 다케치, 무슨 소리야?"

저도 외쳤습니다.

"너의 힘을 보여줘!"

남자들에게 비참하게 머리를 짓눌리면서도 다케치는 목이 터져라 외쳤습니다. 그 목소리는 저의 온몸을 채찍질했고 저는 경직되어서 움직일 수 없었습니다.

나의 힘? 무슨 이야기지? 저는 영문을 알 수 없었습니다. 지금 자기를 구하라고 말하는 건가? 누군가와 착각을 하고 있는 건 아닐까? 나라고, 아무 힘도 없는, 2군의, 말 그대로 모가지 잘린 나라고.

배트 가방을 안은 남자가 경찰수첩을 내 코앞에 들이댔습니다. 그리고 "당신은?"이라고 위협적인 목소리로 물었습니다. 그의 머리카락은 심하게 헝클어진 데다 귀신처럼 험악한 표정은 영락없는 폭력단원으로 보였습니다.

"요코하마 매리너스 2군에 있던 사람입니다."

제가 대답했습니다. 그러자 그는 등 뒤에 있던 동료를 향해 이렇게 거만하게 외쳤습니다.

"이 녀석, 팀 동료야. 동행시킬까?"

"그 녀석은 관계없어!"

다케치가 외쳤습니다. 그리고 필사적인 표정으로 저를 보더니 자꾸만 천장을 올려다보았습니다. 그리고 시선을 내렸다가 다시 천장을 올려다보는 동작을 몇 번이나 반복했습니다. 다케치는 저에게 뭔가를 전하려 하고 있었습니다. 그래서 저도 천장을 보았습니다. 그러나 거기에는 아무것도 없었습니다. 그가 해 보이는 이

동작의 의미도 저는 전혀 이해할 수 없었습니다.

"됐어, 그 녀석은 됐어. 내버려둬! 관계없다잖아!"

동료 형사가 외쳤습니다. 그리고 두 사람이 달려들어 다케치를 끌고 로비를 가로질러 걷기 시작했습니다. 다케치는 전혀 걸을 생각이 없어서 두 사람에게 질질 끌려갔습니다.

"다케치 씨!"

문득 여자의 목소리가 들렸습니다. 그쪽을 보니 주위에는 수많은 사람들이 모여 있었습니다. 그중 한 사람이 외쳤던 것입니다. 형사들이 앞으로 나가자 사람들은 서둘러 길을 내줬습니다. 좌우로 사람들이 비키며 복도처럼 길이 난 로비를, 다케치는 질질 끌려갔습니다.

여자는 눈에 손수건을 대고 있었습니다. 다케치의 팬이겠죠. 이 인물이 예전에 요코하마 매리너스의 대스타였던 다케치 아케히데라고 깨달은 모양이었습니다.

"다케타니!"

등 뒤를 보이며 끌려가던 다케치가 저를 부르는 소리가 들렸습니다. 그의 목소리에 저는 형사들의 뒤를 쫓아갔습니다.

"다케타니! 울고 있는 사람들을 구해줘! 눈물을 흘리는 수많은 사람들, 나나 네 아버지처럼 막다른 골목에 내몰려서 이제 죽을 수밖에 없는 사람들을! 너라면 할 수 있어, 아니, 너밖에 할 수 없어. 부탁이야, 구해주라고!"

목소리를 짜내며 다케치가 외쳤습니다.

"시끄러워, 이 자식!"

그렇게 말하며 형사가 다케치의 머리를 후려쳤습니다.

"모르겠어, 다케치! 무슨 소린지 모르겠어!"

저도 외쳤습니다. 다케치의 의미 없는 헛소리라고밖에 생각되지 않았습니다. 이것이 뭔가 의미가 있는 일을 요구하고 있는 것일까요?

큰길로 향하는가 싶었는데 형사들은 안내데스크 옆을 지나서 좁은 복도로 들어갔습니다. 아무래도 뒷문으로 향할 생각으로 보였습니다.

다케치의 배트 가방을 안은 남자가 그들을 앞질러가서 미리 문을 열었습니다. 그곳은 뒷길이었습니다. 도로는 큰길만큼 넓지 않았고 검은 차가 세워져 있었습니다.

한 사람은 배트 가방을 조수석에 놓은 뒤 운전석에 올라탔습니다. 다케치를 끌고 온 사람 중 한 명이 먼저 뒷좌석에 들어가고, 다른 한 사람은 다케치의 머리를 누르며 옆으로 밀어 넣었습니다. 고개를 비틀리면서 다케치가 이쪽을 향해 최후의 절규를 했습니다.

"다케타니, 부탁한다!"

그리고 안으로 떠밀려 들어가서 그의 목소리는 흐려졌으며, 다케치의 머리를 밀어 넣었던 한 사람도 따라서 뒷좌석에 올라탄 뒤 문이 닫혔습니다. 검은 차는 달리기 시작했습니다.

수많은 사람들이 만든 벽에 둘러싸서 저는 망연히 그 전부를 지켜보았습니다. 그리고 골목을 돌아 사라져 가는 형사들의 차를 바라보았습니다.

사람들의 벽이 허물어져 갑니다. 모두들 각자의 자리로 돌아가는 것이겠지요. 쇼핑을 하던 주부들은 슈퍼마켓 안으로, 쇼핑을 끝낸 사람들은 각자의 집으로 돌아갑니다.

저는 움직일 기분이 들지 않아서 가만히 그 자리에 서 있었습니다. 주위에 한 사람도 남지 않게 되고, 최후의 한 사람이 되었어도 다케치의 필사적인 외침이 귓가에 어른거려서 그 자리를 떠날 수 없었습니다.

방금 전에 돌풍처럼 이곳을 휩쓸고 지나간 사건의 의미를 전혀 이해할 수 없었던 것입니다.

'대체 무슨 일이었을까? 어째서 다케치가 이곳에 있지? 그리고 다케치는 대체 무슨 말을 한 거지? 다케타니 부탁한다, 라고 말했다. 나에게 뭘 원하고 있었던 거지? 할 수 있다면 응해주고 싶다. 다케치 정도 되는 남자가 저렇게나 자신을 버리고, 체면도 내팽개치고 밑바닥에서 외치고 있었다. 나를 향해, 2군 투수인 나를 향해. 오랫동안 동경해왔던 다케치다. 할 수 있다면 응해주고 싶다. 어떻게든 응해주고 싶다. 그것이 친구로서의, 팀 동료로서의 의무다.'

하지만 아무리 생각해도 도무지 알 수 없었습니다.

'나 같은 녀석에게 대체 뭘 요구한 거지? 다케치는 내가 뭘 할 수 있다고 생각한 거지? 애초에 그건 진심이었을까? 제정신이 아닌 상태에서 한 헛소리는 아닐까? 우연히 그 자리에 있었던 내가 대체 뭘 할 수 있다는 걸까? 미리 약속해두었다면 몰라도. 영문을

알 수 없지 않은가? 도무지 영문을 알 수 없다. 애초에 다케치는 여기서 뭘 하고 있었던 걸까?'

힌트는 몇 가지 있다. 문득 그런 느낌이 들기 시작했습니다. 저는 조금만 더 생각해보기로 마음먹었습니다.

'우선은 총이다. 다케치는 배트 가방에 엽총을 넣어두고 있었다. 그리고 나에게 쏘라고 말했다. 쏘라고, 쏴달라고. 그것은 그 총을 쏘라는 말일 것이다.

그러나 그것은 이미 불가능한 일이다. 총은 형사에게 빼앗겼다. 이제 그 총은 쏠 수 없다. 다케치도 그것은 이해할 것이다. 그러니까 그 말은 제정신이 아닌 다케치의 망상이다.

다케치는 곤경에 처한 사람들을 구해주라고 말했다. 자기 아버지나, 내 아버지처럼 막다른 골목에 내몰려서 이제 죽을 수밖에 없는 사람들을, 눈물 흘리는 사람들을 구해주라고 말했다. 그리고 너밖에 할 수 없다고도 했다.'

나만이 할 수 있는 일 같은 게 이 세상에 있을 리 없다, 라고 저는 생각했습니다. 다케치라면 어떨지 몰라도 이렇게 무력한 저에게, 아무런 힘도 없는, 누구도 필요로 하지 않는, 전혀 쓸모없는 저 같은 사람에게 말입니다.

원래 타려고 생각했던 신칸센 출발 시각이 다가왔습니다. 오늘 저녁에 맛있는 요리를 만들어두겠다고 어머니가 말씀하셨습니다. 저녁 식사 시간에 맞추려면 너무 늦게 신칸센을 타는 것은 좋지 않습니다.

뒤를 돌아보니 조금 전에 나왔던 뒷문이 열려 있었습니다. 닫아야겠다고 생각했습니다. 마지막으로 이 문을 통해 안으로 돌아갔던 사람이, 아직 밖에 한 명이 남아 있다고 생각하고 저를 위해 열어두었던 것이겠지요.

밖에 선 채로 문손잡이를 잡고 천천히 닫았습니다. 다시 그 로비로 나가는 것은 어쩐지 부담스러워서 이대로 뒷길을 지나서 도쿄역으로 향하려고 생각했습니다.

문을 닫고 몸을 돌려서 앞쪽을 향해 시선을 들었을 때였습니다. 저는 "앗!" 하고 소리를 내며 그 자리에 멈춰 섰습니다.

뒷길 하나를 사이에 둔 맞은편 빌딩, 그 벽에는 '도토쿠론'이라고 적힌 간판이 붙어 있었기 때문입니다.

도토쿠론이 이곳에 있었나! 하고 생각했습니다. 그때 그 빌딩 현관문으로 골판지 상자를 운반해 나가는 양복 차림의 남자 몇 사람이 눈에 들어왔습니다. 그들은 왠지 낯이 익었습니다.

아아, 오늘 아침 뉴스에 나왔던 사람들이다, 라고 깨달았습니다. 검찰청 사람들이겠지요. 사장 자택에 이어 본사에도 압수수색하러 나왔던 것입니다. 그들은 약간 떨어진 곳에 세워둔 승합차 안에 골판지 상자를 실었습니다.

빌딩은 이미 노후화된 건물이었습니다. 벽면 전체를 훑어봐도 '도토쿠론' 이외의 간판은 없었습니다. 그렇다는 것은 이 빌딩에 입주한 회사는 도토쿠론 한 곳뿐, 요컨대 도토쿠론의 본사 빌딩이란 이야기겠지요.

극히 부분적이기는 했지만, 이것을 통해 다케치가 왜 그런 행동을 했는지 추측이 갔습니다. 'K악기가 입주한 이 빌딩 뒤편에 도토쿠론 빌딩이 인접해 있다.' 조금 전에 보인 다케치의 행동은 이 사실과 관련이 있음은 분명합니다. 이곳에 도토쿠론 빌딩이 있기 때문에 다케치는 K악기가 입주한 이웃 빌딩에 엽총을 들고 찾아왔으며, 그를 미행하던 형사들에게 붙잡혔던 것이겠지요.

아마도 그는 이 빌딩에 K악기가 입주해 있다는 것은 몰랐을 것입니다. 그렇기에 제가 있을 거라고는 전혀 상상도 못 했겠지요. 그는 제가 이곳에 있는 것을 보고 아주 뜻밖이라는 표정을 지었습니다. 그렇다는 것은 요컨대 이 빌딩은 관계없다는 이야기겠지요. 우연히 주위에 있던 빌딩일 뿐이며 노리던 것은 도토쿠론이라고 추측할 수 있습니다.

관계없는 K악기 쪽에 들어왔다는 것은 K악기가 입주한 빌딩에서 도토쿠론을 쏘려고 했던 것은 아닐까, 하고 생각할 수 있습니다. 길에서 총을 쏘는 것은 좋지 않으니까 이웃 빌딩에서 쏘려고 했습니다. 그렇다면 도토쿠론의 무엇을 쏘려고 했던 것일까요?

기타가마쿠라의 수국사에서 다케치가 저에게 했던 말이 기억났습니다.

"나는 세상에 변명 같은 걸 할 생각은 없어. 하지만 언젠가 도토쿠론에 복수할 거야. 내부에 협력해주는 사람도 생겼으니까."

총으로 복수한다, 무엇을 쏘면 복수가 되는 거지? 사장이라도 쏠 생각이었을까? 사장이라는 사람 한 명을 죽이면 그것이 복수가 된다고? 다케치는 이미 그 정도로 미쳐 있었던 것일까?

저는 다시 한 번 도토쿠론의 빌딩 벽을 올려다보았습니다. 그리고 저의 이 상상은 무리라는 걸 깨달았습니다. 도토쿠론 빌딩은 낡은 빌딩 중에서는 흔히 볼 수 있는, 창문이 전부 젖빛 유리로 된 음침한 건물이었습니다. 게다가 유리는 더러워서 뿌옇게 흐려 있습니다. 안에 있는 사람들의 모습은 전혀 보이지 않았습니다. 이래서는 저격이 불가능합니다.

그때 현관문에서 여직원이 종종걸음으로 나왔습니다. 큰길 쪽으로 향해 걸어갑니다. 감색 원피스의 가슴 쪽에 '도토쿠론'이라고 수놓인 듯한 금색 자수가 작게나마 보였습니다. 저는 쫓아가서 큰길 앞 부근에서 그녀를 따라잡았습니다. 그러고는 이렇게 물었습니다.

"죄송합니다만, 오늘 회사에 사장님은 나오셨습니까?"

그러자 여직원은 이쪽을 흘끗 보더니 바로 시선을 앞으로 돌리며 "사장님은 일주일 정도 출근하지 않으셨습니다"라고 빠른 말투로 말했습니다.

"전무님은요?"

"전무님도 마찬가지입니다."

그렇게 대답하고서 여직원은 빠른 걸음으로 달아나듯 멀어졌습니다. 멍하니 서서 생각했습니다. 어쩌면 거짓말일지도 모르겠지만, 충분히 예상할 수 있는 일이었습니다. 검찰청에서 압수수색을 나왔으니 사장이 회사에 나오지 않을 가능성은 충분합니다. 만일 그렇다면 다케치는 총을 가지고 이웃 빌딩에 들어가서 대체 뭘 쏘려고 했던 것일까요?

11

저는 제시간에 신칸센 타는 것을 포기하고 K악기 뒷문으로 들어가서 다시 그랜드피아노가 있는 로비로 돌아와 소파에 앉았습니다. 다케치가 한 말을 하나하나 곱씹어가며 생각해보려고 했던 것입니다. 상황에 따라서는 어머니에게 귀가가 늦어진다는 전화를 해야겠다고 생각했습니다. 어차피 내일부터는 하마마쓰에서 지내게 됩니다. 어머니와 같이 저녁 식사를 하는 것은 앞으로 매일이라도 할 수 있습니다.

다케치와 형사들의 몸싸움이 시작된 것은 어디였던가? 저는 그때 그랜드피아노 뒤편에 있었으므로 전부 보지는 못했습니다. 피아노 옆으로 나와서 처음으로 그들의 모습을 봤습니다.

소파에서 일어나서 처음 그들을 발견한 장소를 보려고 그랜드피아노 옆으로 나왔습니다. 저 부근에 그 사람들이 쓰러져 있었지, 라고 생각하고 있는데 그 자리에서 쭉 직진한 곳에 엘리베이터가 있는 것이 보였습니다.

다케치는 엘리베이터에 타려고 했던 걸까? 그 직전에 형사들에게 제지당한 걸까? 그 순간, 다케치가 저에게 보냈던 시선을 떠올렸습니다. 그는 필사적으로 시선을 위쪽으로 올렸다가 내리고, 이쪽을 본 뒤에 다시 올려다보기를 반복했습니다. 몇 번인가 그런 몸짓을 해서 저는 천장을 가리키는 건가, 하고 생각하며 천장을 보았습니다. 그렇지만 그곳에는 아무것도 없어서 무슨 뜻인지 이해할 수 없었던 것입니다.

그 몸짓은 천장이 아니라 '이 위층이다'라고 말하려던 것은 아닐까? 다케치는 위층에 뭔가가 있다고 말하고 싶었던 것은 아닐까?

그러나 위층이라고 해도 이 빌딩은 7, 8층 정도 되는 건물입니다. 이 위로는 2층부터 시작해서 7, 8층까지 층이 여러 개 있습니다. 어느 층일까. 위층이라는 것만으로는 특정할 근거가 없습니다.

그래도 어쨌든 가보자고 마음먹고 엘리베이터가 있는 곳까지 가서 버튼을 눌렀습니다. 올라가보면 뭔가 발견할 수 있을지도 모른다고 생각했습니다. 그러자 문이 금방 열려서 이미 엘리베이터가 1층에 있었던 것을 알 수 있었습니다. 안으로 들어가서 옆에 있는 안내 표시를 보니 층마다 무수한 회사명이 적혀 있었습니다. 일단 적당히 3이라는 숫자를 눌러보았습니다. 엘리베이터에서 내려보니 그곳은 양옆으로 사무실이 들어서 있는 복도였습니다. 사원으로 보이는 사람들이 서류나 파일 다발을 안고서 왔다 갔다 하고 있었습니다. 복도에는 외부에 접한 창문이 전혀 없었습니다. 칸막이벽이 쭉 이어지며 통로를 이루고 있습니다. 칸막이벽에 창문은 있습니다만, 전부 젖빛 유리라서 사무실 안은 볼 수 없습니다. 원래 건물에 나 있는 창문은 전부 각 사무실 안에 접해 있는 듯했습니다.

복도 끝까지 쭉 나가서 오른쪽으로 꺾어보니 빌딩 본래의 창문을 볼 수 있었습니다. 그러나 거기까지 가는 도중에 몇 명이나 되는 사원과 마주쳤고 사람에 따라서는 빤히 쳐다보기도 했습니다. 이런 복도의 창문에서 총을 쏘는 것은 도저히 불가능하다고 생각했습니다.

창문을 통해 밖을 보니 도토쿠론의 빌딩 벽면이 바로 눈앞에 보였습니다. 그렇지만 이 창문은 레버식 잠금장치를 풀어서 밀면 왼쪽으로 10센티미터 정도밖에 열리지 않습니다. 활짝 열 수는 없습니다. 이 10센티미터의 틈으로 총구 끝을 내밀어봤자 도토쿠론의 왼쪽 옆 건물을 쏘게 될 뿐입니다. 창문은 빌딩 가장자리에 위치하고 있습니다만, 앞쪽에 있는 도토쿠론 빌딩 역시 맞은편 왼쪽 가장자리에 창문이 있기 때문입니다.

게다가 올라오기 전에 예상했던 대로 도토쿠론의 창문은 전부 젖빛 유리라서 안에서 일하고 있는 사원들의 모습은 전혀 보이지 않았습니다. 빌딩 바깥에서 안에 있는 사람을 저격하는 건 도저히 불가능한 일이었습니다.

저는 창문 앞에서 발길을 돌려 조금 전에 나왔던 엘리베이터로 돌아왔습니다. 도중에 화장실도 있었습니다만, 화장실의 창문은 설령 활짝 열린다고 해도 도저히 도토쿠론을 노릴 수 없는 위치입니다.

화상실 근처에 있는 금속문은 계단으로 통하는 문으로 보였습니다. 만약 이 계단 중간에 적당한 크기의 활짝 열리는 창문이 있더라도 상황은 조금 전과 마찬가지일 것입니다. 이곳은 화장실보다도 도토쿠론 빌딩에서 멀리 떨어져 있기 때문입니다.

엘리베이터로 돌아가서 위로 올라가는 버튼을 누르고 이번에는 5층에서 내려보았습니다. 어쩌면 분위기가 다를지도 모른다고 생각했기 때문입니다만, 맥이 빠질 정도로 상황은 똑같았습니다. 복도가 있고, 사원들의 지켜보는 눈이 있고, 복도 끝에 가면 창문이 있지만 열어봤자 왼쪽으로 10센티미터 정도의 틈이 생길 뿐이었습니다. 아무리 노력해봐도 도토쿠론 빌딩으로 총구를 겨눌 수는 없습니다. 그리고 이것 말고도 빌딩의 다른 창문은 전부 칸막이벽의 안쪽, 사무실 내부에 접해 있었습니다.

저는 다시 엘리베이터로 돌아가서 만일을 위해, 라고 생각하고 최상층인 7층에서도 내렸습니다. 그런데 여기는 더욱 조건이 나빠서 복도가 있고, 사람들의 눈이 있고, 빌딩에 나 있는 창문이 대부분 사무실 내부에 접해 있다는 점은 같습니다만, 복도 끝의 창문이 잠겨 있어서 열 수가 없었습니다.

이래서는 안 되겠다, 라고 생각했습니다. 저격할 수 있는 장소는 없다! 이제 끝이었습니다. 다케치와 이야기를 주고받은 것은 아주 짧은 시간이었습니다. 그 시간 동안 전할 수 있는 것이 있으려야 있을 수 없습니다. 이것은 이미 불가능한 일입니다. 저는 엘리베이터로 돌아와 1층으로 내려가서 도쿄 역으로 가려고 마음먹었습니다. 할 만큼 했다, 일단 이것으로 다케치에 대한 의리는 지켰다, 라고 생각했습니다.

1층 버튼을 누르려고 했을 때 문득 손가락이 멈췄습니다. 아직 하나의 가능성이 남아 있다는 것을 깨달았던 것입니다.

'옥상이다, 옥상은 아직 보지 못했다.'

그러나 엘리베이터 안에는 옥상으로 가는 버튼이 없었습니다. 급히 '열림' 버튼을 눌러서 닫히기 시작하던 문을 열고 도로 7층으로 나왔습니다. 옥상으로 가려면 여기서 내려 계단을 걸어 올라가는 수밖에 없을 거라고 판단했던 것입니다.

한 가지만 더 조사해보자, 만일 옥상으로 가는 문이 잠겨 있다면 그것으로 이 일은 끝내자, 라고 생각했습니다. 그리고 하마마쓰로 돌아가자, 하마마쓰에서 앞으로의 인생을 조용히 보내자, 야구를 포기하고, 평범한 직장인으로서. 그렇게 마음먹으니 다시 언젠가 도쿄에 올 일이 있을까, 하는 생각이 문득 들었습니다.

화장실 옆에 문이 있던 것을 기억하고 있었습니다. 그 금속문은 각 층마다 있으니 아마도 계단으로 이어지는 문일 거라고 짐작했습니다. 그 너머에 더 이상의 넓은 공간은 없을 것이기 때문입니다. 빠른 걸음으로 복도를 지나서 그 문으로 향했습니다.

문손잡이를 잡고 돌려보니 다행히 잠겨 있지는 않았습니다. 밀어서 열어보니 예상대로 어두운 계단이 있었습니다. 조명은 켜져 있지 않았습니다. 이용하는 사람이 없기 때문이겠지요.

계단실에 들어가자 등 뒤에서 문이 자동적으로 닫혔습니다. 그렇게 되니 새까만 어둠 속이었습니다. 눈이 익숙해질 때가지 기다리기도 뭐해서 그대로 손발로 더듬어가며 계단을 올라갔습니다. 도중에 있는 층계참에서 오른쪽으로 방향을 바꾸며 계속 올라갔습니다. 그러자 앞쪽의 머리 위로 좁은 공간이 있고, 좌우의 벽 쪽에 나무 상자나 골판지 상자가 쌓여 있는 것이 보였습니다. 그리고 이것들 사이에 금속제 문이 있는 것이 어렴풋이 보였습니다.

거기까지 올라가서 문손잡이를 쥐고 돌려보니 역시나 잠겨 있지 않았습니다. 문을 밀어서 열자 눈앞에 눈부신 녹색 세상이 날아들었습니다. 세상이 녹색으로 보였던 것은 것은 옥상 가득히 인조 잔디가 깔려 있었기 때문입니다. 여기에 오후의 햇살이 내리쬐고 있었습니다. 아무래도 비가 올 가능성은 완전히 사라진 모양입니다.

옥상은 아주 넓었고 정면 구석에는 녹색 네트가 쳐져 있었습니다. 네트 앞에는 골프 연습용 기구가 놓여 있습니다. 퍼팅과 스윙 연습을 하기 위한 기구인 듯한데, 스윙 연습용 기구 쪽은 공이 빌딩 바깥으로 날아가지 않도록 끈이 달린 골프공을 치는 형식인 듯했습니다. 그래도 만일의 사고를 대비해 이런 녹색 네트가 가장자리에 쳐져 있는 것이겠지요.

뒤를 돌아 제가 나온 문을 보니 작은 집처럼 생긴 구조물에 문이 나 있었습니다. 왼편을 보니 뒷길의 도로 폭만큼의 사이를 두고 맞은편에도 같은 높이의 옥상 공간이 보였습니다. 아무래도 그곳이 도토쿠론 빌딩의 옥상인 듯했습니다.

옥상에는 명치 높이 정도의 검은 난간이 사방에 둘러쳐져 있습니다. 옆 빌딩을 보니 도토쿠론의 옥상도 그 점은 마찬가지였습니다다. 난간에 배를 붙이고 도토쿠론의 옥상을 살펴보니 깔끔하게 정리되어 있는 이쪽과는 딴판으로 아주 지저분했습니다. 골판지 상자가 많이 있었습니다. 몇 개인가는 제대로 쌓여 있습니다만, 나머지는 여기저기 아무렇게나 놓여 있었습니다. 뒤집히거나 옆으로 쓰러져 있는 것도 있었습니다. 끈으로 묶여서 쌓여 있는 신문지나 잡지도 있었는데, 끈이 풀렸는지 바닥에 흩어져 있는 것도 많았고 종이 쓰레기들도 무수히 나뒹굴고 있었습니다.

더욱 기이한 점은 시멘트 바닥일 거라고 생각했던 바닥이 하얗게 되어 있었던 것입니다. 뭔가 가루 같은 것이 바닥에 온통 흩뿌려져 있는 듯했습니다. 하얀 가루는 골판지 상자에도 묻어 있었습니다.

그리고 옥상 가장자리, 이쪽에서 보면 저 맞은편 구석에 작은 가건물이 세워져 있었습니다. 중앙에서 조금 오른쪽입니다. 가건물 앞에는 붉은색 폴리탱크가 하나 있는 게 보였습니다. 흔히 등유를 넣어두는 폴리에틸렌 탱크입니다. 매리너스 2군 기숙사에서도 겨울이 되면 이것에 등유를 넣어서 사용하곤 했습니다.

가건물 오른편에도 마찬가지로 작은 건물이 있고 그곳에 문이나 있었습니다. 옥상으로 올라오는 출구겠지요. 아래에는 계단이 있을 것입니다.

그 옥상 왼쪽 가장자리 한구석에도 역시 녹색 네트가 높게 쳐져 있었습니다. 골프 연습용 네트입니다. 이 부근의 건물에는 이런 설비가 많은 듯했습니다.

거기까지라면 특별히 이상한 옥상 풍경은 아니었겠습니다만, 도토쿠론의 옥상에는 딱 하나, 이쪽의 시선을 잡아끄는 별난 것이 있었습니다. 바로 붉은색으로 칠해진 도리이입니다. 이것이 눈앞에, 좌우로 말하면 오른쪽 가장자리 근처에 세워져 있었습니다. 이것을 지난 위치에, 즉 옥상 기준으로 말하자면 오른쪽 구석에는 작은 신사가 있었습니다. 나무로 만들어진 신사인 듯했습니다. 그리고 이 앞에, 이쪽에서 보기에는 본전의 조금 왼쪽이 됩니다만, 붉은색 도리이와 신사 건물의 중간 지점에 작은 테이블이 있고, 그 위에 유리 꽃병 하나가 홀로 놓여 있었습니다. 꽃병에는 붉은색이나 오렌지색 또는 하얀색 꽃이 달린 식물이 묶여서 꽂혀 있었습니다.

도토쿠론의 사원들은 때때로 이 옥상에 올라와서 도리이 앞에서 신사를 향해 손을 모으고 있는 것일까요? 분명히 사장의 명령이겠지요. 이 얼마나 얄궂은 일인가, 하고 저는 생각했습니다.

옥상에서 매일 아침 신에게 기도한 뒤에는 아래층으로 내려가서 대부 서류를 위조해 수많은 사람들이 피눈물을 흘리게 만들고, 그러면서도 회사의 이름은 '도덕'이란 한자를 쓰는 도토쿠론입니다. 사람들의 눈을 똑바로 쳐다보며 당당히 거짓말을 하라, 악을 알고 악을 행하라며 사원 지도를 하고 그런 경영 방침을 갖고 있기에 제 아버지도, 다케치 아버지도 죽었습니다. 다케치 본인은 범죄자란 오명을 뒤집어쓰고 야구계에서 영구 추방되었습니다. 그러나 도토쿠론의 사장은 그런 자신들의 행위가 나름 도덕적인 일이라고 착각하고 있었겠지요. 그러니까 저렇게 당당히 신사를 세웠을 것입니다. 그렇게 생각하니 역시 분노가 치밀어 올랐습니다.

다케치를 조사했다는 형사의 폭행도 그렇고, 조금 전에 만난 야노 씨의 태도도 그렇고, 그들은 틀림없이 도덕적인 행위라고 생각하고 그렇게 했겠지요. 도토쿠론의 사훈도 이런 감성의 연장선상에서 만들어진 것이 틀림없습니다. 사고 과정 중 어딘가를 포기하면, 그런 지점에 도달하는 것이겠지요. 어쩐지 이해가 될 듯한 기분이 듭니다.

저는 그런 사고방식을 두둔할 마음은 없습니다만, 그들의 발상도 아주 조금은 이해할 수 있습니다. 옛날에 제 어머니도 새끼고양이를 주워온 저를 마치 남의 집에서 돈을 훔쳐온 것처럼 심하게 꾸짖었습니다. 그런 발상은 부모로서는 올바르지 않다고 지금도 생각합니다만, 어머니의 입장에서 그것은 이론 이전에 당연한 일이었겠지요. 지금이라면 이해할 수 있습니다. 가난하다는 이유만으로 어머니도 이웃으로부터 불합리한 일을 당해오고 있었던 것입니다. 자살도 생각했었다고 합니다. 그렇지만 어머니를 그렇게 대한 사람들이 보기에는 자신들의 엄격한 태도가 그들의 당연한 도덕이었겠지요.

이 나라 사람들이 이상하다고 말하면 그것도 맞는 말이겠습니다만, 어쩔 수 없는 일입니다. 아무리 괴롭힘을 당하더라도 자살하는 사람은 약한 사람. 그렇게 생각하는 것이 일본인입니다. 어떻게 고칠 수도 없는 일입니다. 어쩌면 저 신사도 그렇게 자신들이 저지른 잘못을 속죄하기 위해 세운 것일지도 모릅니다. 그렇게 생각하면 나름 납득이 갑니다.

흔히들 '일본인에게 종교는 위장약'이라고 이야기합니다. 폭음폭식을 한 뒤에 위장약을 먹는 것처럼 떼로 몰려가서 타인에게 상처를 입히더라도 나중에 잠깐 신사 앞에서 합장하기만 하면 자신은 용서받는다. 옛날부터 일본 서민은 그런 발상을 가지고 있습니다. 신은 잘 이용해야 한다는 조금은 교만한 발상입니다만, 세상도 험하고 인정도 야박해서 어느 정도 나쁜 짓을 하지 않으면 살아갈 수 없다고 다들 그렇게 믿고 있기 때문이겠지요. 아무리 착하게 살더라도 어느 누구도 칭찬해주지 않습니다. 돈이 없으면 다른 이들에게 무슨 설움을 당할지 알 수 없습니다. 어머니도 몇 번이나 그런 말을 했습니다. 그렇게 생각하면 저 신사의 의미도 이해가 되기는 합니다.

난간에 기대 도토쿠론 빌딩 옥상의 신사를 바라보면서 저는 멍하니 그런 생각을 하고 있었습니다. 생각해보면, 아니, 생각할 것도 없습니다만, 제 아버지나 다케치의 아버지뿐만 아니라 저 자신 역시 도토쿠론의 희생자입니다. 집안의 가장을 잃고 어머니와 단둘이 극빈 생활로 내팽개쳐졌습니다. 그래서 어릴 적부터 신문 배달을 했고 대학에도 갈 수 없었습니다.

그렇지만 지금 눈앞에 있는 이 회사에 원한이 있느냐면 별로 그런 감정은 없습니다. 어머니라면 아마도 아직 원한을 품고 있겠지만, 저는 이제 그 정도는 아닙니다. 집이 부유했다고 해도 저의 야구 인생은 바뀌지 않았겠지요. 다케치 정도의 수준까지는 도저히 따라갈 수 없습니다. 다케치의 아버지가 죽은 것도 다케치에게는 불행한 일이지만, 만나거나 이야기해본 적도 없는 사람이라서 역시 별다른 감정이 들지 않습니다.

다만 다케치의 야구 인생을 끝장내버린 것, 그것만큼은 용서할 수 없었습니다. 저는 어릴 적부터 생활의 전부를 야구에 바쳤습니다. 밤낮을 가리지 않고 노력했지만 눈에 띄는 성적은 거둘 수 없었습니다. 이것은 누구를 원망할 수도 없는 일입니다만, 동경하던 그 천재 선수의 인생을 끝장내버린 것만큼은 도저히 용서할 수 없었습니다. 저는 야구를 사랑했습니다. 무엇보다도 깊이, 그 어떤 것보다도 진지하게 이 스포츠를 사랑하고 있었습니다.

이것은 절대 저를 위해서가 아니었습니다. 야구로 돈을 벌고 싶다고 생각한 것은 어머니를 위해서였지 저를 위한 것은 아닙니다. 극단적으로 말하자면, 내 한 몸을 희생해도 좋다, 다만 이 멋진 스포츠에 영원히 남을 결실을 맺고 싶다, 라고 저는 진심으로 생각하고 있었습니다. 그래서 저는 다케치를 위해 무대 뒤편에 서서 그를 도운 것입니다. 그 천재를 위해서라면 저 같은 건 평생 그늘 속에서 살아가도 된다고 생각했습니다.

다만 만약 저 신사가 다케치의 야구를 이 나라에서 매장시켜버린 것을 얼버무리기 위해 세운 것이라면 도저히 용서할 수 없다, 가서 부숴버리고 싶다, 라고 생각했습니다. 그렇지만 이웃 빌딩에서는 어떻게 할 수 없습니다. 검찰의 압수수색으로 소란스러운 지금, 임대 빌딩이라면 어떨지 몰라도 본사 빌딩인데 외부인이 멋대로 들어가서 저 옥상까지 갈 수는 없겠지요. 게다가 애초에 옥상 문은 잠겨 있을 것입니다.

이때 문득 다케치의 말이 떠올랐습니다. 그는 저에게 쏘라고 말했습니다. 카빈을 쏘라고도 했습니다.

'혹시 카빈은 그것이 아닐까? 소총의 이름인 카빈이 아니라 일본어로 꽃병을 뜻하는 카빈かびん, 본전 앞 테이블에 놓여 있는 저 유리 꽃병을 말하는 것은 아닐까? 맞아, 그래서 총이었구나. 다케치는 지금 내가 있는 이 옥상에서 저 꽃병을 엽총으로 쏘려고 했던 것이었구나.'

아무래도 이것이 정답인 것 같았습니다. 하지만 무엇을 위해서? 그렇게 생각하니 그 이상은 알 수 없었습니다.

저 꽃병을 총으로 쏘면 대체 무슨 일이 일어난다는 거지? 왜 그런 행동을 할 필요가 있는 거지?

잠시 생각했습니다만, 역시 알 수 없었습니다. 저런 유리 꽃병을 쏠 필요성이 대체 어디에 있는가, 신사를 쏘는 거라면 그나마 이해하겠지만 꽃병을 부숴봤자 소용없지 않은가, 하고 생각했습니다.

다케치는 "다케타니, 부탁한다!"라고 외쳤습니다. 차 안으로 떠밀려 들어가는 그 순간까지 저를 향해 그렇게 외쳤습니다. 저는 그 필사적인 모습에 충격을 받아서 도저히 도쿄 역으로 발걸음을 떼지 못하고 지금 이곳에서 이러고 있는 것입니다.

그렇지만 쏠 수 없습니다. 왜냐하면 총이 없기 때문입니다. 아무리 부탁하더라도 제가 저 꽃병을 쏠 수는 없습니다. 아무리 쏘고 싶어도 총이 없는 제가 할 수 있을 리 없습니다.

그러자 다시 귓가에 다케치의 목소리가 되살아났습니다.

"울고 있는 사람들을 구해줘! 눈물을 흘리는 수많은 사람들, 막다른 골목에 내몰려서 이제 죽을 수밖에 없는 사람들을 구해줘!"

형사 세 명에게 뒷문으로 질질 끌려 나가면서 그는 목이 터져라 외쳤습니다.

저는 머리를 감싸 쥐고 말았습니다. 대체 그건 무슨 소리지? 다케치는 무슨 말을 하고 싶었던 거지? 나 같은 녀석에게.

구한다, 울고 있는 사람들을 구한다? 어떻게? 어떻게 그런단 말인가? 사장을 저격한다? 그것은 불가능했습니다. 그런 일은 해봤자 아무런 의미가 없습니다. 사장이 죽더라도 전무나 상무 등 회사의 2인자들이 업무를 인계받습니다. 회사가 존속하는 한 채권도 존속합니다. 그렇다면 울고 있는 사람들은 그대로입니다.

도토쿠론을 박살내거나 도산시키는 것은 어떤가. 이것이라면 그들을 해방시킬 수 있지 않을까?

아니다, 라고 저는 이내 생각을 바꿨습니다. 그것도 불가능합니다. 도토쿠론은 주식을 상장했습니다. 현재 경영진에 의한 경영이 잘되지 않으면 필요한 만큼의 주식을 취득한 외부인이 새로운 경영자로 회사에 들어오겠지요. 그때 도토쿠론이란 이름은 없어질지 모르겠지만 회사는 어딘가의 산하로 들어가서 업무를 계속할 것입니다. 새로운 경영진이 도토쿠론 시절의 채권을 포기할 리 없습니다.

텔레비전 뉴스에서 본 피해자 모임 대표가 했던 말이 떠오릅니다.

"도토쿠론 측이 스스로 채무를 포기하지 않는 한 피해자들의 괴로움은 영원히 이어질 것이다."

도토쿠론 측이 스스로 채권을 포기한다? 그런 것은 천지가 뒤바뀌어도 있을 수 없는 일입니다. 어떻게 손쓸 수 없는 이 사태는 외부의 우리가 바꿀 수 없는 일입니다.

다케치가 무슨 생각을 했는지는 알 수 없습니다만, 여기서 저 유리 꽃병을 저격해서 깨뜨린들 도토쿠론이 채권을 포기하는 것으로 이어지지는 않는 것입니다.

소용없구나, 라고 생각한 저는 난간에서 물러서려고 했습니다. 이런 곳에 있어봤자 소용없다, 꽃병을 깨뜨려봤자 소용없고 애초에 깨뜨릴 방법도 없다.

저에게 총 같은 것은 없습니다. 설령 있더라도 쏘는 법을 모릅니다. 다케치는 아버지의 취미가 사냥이어서 아버지와 함께 몇 번인가 총을 쏴봤고 엽총 면허도 가지고 있다고 말했습니다. 그렇지만 저에게는 없습니다. 쏜 적이 없으니 쏘는 법도 모릅니다. 이제 그만 도쿄 역으로 가야겠다고 생각했습니다.

그때였습니다. 맞은편 도토쿠론 빌딩 옥상의 문이 열린 것입니다. 한 젊은 사원이 골판지 상자를 들고 옥상으로 올라왔습니다.

그러더니 바닥을 보고 멈춰 섰습니다. 아무래도 놀란 듯한 눈치였습니다. 아마도 바닥이 하얗게 되어 있었기 때문이겠지요. 이게 뭐지? 라고 생각하고 있다는 것을 알 수 있었습니다. 그 눈치로 보아 저 하얀 바닥은 평소와 다르며, 그 사원에게도 이상하게 보이는 것임을 알 수 있었습니다.

그는 그런 뒤에 발치에 상자를 내려놓더니 놀랍게도 지금 자기가 들어온 문을 잠그는 듯했습니다. 그 작업이 끝나자 허리를 굽혀 상자를 집어 들고 종종걸음으로 가건물 앞에 가서는 다시 상자를 바닥에 내려놓고 입구의 문을 열려고 하고 있었습니다. 상자를 바닥에 내려놓은 것이나 조금 시간이 드는 눈치를 보니 가건물의 입구도 잠겨 있는 듯했습니다.

문이 열리자 그는 바닥의 상자를 들어 올리고 안으로 사라졌습니다. 그때 가건물 안쪽에 붉은색 폴리탱크가 몇 개 놓여 있는 것이 보였습니다. 사원의 모습이 금방 문 앞에 다시 나타났습니다.

빈손이었습니다. 상자는 안에 두고 온 듯했습니다. 그런 뒤에 문을 닫고 뒤돌아서서 문을 잠갔습니다. 조잡한 가건물인데도 보안이 상당히 철저하다는 생각이 들었습니다.

그런 뒤에 그는 종종걸음으로 아래층으로 통하는 문으로 갔습니다. 그리고 열쇠를 꺼내서 문손잡이에 꽂아 넣었습니다. 고작 가건물에 상자를 넣어두는 일을 한 것뿐인데도 그는 문을 잠갔던 것입니다.

그의 모습이 사라지고 문도 닫혔습니다. 일련의 눈치로 보아 지금 그는 실내에서 저 문을 잠그고 있을 거라고 생각되었습니다.

다시 고요해진 옆 건물의 옥상을 바라보며 저는 "앗!" 하고 깨달았습니다. 난간에서 조금 몸을 내밀어서 아래쪽을 내려다보니 아직 검찰 차로 보이는 승합차가 있었습니다. 압수수색은 계속되고 있는 것이겠지요. 그리고 보도진이 타고 있는 것으로 보이는 차가 늘어나고 있었습니다. 길이 좁아서 아래의 길은 통행 정지 상태였습니다.

'하늘의 계시가 내렸다'는 말은 분명 이런 것을 두고 하는 이야기겠지요. 지금 옥상으로 올라왔던 도토쿠론 사원이 왜 그런 행동을 했는지 갑자기 깨달았던 것입니다. 본사 빌딩에 검찰청 직원이 들이닥쳤습니다. 텔레비전 뉴스에 의하면 사장의 자택에도 갔다고 합니다. 뉴스는 이 보도뿐이었고 본사 빌딩의 압수수색까지는 전하지 않았습니다. 그러니까 아마도 회사 측에서 볼 때 검찰의 본사 빌딩 압수수색은 '아닌 밤중의 홍두깨'였을 거라고 생각합니다.

상황이 그럴 때 사원이라면 어떻게 행동할까요? 혹은 사장이라면 사원에게 전화로 어떤 지시를 내릴까요? 위험한 서류를 급히 어딘가로 숨기라고 명령하지 않을까요? 일단 임시방편입니다. 그곳이 굳게 잠겨 있는 옥상, 문이 잠긴 저 가건물이 아닐까요? 조금 전에 보인 내부로 추측하기로는, 아마도 저곳은 겨울에 쓰는 난방기구를 보관해두는 곳이라고 생각됩니다. 도토쿠론 빌딩은 오래되었으니 난방설비가 고장 났거나 완전하지는 않겠지요.

위험한 서류란 요컨대 돈을 빌려줄 때의 날조를 증명할 수 있는 서류들입니다. 만약 근보증이나 이자제한법의 적용에 대해 언급하지 않은 서류에 일단 서명날인을 하게 한 뒤 나중에 관련 내용을 인쇄하는 수법을 썼을 경우 그런 서류는 치명적 증거가 됩니다.

또한 팩스로 보냈다고 증언했지만 실제로 보내지도 않은 이자수취증서를 붙여서 날조한 것이라면 그것의 원본도 치명적 증거가 됩니다. 말하자면 속임수를 쓴 대부 관련 서류, 즉 대출거래약정서나 사유사항확인서가 아닐까요?

거기까지 생각이 미치자 중요한 사실을 깨달았습니다. 만약 그렇다면 저 가건물 안의 서류들을 없애버리면 울고 있는 사람들을 구제할 수 있는 것이 아닐까? 그렇게 깨달은 것입니다.

한편으론 회사 컴퓨터에 리스트나 자료가 남아 있는 것이 아닐까? 설령 가건물 안에 감춘 서류가 없애버리더라도 나중에 복제할 수 있는 건 아닐까? 하는 생각도 해보았습니다.

그럴지도 모릅니다. 그렇지만 그것은 조금 어려울 것이란 생각이 들었습니다. 압수수색을 할 때 컴퓨터를 조사하지 않을 리가 없습니다. 그렇다면 이렇게 갑작스럽게 들이닥쳤을 경우 컴퓨터 내의 문서는 곧바로 삭제할 가능성이 높습니다. 문제가 되는 서류를 옥상에 숨겨놓고 아래층에 그 복사물을 놔둬서는 의미가 없습니다. 그야말로 지금 압수수색을 당하고 있을 것입니다. 그렇다면 저 안에 숨겨진 서류는 그것 하나밖에 없을 가능성이 높습니다.

그렇다면 만일 가건물 안의 서류를 없앴을 경우 나중에 또다시 날조 서류를 만드는 것은 아닐까요?

하지만 새로 만들어봤자 그 서류에는 채무자의 서명날인이 없습니다. 사회문제가 되어 이렇게 시끄러운데 채무자가 또다시 새로운 대부 서류의 서명날인에 응할 리도 없습니다.

그렇다면 서명날인을 위조하는 것은 아닐까요? 그러나 날조가 문제가 되어 검찰의 압수수색이 들어온 상황에서 설마 그런 위험한 짓을 회사가 할 거라고 생각할 수는 없습니다.

저는 서류 전문가도 아니고 대학에 다닌 적도 없어서 잘은 모릅니다만, 이런 경우 물론 이 가건물 안에 대부 관련 서류들이 숨겨져 있을 때의 이야기입니다만, 저걸 없애버리면 부당한 채무로 울고 있는 사람들을 구제할 수 있을 것이라는 예감이 들었습니다.

그래서 다케치가 엽총을 들고 여기에 올라오려고 했던 것은 아닐까? 그렇구나, 알았다! 하고 저는 생각했습니다. 이 생각이 아마 틀림없을 거라고 확신했습니다. 그가 눈짓으로 계속해서 위를 가리켰던 것, 엽총을 가지고 있던 것, 나에게 상황을 확실히 설명하지 않았던 것, 울고 있는 사람들을 구해주라는 그 말, 수국사에서 회사 내부에 협력자가 생겼다고 했던 말, 게다가 방금 전에 본 사원의 철저한 보안의식. 그렇게 생각하면 모든 줄기가 이어지고 다케치가 했던 이상한 말들도 제대로 설명이 됩니다.

그리고 또 한 가지, 아주 중대한 사실이 있습니다. 지금 저 가건물에 대부 관련 서류가 있다고 가정했을 경우 이것을 없앨 수 있는 기회는 오늘 하루밖에 없다는 점입니다. 검찰이 순순히 물러가면 사원들은 옥상의 가건물 안에 감춘 서류를 전부 안전한 장소로 서둘러 옮길 것이기 때문입니다. 가건물에 넣어둔 것은 어디까지나 임시방편일 것입니다.

그러나 아직 이해할 수 없는 것이 있었습니다. "쏴라"라는 말 그리고 '꽃병'. 다케치는 아마도 꽃병을 쏴서 깨뜨릴 생각이었던 것이겠죠. 여기까지는 이해했습니다. 그러나 꽃병을 깨뜨리는 것이 어째서 가건물 안의 서류를 없애는 것으로 이어지는 것일까요? 그것을 도저히 알 수 없었습니다.

꽃병을 깨뜨리면 어떻게 되는가. 그 뒤를 상상해보았습니다. 꽃병이 깨지면 주위에 물이 흩뿌려지겠지요. 그러나 그것이 대체 어쨌다는 것일까요? 굳게 잠겨서 외부인이 들어갈 수 없는 옥상. 그곳의 바닥에 물이 조금 흩뿌려진들 이렇다 할 문제는 전혀 없을 것입니다. 만약 그런 일이 큰 문제라면 비 오는 날에는 정말 난리도 아닐 것입니다. 옥상에는 지붕이 없으니 비가 내리면 금방 바닥이 젖어버립니다. 아래층 사람들에게는 아무 상관도, 관계도 없는 일이고…….

거기까지 생각하다가 문득 떠오른 것이 있었습니다. 일기예보입니다. 너무 깊이 생각하는 것일지도 모릅니다만, 또한 전혀 관계가 없는 일은 아니겠지만 텔레비전에서는 오늘 오후에 비가 내릴 거라고 예보했습니다. 그러나 지금 날씨는 완전히 맑게 개어 비가 내릴 것 같지가 않았습니다.

가만히 생각하다가 저는 이런 사실도 깨달았습니다. 비가 내리면 옥상 바닥이 젖는다, 그러나 비는 내리지 않았다, 따라서 오늘 옥상 바닥은 젖지 않게 되었다, 그러나 꽃병을 깨뜨리면 바닥이 젖는다, 비가 내린 것과 같은 결과가 된다.

그것에 어떤 의미가 있느냐고 따져 물으면 대답하기 곤란합니다. 그냥 그런 생각이 들었을 뿐 그것에 무슨 의미가 있는지는 이해할 수 없습니다. 다만 저 꽃병을 깨뜨리면 비가 내린 것과 비슷한 상황을 만들 수 있다고 생각했던 것입니다.

'총'을 가지고 있던 다케치. 그가 "쏴라"라고 말하고, 꽃병을 '카빈'이라고 돌려 말했습니다. 이것들을 연결해보면 그렇게밖에 생각할 수 없었습니다. 그리고 다케치는 건장한 형사들, 말하자면 포박의 전문가인 남자 셋에게 붙들리고 또 붙들려도 끈질기게 일어났습니다. 어떻게 해서라도, 무슨 일이 있어도, 자신의 목숨과 바꿔서라도 이 자리에 와서 저 꽃병을 쏘고 싶었던 것이겠지요. 오늘 다케치는 문자 그대로 이 일에 목숨을 걸고 있었습니다.

내가 대신 쏴주고 싶다고 간절히 생각했습니다. 그 녀석은 "다케타니, 부탁한다!"라고 외치며 울고 있었습니다. 그렇게나 자존심 강하고 좌절을 몰랐던 남자가 모든 것을 내팽개치고 2군인 저에게 부탁했습니다. 그것은 피를 토하는 듯한 절규였습니다.

하지만 할 수가 없습니다. 그것은 이미 불가능한 일이었습니다. 이웃한 빌딩인 데다 옥상은 잠겨 있고 그 아래에는 검찰청 직원들이 우글거리고 있습니다. 그런데다 지금은 보도진까지 잔뜩 모여 있습니다. 도토쿠론의 사원들도 저를 순순히 옥상까지 들여보내줄 리 없습니다. 총이라도 있다면 여기에서 쏠 수 있겠지만 저에게는 없습니다. 하나부터 열까지 전부 불가능합니다.

그러나 설령 총을 가지고 있더라도 저는 불가능했을 거라고 생각합니다. 쏘는 법을 모른다는 점도 있습니다만, 총은 발사음이 나기 때문입니다. 총성은 아주 큽니다. 이런 백주대낮에, 그것도 직장인들이 우글거리는 유라쿠초의 한복판입니다. 반드시 누군가가 총성을 듣겠지요. 그렇다면 사태는 곧 발각되고 저는 범죄자가 됩니다. 그러면 어머니는 더 이상 생활을 유지할 수 없게 됩니다. 저 한 사람만의 문제가 아닙니다.

다케치에게는 미안하지만, 여기까지라고 생각했습니다. 하지만 이내 아버지의 복수는 하지 않는 거냐고 속삭이는 목소리가 들렸습니다. 다케치의 부탁은 어떡하지? 죽은 다케치의 아버지는? 물론 그것들도 잘 압니다. 할 수 있다면 다케치의 목소리에 응해주고 싶습니다. 그의 아버지나 제 아버지의 원통함도 풀고 싶습니다. 그러나 방법이 없습니다. 대체 어떻게 하라는 말일까요?

그때 다케치의 목소리가 들렸습니다.

"다케타니, 너의 힘을 보여줘! 너라면 할 수 있어, 아니, 너밖에 할 수 없어!"

저는 두 손으로 귀를 막으며 난간에서 물러났습니다. 차가워진 손을 바람막이점퍼 주머니에 넣었습니다. 그러고는 "앗!" 하는 소리를 냈습니다. 온몸에 전류가 흐른 듯한 기분이 들어서 그 자리에 못 박혔습니다. 녹색의 인조 잔디 위에서 쇠사슬에 묶이기라도 한 듯 몸이 경직되었습니다.

손끝에 닿은 물건이 있었습니다. 꺼내 보니 그것은 다마가와에서 주워왔던 야구공이었습니다. 저에게 그리고 다케치에게도 그랬던 최후의 일구.

가만히 그것을 바라보고 있노라니 다케치가 한 말의 의미가 이해되었습니다.

저는 천천히 등 뒤를 돌아보았습니다. 이웃 빌딩, 그 끝에 놓여 있는 테이블, 그 위의 유리 꽃병. 좁은 뒷길이라고 해도 길 하나를 사이에 두고 있으므로, 제가 서 있는 위치에서 꽃병까지의 거리는 20미터 남짓 되겠지요. 그러나 그것은 저에게는 의미가 있는 거리였습니다.

투수에서 포수까지의 거리는 60.49피트, 18.44미터입니다. 두 빌딩 간의 거리는 이것보다 조금 더 멉니다. 그리고 저 꽃병의 위치는 타자의 가슴팍, 목에 가까운 높이였습니다.

갑자기 저는 온몸이 떨리는 듯한 기분에 빠져들었습니다. 태어나서 처음 맞은 공식전, 요코하마 구장에서 4회 초에 마운드에 올랐을 때의 기분이었습니다. 그 기억이 돌연 되살아난 것입니다. 지금 당장이라도 떨릴 것 같은 무릎의 감각은 결전을 앞둔 무사의 전율과 비슷합니다. 두렵지만 그것뿐만이 아닙니다. 좋은 일을 하려면 긴장감도 조금은 필요합니다. 확실히 이것은 저라면 할 수 있는, 아니, 저밖에 할 수 없는 일이었습니다.

20미터 저편, 타자 가슴 높이의 직구. 아무리 강한 어깨를 가진 투수의 강속구라도 지상의 물체는 공중으로 날아가면 포물선을 그리게 됩니다. 즉 공은 최고점에 도달한 뒤 조금씩 내려오므로 그것을 계산할 필요가 있습니다. 명중률을 높이고 싶다면 최대한 빠른 공을 던질 필요가 있습니다. 140킬로미터. 거의 내본 적 없던 이 속도를 지금 낼 필요가 있습니다.

저는 발길을 돌려 다시 난간에 다가가서 옆 빌딩 옥상을 바라보았습니다. 오른손의 야구공을 강하게 쥐어보았습니다. 20미터 저편, 타자 가슴 높이의 빠른 공, 그것도 일생일대의 140킬로미터짜리 강속구, 과연 던질 수 있을까?

하지만 이내 '좋았어, 할 수 있어!'라는 생각이 들었습니다. 몸이 부르르 한 번 떨렸습니다.

이것이 정말 최후의 일구다. 내 생애 최후의 일구. 죽은 내 아버지를 위해서, 죽은 다케치의 아버지를 위해서. 그리고 무엇보다 지상에서 영원히 매장된 다케치의 천재성을 위해서. 내 야구 인생 마지막 추도식을 겸한 공을, 지금 던져 보이겠다!

140킬로미터를 내봐! 라고 자신에게 소리쳤습니다. 지금 이 자리에서 반드시 던져야 한다. 20여 년간의 야구 인생도 오늘 이것으로 마지막이다. 앞으로 영원히 어깨가 망가진다고 해도 상관없다.

바맘막이점퍼를 벗어서 인조 잔디 위에 던졌습니다. 팔을 몇 번인가 돌리고 무릎을 한두 번 굽혔다가 편 뒤에 목표물을 바라보고 있으려니 다케치의 목소리가 다시 되살아났습니다.

"다케타니, 부탁한다!"

와인드업을 했습니다. 평생 2류였지만 바늘구멍도 꿰뚫을 것 같다는 애길 들었던 컨트롤, 지금 그 실력을 보여주마! 힘껏 오른팔을 당겼다가 혼신의 힘을 담아 온몸을 사용해 팔을 휘둘러 공을 던졌습니다. '쉬익!' 하고 바람을 가르는 소리를, 저는 귓가에서 들었습니다. 환호성이 가득한 야구장이 아니라 주위가 조용한 옥상이었기 때문입니다.

공은 '쉬익!' 하는 소리를 내며 총알처럼 직선을 그리며 옆 빌딩을 향해 날아갔습니다. 바늘구멍을 향해서.

회심의 일구였습니다. 쏜살처럼 날아간 공은 유리 꽃병의 중앙을 정통으로 맞혀 박살냈습니다. 그 순간 무수한 꽃들이 화악 퍼지며 공중에서 춤추는 것이 보였습니다. 유리 파편이 하얀 가루가 되어서 흩어집니다. 그리고 다음 순간 오렌지색 불꽃이 테이블 너머에서 일어났습니다.

뭐지? 투구를 마친 저는 생각했습니다. 뭐지? 꽃병 안에는 물이 들어 있던 게 아니었나? 오렌지색 불꽃은 한순간에 사방으로 퍼지며 옥상 바닥 전체를 뒤덮었습니다. 다음 순간에는 꺼졌습니다만, 근처에 흩어져 있던 옛날 신문지와 잡지 더미, 골판지 상자 등에 옮겨 붙었습니다. 저는 가만히 그 모습을 바라보았습니다.

폭발하듯 타오르지는 않았습니다. 할짝할짝 핥듯이 퍼져 나가는 굼뜬 불이었습니다.

'펑' 하고 작은 폭발이 일어났습니다. 가건물의 아래쪽이었습니다. 그리고 흩어진 작은 불꽃들이 가건물에 서서히 달라붙더니 벽을 핥기 시작했습니다.

보고 있는 사이에 창문 유리가 서서히 허옇게 변하더니 '쩍' 하고 깨져서 떨어졌습니다. 뻥 뚫린 창문 쪽을 보니 안에서도 불길이 이는 것이 보였습니다. 그렇게 생각한 순간 '펑!' 하는 소리와 함께 수많은 불덩이가 튀고, 그것이 천천히 상승했습니다. 바닥에 놓여 있던 등유 탱크에 불이 붙은 것입니다.

그 뒤로 가건물 전체가 불길에 휩싸이기까지는 그리 오랜 시간이 걸리지는 않았습니다. 슬레이트 지붕 전체에서 수증기 비슷한 하얀 연기가 피어오르고 있다고 생각하려던 순간 갑자기 시뻘건 불꽃으로 변했습니다. 그리고 옥상에 흩어져 있던 종이들을 태운 불꽃은 꺼져 가는데도 그 가건물만은 활활 소리를 내면서 점점 무시무시한 화염에 감싸였습니다.

대부 관련 서류들이 불살라지고 있다고 저는 생각했습니다. 다케치의 말대로라면 이것으로 수많은 사람이 구제받게 될 것입니다. 지금은 그것을 믿자고 생각했습니다. 지금은 옥상만이 불타고 있습니다. 아래층으로 불이 번지기 전에 끄면 큰일은 나지 않을 것입니다.

진화가 너무 빠르면 아직 타지 않은 서류가 남게 될지도 모릅니다. 적당한 시기에 소방차가 달려오면 된다, 만약 아무도 신고하지 않는다면 내가 신고하자, 라고 생각했습니다.

그러나 그럴 필요는 없었습니다. 이윽고 계단을 뛰어올라오는 듯한 무수한 발소리가 들리더니 카메라를 든 남자들이 줄줄이 옥상에 모습을 드러냈습니다. 그들은 등 뒤에서 몰려오더니 난간 근처에서 옆 건물을 향해 일제히 사진을 찍기 시작했습니다.

신문기자들이겠지요. 검찰의 압수수색을 취재하러 왔는데 생각지도 못한 도토쿠론 빌딩의 화재와 조우한 것입니다. 그래서 현장이 잘 보일 만한 이곳으로 지금 막 허겁지겁 뛰어올라온 것입니다. 확실히 이곳은 구경하기에 가장 좋은 장소이며 촬영 포인트였습니다.

옥상으로 몰려든 사람들은 보도진뿐만 아니라 아래층에 있던 회사 직원들도 있었습니다. 구경꾼의 숫자는 점점 불어났습니다. 얼마 안 있어 텔레비전 카메라도 올라올지도 모릅니다. 그렇게 되면 일이 성가시게 되므로 저는 천천히 그 자리에서 빠져나와 바람막이점퍼를 주워들었습니다.

보도진도, 구경꾼도 옆 건물의 화재에 정신이 팔려서 저를 수상히 여겨 붙잡는 사람은 없었습니다. 계단을 향하고 있을 때 서서히 다가오는 소방차의 사이렌 소리가 들렸습니다.

12

그 뒤로 저는 어머니와 둘이 공단주택에 살며 하마마쓰의 한 경비회사에 일자리를 얻어 성실하게 일했습니다. 그 뒤로 K악기를 방문한 적은 한 번도 없었습니다. 야구부가 없어졌어도 운동장은 남아 있으므로 옛 동료, 특히 이토 같은 녀석과 만나게 되면 캐치볼을 하자는 이야기 정도는 듣게 되기 때문입니다.

저는 이제 이것으로 야구와는 완전히 인연을 끊기로 결심했습니다. 다케치는 제가 많은 사람을 구제했다고 말했습니다. 저도 일단 그렇게 믿고 있었고 믿고 싶기도 했습니다. 저의 그 투구가 빌딩 옥상에 불을 낸 것도 확실합니다. 저는 그 일에 대한 속죄의 의미로 앞으로 평생 내 피칭은 영원히 봉인하자, 절대 공을 던지지 말자, 라고 맹세했습니다.

다케치와는 화재 사건이 일어난 뒤 전화로 이야기를 나눴습니다. 다케치는 그 뒤에 경시청에 구류되었지만 원래 총기 면허를 가지고 있었고 살인이나 상해행위 미수로 보기에는 대상을 찾기 힘들어서 며칠 뒤에 석방되었습니다. 그날 도토쿠론에는 사장도, 전무도 출근하지 않았고 설령 있었다고 해도 이웃 빌딩에서는 그들을 저격할 수 없습니다. 도토쿠론의 창문은 전부 젖빛 유리이기 때문입니다. 만약 사원을 쏘고 싶었다면 다케치는 이웃 빌딩이 아니라 본사에 바로 침입했을 것입니다.

그러나 이 일로 죄질이 더욱 나빠져서 남아 있는 재판에서 집행유예를 받는 것은 절망적이 되었다고 그는 말했습니다. 그래도 그의 태도는 시원시원했고 저에게 몇 번이나 감사 인사를 했습니다. 그리고 저에게 "너는 최소한 수십 명의 자살자를 구했어. 자신감을 가졌으면 좋겠어"라고 말하고는 다시 고맙다고 감사를 표했습니다. 몹시 기뻤던 모양이라 저도 아주 기뻤습니다.

도토쿠론 빌딩 옥상에서 불탄 서류에는 물론 내 아버지의 것도 있었겠지만 내 쪽의 문제는 Y연합에서 입금한 것으로 처리가 끝나 있었을 거야, 너에게 그런 부탁을 한 것은 결코 내 이득을 위해서가 아니야, 라고 다케치는 몇 번이나 말했습니다. 저는 그런 생각은 티끌만큼도 하지 않았습니다. 다케치는 그런 속 좁은 인간이 아니기 때문입니다. 이제까지의 제 야구 인생은 다케치를 동경하고 존경해왔던 것이었습니다. 다케치는 몹시 불운해서 그 절정기에 명예를 실추당하는 비극을 당했습니다. 저는 이것을 동정하지만 그를 향한 존경심은 조금도 빛을 잃지 않았습니다.

다케치는 실형을 받는다고 해도 몇 년씩 징역을 살지는 않을 것이므로 형기를 마치면 도호쿠 지방에서 일할 생각이라고 말했습니다. 아키타 현의 노시로라는 곳에 아버지 회사의 지사가 있어, 그곳은 아직 제작이나 영업을 계속하고 있고 그간의 나의 사정도 알고 있어, 금전 문제가 정리되는 대로 내가 와주기를 바라고 있어서 나는 그곳에서 평생을 묻을 생각이야, 라고 이야기했습니다.

그리고 저는 도토쿠론의 옥상에서 벌어진 그 신기한 화재의 원인에 대해 다케치에게 설명을 들었습니다. 도토쿠론의 악독한 수법에 분개하고 또한 다케치를 동정해서 회사를 배신할 결심을 한 사람이 생겼다고 합니다. 그는 회사의 간부급으로 야구를 좋아하며 다케치의 팬이기도 했습니다. 이 사람에게 폐를 끼치고 싶지 않아서 이름은 X씨라고 하고 설명하겠습니다.

X씨는 옥상의 가건물이나 신사의 관리담당은 아니었습니다만, 옥상과 가건물의 열쇠를 예전부터 입수해두고 있었습니다. 간부이기 때문에 그런 일이 가능했던 것입니다.

그 회사는 업무가 업무인지라 대부 관련 서류를 위험도에 따라 A, B, C, D 네 단계로 나눠놓고 있었습니다. 그리고 만약 경찰이

나 검찰의 압수수색이 들어왔을 경우에는 컴퓨터 내부의 정보는 즉시 삭제하며, 시간벌이용으로 준비해둔 대량의 아무 문제 없는 서류들을 수사팀이 운반해 나가는 사이에 위험도 A의 서류부터 순서대로 옥상 가건물에 일시적으로 숨기고 자물쇠로 잠그게 되어 있었습니다. 그렇게 해서 압수수색을 잘 넘기고 나면 다음 날 서류들을 더욱 안전한 장소로 옮기고 은폐한다는 매뉴얼도 이미 만들어져 있었다고 합니다. 그것을 위해 위험도 A급 서류들은 처음부터 옥상에 가까운 7층에 보관되고 있었습니다.

그날 검찰의 압수수색이 들어오는 것과 동시에 미리 정해져 있던 수순대로 옥상 관리담당 사원이 7층으로 올라가서 A급 서류를 재빨리 옥상의 가건물 안에 옮기고 문을 잠갔습니다. 그리고 다른 사원은 시간벌이용 서류를 포함한 막대한 서류를 검찰에 넘기고 상자에 담는 것을 거들었던 것입니다.

이때 X씨는 은폐한 서류를 전부 검찰의 손에 넘기는 방법도 생각했습니다만, 그래봤자 회사가 고용하고 있는 엘리트 변호사에게 일감만 던져줄 뿐이고 피해자의 구제로는 이어지지 않을 것이기 때문에 차라리 옥상에 있는 것들을 전부 불태워버리자고 생각했습니다. 그것이 회사에 주는 피해도 훨씬 크기 때문입니다.

그러나 X씨는 이제부터 회사를 그만두고 피해자를 위해 증인으로 법정에 서는 것을 생각하고 있었으므로 방화가 아니라 자연발화를 가장할 필요가 있었습니다. 그렇다면 자신이 아래층에 있을 때 불이 났다는 형태의 알리바이를 만들 필요도 있었습니다.

X씨가 이런 생각을 한 이유는 이 무렵 도토쿠론 빌딩 옥상에 우연히 아주 좋은 조건이 갖춰져 있었기 때문입니다. 사장이 우익 사상의 소유자였기 때문에 신사 옆에 정원을 만들어서 옥상에 고대 일본 같은 환경을 재현하겠다는 엉뚱한 소리를 꺼냈던 것입니다. 그래서 회사는 정원을 만들기 위해 토양을 구입하기로 했는데, 들여올 토양이 산성이어서 정원을 꾸미기에는 적합하지 않았습니다. 농학부 출신이라 토양개량에 관한 지식이 있었던 X씨는 이를 위해 생석회를 미리 구입해두었다고 합니다. 생석회를 섞으면 토질이 좋아지기 때문입니다. 그는 이 생석회도 옥상의 가건물 안에 같이 보관해두고 있었다고 합니다.

그런데 이 생석회라는 물질은 물이 닿으면 섭씨 몇백 도의 열을 내는 성질이 있습니다. 전문 지식이 있는 X씨 말고는 이 사실을 아는 사원은 아무도 없었다고 합니다. 그래서 X씨는 A급 서류를 가건물에 은폐하는 작업이 끝나자마자 화장실에 가는 척하며 곧장 옥상으로 올라가서 열쇠로 가건물의 문을 열고 골판지 상자에 들어 있던 생석회를 옥상 바닥 전체에 흩뿌려두었다고 합니다. 이어서 등유가 든 폴리탱크도 한 통 꺼내서 끈으로 묶여 있던 옛날 신문들이나 잡지들을 흩뜨려놓고 등유를 조금 끼얹어두었다고 합니다.

왜 이런 행동을 했는가 하면 압수수색이 있었던 그날, 제 경우로 말하자면 매리너스의 2군 기숙사를 뒤로했던 날이 되는데, 이 날은 오후부터 비가 올 거라는 일기예보가 있었기 때문입니다. 빗방울이 옥상에 흩뿌려진 생석회에 닿으면 고열이 발생하므로 신문지 등의 종이류에 불이 붙게 됩니다. 그리고 그 불은 이리저리 옮겨 붙다가 등유 탱크에 이르게 되고, 결국에는 가건물이 불타며 안에 있던 서류를 숯덩이로 만든다는 계산이었습니다.

그런데 어찌 된 영문인지 하필이면 이날은 드물게도 일기예보가 빗나갔습니다. X씨는 자신이 한 일을 전화로 다케치에게 전했습니다. 그래서 다케치는 비가 내리기를 이제나저제나 기다리고 있었던 것입니다. 그런데 오후가 되자 일기예보는 완전히 빗나가고 햇볕이 내리쬐기 시작했습니다. 비가 올 확률은 제로가 되었습니다.

검찰이 들이닥친 그날은 천재일우의 기회였습니다. 다음 날이 되면 부당한 채무로 우는 사람들을 속박하는 서류들은 더욱 안전한 다른 장소로 옮겨져 외부 사람은 손댈 수 없게 됩니다. 수많은 이들의 관리 하에 들어가므로 내부의 X씨도 처분할 수 없습니다. 다케치는 절치부심하며 뭔가 방법이 없을까, 하고 끙끙거리며 머리를 짜냈습니다. 그러다가 문득 묘안을 떠올렸던 것입니다. 그것이 신사에 바친 꽃, 그것을 꽂아놓은 꽃병, 보다 정확히 말하자면 그 안에 담긴 물이었습니다.

아버지에게 물려받은 엽총으로 그 꽃병을 쏘면 어떻게 될까? 꽃병이 깨지면 안에 있는 물이 바닥의 생석회에 뿌려진다. 그러면 생석회는 고열을 발생시켜서 신문지를 태우고, 그 불은 등유에 옮겨 붙어서 이윽고 가건물을 불태우게 된다. 비가 내린 것과 똑같은 결과가 되지 않을까?

다케치는 K악기가 입주한 이웃 빌딩이 길 하나를 끼고 있다고는 해도 도토쿠론 빌딩과 층수가 같다는 것을 알고 있었습니다. 그렇다면 옥상은 같은 높이가 됩니다.

K악기의 빌딩 옥상이라면 꽃병을 쏠 수 있을 것이다. 그렇게 생각한 다케치는 안절부절못하다가 아버지의 유품으로 보관하고 있던 엽총을 배트 가방에 넣고 기타가마쿠라를 뛰쳐나와 유라쿠초로 향했습니다. 그러나 본인은 몰랐지만 이때의 다케치는 아직도 경찰의 감시 하에 있었습니다. Y연합과의 유착을 의심하며 금지 약물 매매 관련 등의 여죄를 더 캐낼 수 없을까, 하고 형사들이 동향을 감시하고 있었던 것입니다. 여자들에게 인기가 많았던 다케치에 대한 경찰 관계자의 질투도 작용했는지 모릅니다.

아니면 경찰이 의심한 이유는 엽총 자체에 있었는지도 모릅니다. 다케치가 총을 확보하고 있었기에 경찰은 그를 예의주시하고 있었는지도 모릅니다.

그리고 이때의 다케치는 완전히 그들이 노리는 대로 총을 등에 메고 움직이기 시작했던 것입니다. 배트 가방의 형태로 보아 미행하는 형사들은 총이 들어 있을 것으로 짐작했고, 이동 중이라면 괜찮지만 건물 안에 들어가면 포박하기 어려워진다고 판단한 형사들에게 엘리베이터 바로 앞에서 붙잡히게 되었던 것입니다.

꽃병을 저격할 수 있는 기회를 눈앞에 둔 다케치는 너무나 분해서 발광할 뻔했습니다만, 그때 우연히 눈앞에 있던 저를 본 것입니다. 그리고 투수인 저라면 자기 대신 꽃병을 깨뜨릴 수 있을 거라고, 머리 좋은 그는 순식간에 깨달았던 것입니다. 저는 1년간 다케치의 배팅볼투수를 해왔으므로 그는 투수로서의 저의 특징을 잘 알고 있었습니다. 구위는 없지만 지시한 곳에 정확히 공을 던질 수 있는, 누구에게도 뒤지지 않는 빼어난 컨트롤을.

그래서 다케치는 어떻게든 자신의 계획을 저에게 전하려고 노력했습니다. 그렇지만 제대로 설명하면 형사들이 저지할 것이므로 재빨리, 그것도 최소한의 말과 눈짓만으로 저에게 계획의 전모를 전해야만 했습니다. 그래서 그렇게 이해하기 어려운 언동을 했던 것입니다.

"그곳에서 너를 만난 건 정말 하늘이 도운 거야. 그리고 너는 내 생각을 완전히 이해하고 완벽히 실행해줬어. 그걸 알고 내가 얼마나 기뻤는지 너는 절대 이해하지 못할 거야. 도토쿠론 빌딩 옥상에서 화재가 난 것을 형사는 좀처럼 알려주지 않았어. 나도 먼저 물어볼 수 없어서 사흘간 가만히 참고 있었어. 그렇지만 화재가 났다면 형사도 뭔가 이야기하지 않을까, 하고 생각했기 때문에 역시 무리였다는 결론을 내리고 체념했어. 돌이켜보면 그 짧은 시간에 몇 마디 되지도 않는 말로 그렇게 말도 안 되는 계획을 남에게 전하다니, 도저히 불가능한 일이었으니까.

하지만 석방될 때가 되니까 형사 한 명이 나에게 간신히 알려주더라. 도토쿠론 빌딩 옥상에서 화재가 났다고. 그 순간 나는 머릿속이 멍해졌어. 도저히 믿을 수가 없었어. 이게 꿈인가, 생시인가 의심했어. 내 간절한 마음 때문에 꿈꾸고 있는 것이 아닐까, 하고.

그러나 다음 순간 말할 수 없는 기쁨이 밀려들었어. 해냈구나.

네가 해냈구나! 라고. 체념하고 있었던 만큼 정말로 생각지도 못한 일이라서 그때 내가 얼마나 기뻤는지, 아마 너는 죽을 때까지 모를 거야.

눈물이 줄줄 흐르는데 멈출 수가 없었어. 이것으로 아버지의 원통함의 몇 분의 몇인가는 풀었어. 너는 내 진짜 친구라고 생각했어. 평생의 친구라고. 왜냐하면 너는 내가 가장 힘들 때 나를 도와줬어. 나를 대신해서 목적을 달성해줬어. 그 속뜻을 깨닫는 데 대체 얼마나 많은 노력이 필요했을까. 하지만 너는 멋지게 해냈어. 너 말고 그 누구도 그런 일은 해낼 수 없어. 아니, 기술도 기술이지만 내가 하려고 했던 계획을 눈치 채지는 못했을 거야."

다케치는 그렇게 말했습니다. 다케치 정도 되는 남자가 그렇게까지 말해줘서 저도 눈물이 나올 정도로 기뻤습니다. 저였기 때문에 가능했다. 그것은 확실히 그렇겠지요. 하지만 저는 다케치의 전담 배팅볼투수로 어떤 의미에서는 그의 마누라였고 그와는 계속 이심전심이었습니다. 그의 동작과 눈짓을 통해 생각을 꿰뚫어보는 훈련을 해왔던 것입니다. 다케치를 깊이 존경하고 동경해왔기 때문에 가능했던 일이었습니다.

저는 우쭐해져 있었습니다. 완전범죄를 이뤄낸 것 같은 기분이기도 했습니다. 저밖에 할 수 없었던 일인 데다 그 일로 죽은 사람도, 상처 입은 사람도 없었으며 사회의 암적 존재에 남몰래 한 방 먹이고 고통에 빠져 있던 사람들을 구했다고, 그렇게 태평스럽게 생각하고 있었습니다.

그런데 미타라이, 이시오카 선생님이 제 앞에 나타났을 때 저는 큰 충격을 받았습니다. 그런 뒤에 그렇다, 이분들이라면 화재 사건이 났을 때 그 주변에서 동시에 일어났던 일들을 전부 파악한 다음 그중에서 다케치의 그 사건에 눈길을 주고, 이 이상한 사건의 발생 이유를 그때의 나처럼 추측하고 분석할 수 있을 거다, 라고 생각했습니다. 그리고 그간의 사정을 전부 꿰뚫어보고, 그 뒤에 다케치와 관련된 일들을 쭉 더듬어서 끝내 하마마쓰에 있는 제 앞에 나타난 것이라는 걸 깨달았습니다.

그러나 너그러운 미타라이 선생님은 화재 사건의 배후에 있는 저의 행동에 대해서는 아무것도 묻지 않았습니다. 그리고 우리는 이제까지의 제 야구 인생에 대한 이야기만을 나누었습니다. 미타라이 선생님은 야구에 대해서도 상당히 해박한 지식을 가지고 있어서 놀랐습니다.

한 시간 정도 찻집에서 이야기를 나눈 뒤에 두 분이 그대로 돌아가려고 해서 저는 깜짝 놀라며 도토쿠론의 화재 사건 말입니다, 라며 먼저 말을 꺼냈습니다. 사건에 대해 고백하고, 이후의 처분을 미타라이 선생님에게 맡기자고 생각했던 것입니다. 그러자 미타라이 선생님은 "그 화재는 정말로 보기 드문 우연이었죠"라고 갑자기 입을 열었습니다.

"물이 들어간 유리 꽃병이 볼록렌즈 역할을 해서 햇빛이 한 점에 집중되는 바람에 발화되었던 겁니다. 그것이 등유에 옮겨 붙으면서 불길이 커진 거죠."

저는 머릿속이 혼란스러워져서 할 말을 잃었습니다. 미타라이 선생님 정도 되는 사람이 이런 말을 진심으로 하는 걸까? 혹시 나를 떠보고 있는 걸까? 대체 어떤 의도로 이런 말을 하는 것일까? 하고 당황했습니다.

"그게 정말입니까?"

그렇게 제가 물었습니다. 그러자 미타라이 선생님은 "정말입니다. 이 야구공만 없었더라면 말이죠"라고 말하며 주머니에서 반쯤 불에 그을린 야구공을 꺼내 저에게 주었습니다. 손에 들고 보니 그 날 제가 던진 최후의 일구, 다케치에게도 최후의 일구가 된 바로 그 공임을 깨달았습니다. 그리고 이것으로 이 사람이 생각하고 있는 것도 전부 이해했습니다. 이 사람이 사건의 전부를 꿰뚫어보고 있다는 것도 말입니다.

그대로 등을 보이려고 하는 미타라이 선생님에게 저는 계속해서 물었습니다. 경찰서에 가지 않아도 괜찮겠냐고.

"그 사람들을 귀찮게 만들고 싶으면 가보던가요."

미타라이 선생님이 말했습니다.

"이웃 빌딩 옥상에서 그 공을 던져서, 테이블 위에 있던 작은 꽃병을 깨뜨렸다고 말씀해보시겠습니까?"

미타라이 선생님은 웃으면서 저와, 제가 들고 있는 반쯤 그을린 야구공을 쳐다보았습니다.

"형사들은 아마 웃음을 터뜨릴 겁니다. 그 말을 믿을 사람은 아무도 없겠지요. 그러면 저는 이만."

그러고는 제 앞에서 떠나갔습니다.

미타라이 선생님은 제가 범인이라는 걸 알았을 테지만 왜 그런 일을 했는지는 아마 모를 것이라 생각합니다. 우선 이웃 빌딩 옥상에서의 마지막 투구에 이르기까지의 제 야구 인생, 그것을 알지 못하면 그 투구의 의미도 알 수 없는 것이 되지 않을까, 하고 생각했습니다. 또 저의 마음도 어쩐지 후련해지지 않았기 때문에, 저는 이 노트에 그 일에 이르기까지의 제 삶과 모든 것을 상세히 적고 두 분이 읽게 하자고 마음먹었습니다.

지금 이러고 있는 와중에도 저는 도토쿠론 이웃 빌딩에서의 그 투구를 떠올립니다. 그 이후로 저는 몇 번이고 그것을 떠올리고, 생각했습니다. 그 마지막 투구가 저에게 무엇이었는가를.

시간이 흐른 지금은 이해합니다. 그것은 저의…… 말하자면 참회의 투구였습니다. 저는 그것에, 시종일관 2류였던 저의 야구 인생에 대한 참회를 담았던 것입니다.

저는 처음부터 끝까지 2류였습니다. 그런 저 자신을 불쌍하게 생각한 적도 가끔은 있습니다. 그런 자신에 대한 연민이 그 투구였다고 지금은 이해하고 있습니다.

그렇지만 저의 모든 것을 야구에 바친 20여 년, 저는 후회하지 않습니다. 너의 노력이 부족했다고 말하는 사람도 있겠지요. 하지만 저는 그 말에 수긍할 수 없습니다. 저의 노력은 그것이 최대한이었습니다. 저는 다른 사람의 두 배를 달리고, 세 배를 던졌습니다. 지금 다시 한 번 인생을 살더라도 그것 이상의 노력은 할 수 없습니다. 그런 의미에서 저에게 후회는 없습니다.

다만 저에게 결정적으로 부족했던 것이 있었습니다. 그것은 남을 밀어내서라도 반드시 앞으로 나아가겠다는 그런 투쟁심이었습니다. 스포츠는 기본적으로 경쟁이므로 이것은 반드시 필요합니다. 저에게는 이 감정이 선천적으로 결여되어 있었습니다. 말하자면 기가 약한 것입니다. 그것이 저를 평생 2류에 머물게 했습니다. 그런 저 자신에 대한 질책도 그 투구에 담겨 있습니다.

하지만 그렇기에 저는 타인의 구제까지도 그 투구에 맡겼던 것입니다. 부당한 부채에 눈물 흘리는 중소기업 경영자들. 그들 또한 저와 마찬가지로 결코 남 앞에 나설 수 없는, 평생 2류인 사람들입니다.

주제 넘는 이야기입니다만, 저는 그 사람들을 구하고 싶었습니다. 그 사람들의 마음, 2군 기숙사를 뒤로했던 저는 이해할 수 있습니다. 2류는 2류, 아무리 노력해도 올라갈 수 없는 자는 올라갈 수 없는 것입니다. 그것을 저는 이미 누구보다도 잘 알고 있습니다. 그렇지만 2류여도 낙담할 필요는 없을 것입니다. 2류에 만족하는 꼬락서니, 이것을 누구보다도 잘 아는 자는 당사자입니다. 질책 받아 마땅할지도 모르겠지만 죽을 필요까지는 없을 것입니다. 2류는 2류 나름대로 남몰래 노력하고 끈기 있게 살아가면 그것으로 족하다고 생각했습니다.

저는 다케치라는 초일류 인재를 좇아 야구를 했고, 그의 몰락을 가까이에서 보았습니다. 저는 다케치를 지금도 천재라고 여기며 그 정도의 야구인은 더 이상 나오지 않을지도 모른다고 생각합니다. 그러나 그는 그 천재성을 영원히 매장당했습니다. 그것을 목도했을 때, 저는 제 안에서 문득 2류혼魂이라고 불러야 할 감정이 싹트는 것을 느꼈습니다. 2류인 제가, 2류이기에 다케치의 몫까지 살아가자고 결의하는 듯한, 다소 엉뚱한 자신감입니다. 너무나 보잘것없지만 긍지와도 비슷한 감정입니다.

저는 제가 어렵게 깨달은 그런 경지를, 부당한 채무에 눈물 흘리는 이름 모를 많은 이들도 알게 하고 싶었습니다. 지금 죽지 마라, 일어서라. 저는 그런 기도를 그 공에 담았던 것입니다. 그 모든 것이 2류인 사람들을 위해 2류인 제가 할 수 있는 조촐한 선물이었습니다.

졸문입니다만, 여기까지 쓰고 저는 조금 만족하며 펜을 내려놓습니다. 이렇게 긴 글을 쓴 것은 생전 처음입니다. 그래서 저는 지금 몹시 만족하고 있습니다. 여기까지 읽어주셔서 감사합니다.

저는 뼛속까지 2류로 태어난 인간입니다. 그러니까 앞으로 보낼 제2의 인생도 분명 2류로 끝마치게 될 거라고 생각합니다. 하지만 괴롭지는 않습니다. 지금의 저는 그것에 작은 긍지를 느끼고 있으니까요. 그러니까 괜찮습니다. 헤쳐 나갈 수 있습니다. 앞으로 무슨 일이 있더라도.

하지만 두 분은 저와 달리 일류인 사람들입니다. 만나 뵈었던 짧은 시간 동안에도 저는 다케치와 마주했을 때와 같은 일류의 광채를 계속 느끼고 있었습니다.

눈부신 그 광채를 언제까지나, 언제까지나 발해주십시오. 축복받지 못한 모든 이들을 위해, 구석에서 웅크리고 있는 사람들을 위해. 그렇게 해주시기를 저는 지금 무엇보다도 간절히 바라고 기도하고 있습니다.

1993년 12월 10일

다케타니 료지

단순한 추리소설에서 절대 느낄 수 없는 또 다른 감동 드라마

시마다 소지는 '일본 신본격 미스터리의 대부'라고 불리는 작가입니다. 1981년에 『점성술 살인사건』으로 독자들의 열광적인 지지를 받으며 화려하게 데뷔한 이후 현재까지 꾸준히 활동하고 있는 미스터리계의 거장이죠.

『최후의 일구』는 시마다 소지가 창조한 명탐정 '미타라이 기요시'가 등장하는 작품 중 한 권입니다. 『점성술 살인사건』으로 시작된 미타라이 탐정 시리즈는 이후 단편집을 합쳐 스무 권 넘게 발간된 인기 시리즈입니다. 『최후의 일구』는 일본에서 2006년에 발간되었는데 『점성술 살인사건』으로부터 무려 25년(!) 뒤에 나온 작품이죠. 현재 국내에는 이 시리즈 중 『점성술 살인사건』 『기울어진 저택의 범죄』 등 다섯 권 정도가 소개되어 있습니다.

이런 말씀을 드리는 이유는 이 책 서두에 언급된 '러시아 유령 군함 사건'에 대해 설명하기 위해서입니다. 눈치 빠른 독자들이라면 이미 감을 잡으셨겠지만 '미타라이 기요시 탐정 시리즈' 중에는 2001년에 발간된 『러시아 유령 군함 사건』이란 작품이 있습니다. 1919년경 하코네의 어느 호수에 러시아 군함이 정박되어 있는 기이한 사진이 발견되는데, 이에 대한 비밀을 미타라이 탐정이 풀어가는 추리물이죠. 두 작품 간에는 5년 정도의 시간차가 있습니다만, 이 책에서는 몇 달밖에 안 지난 것으로 설정되어 있습니다. 이런 것이 소설의 재미이기도 하죠.

'미타라이 기요시 탐정 시리즈'를 이 작품으로 처음 접한 분들은 주요 인물에 대해 잘 모르실 수도 있을 텐데 간단한 설명을 덧붙이자면, 미타라이는 한마디로 괴짜 스타일의 명탐정입니다. 시리즈 초반에는 탐정 일은 취미이고 본업은 점성술사에 가까웠죠. 시리즈가 진행되면서 요코하마의 바샤미치에 사무소를 내고 사립탐정으로서 이시오카 가즈미와 함께 활동하게 됩니다. 주인공인 미타라이와 이시오카는 '셜록 홈즈 시리즈'의 홈즈와 왓슨의 관계와 비슷한데, 물론 개성 넘치는 기인인 미타라이를 홈즈에, 그의 친구인 이시오카를 왓슨에 비유할 수 있습니다. 『최후의 일구』에서는 미타라이와 이시오카가 등장하는 장면이 그리 많지 않습니다만, 초반에 두 사람의 대화에서 보이는 미타라이의 입담만 봐도 그의 개성을 느끼기에는 충분하리라 생각합니다.

명탐정도 나이를 먹습니다. 설정상 미타라이는 1948년생입니다. 미타라이 탐정이 최초로 등장한 『점성술 살인사건』의 시간적 배경은 1979년, 『최후의 일구』는 1993년으로, 첫 작품에서 서른 초반이던 명탐정도 『최후의 일구』에서는 마흔 중반의 중년이 됩니다. 참고로 작가인 시마다 소지도 1948년생입니다.

'미타라이 기요시御手洗潔'의 한자를 풀이하면 '화장실을 깨끗이'가 되는데 이는 작가가 자신의 어린 시절 별명이던 벤조소지(변소청소)에서 힌트를 얻어 지은 것이라고 합니다. 여러모로 작가의 분신 같은 캐릭터라 할 수 있습니다. 작가와 함께 명탐정도 나이를 먹어가는 설정이 왠지 재미있습니다.

『최후의 일구』는 명탐정 미타라이가 등장하긴 합니다만, 이번 이야기는 야구를 테마로 한 '사회파 소설'이란 느낌이 듭니다. 야구를 사랑하는 두 젊은이의 노력과 성공, 좌절 그리고 극복……. 언뜻 단순한 플롯처럼 보입니다만, 주인공의 눈물겨운 노력을 지켜보는 독자는 어느새 그를 응원하면서 이야기에 빠져들게 되고, 클라이맥스에서는 단순한 추리소설에서는 느낄 수 없는 또 다른 종류의 감동을 맛보게 됩니다. 저는 옥상에서의 '최후의 일구' 장면에서 말로 형언할 수 없는 다양한 감정의 소용돌이가 치는 것을 느끼며 감탄의 한숨을 내쉴 수밖에 없었습니다.

한동안 주춤했지만 최근 들어 시마다 소지의 작품들이 다시 국내에 소개되고 있습니다. 이 저력 있는 작가의 훌륭한 작품들이 앞으로도 많이 출간되어 독자들과 만날 수 있기를 기대합니다. 좋은 작품을 소개해주신 편집부에 감사드립니다.

2012년 7월

현정수

1판 1쇄 인쇄 2012년 7월 25일 | 1판 1쇄 발행 2012년 8월 3일

지은이 시마다 소지 | **옮긴이** 현정수 | **발행인** 김재호 | **출판편집인 · 출판국장** 권순택 | **출판팀장** 이기숙

편집장 박혜경 | **표지 디자인** 공중정원:박진범 | **본문 디자인** 전상미 | **표지 일러스트** 김희찬 | **야구 용어 감수** 이헌재
교정 고연주 | **마케팅** 이정훈 · 정택구 · 박수진

펴낸곳 동아일보사 | **등록** 1968.11.9(1-75) | **주소** 서울시 서대문구 충정로3가 139번지(120-715)
마케팅 02-361-1030~3 | **팩스** 02-361-1041 | **편집** 02-361-0967
홈페이지 http://books.donga.com | **인쇄** 신사고_하이테크

ISBN 978-89-7090-905-9 03830 | **값** 12,000원